구선모 新무협 판타지 소설

호열지도
號熱之道

호열지도 2

구선모 新무협 판타지 소설

초판 1쇄 찍은 날 § 2002년 8월 30일
초판 1쇄 펴낸 날 § 2002년 9월 10일

지은이 § 구선모
펴낸이 § 서경석

편집장 § 문혜영
편집책임 § 장상수
편집 § 박영주 · 김희정 · 권민정 · 이종민
마케팅 § 정필 · 강양원 · 김규진 · 안진원

펴낸곳 § 도서출판 청어람
등록번호 § 제1081-1-89호
등록일자 § 1999. 5. 31
어람번호 § 제2-0126호

주소 § 경기도 부천시 원미구 심곡1동 350-1 남성B/D 3F (우) 420-011
전화 § 032-656-4452 팩스 § 032-656-4453
E-mail § eoram99@chollian.net

값 7,500원

ISBN 89-5505-427-0 (SET)
ISBN 89-5505-429-7 04810

구선모 新무협 판타지 소설

호열지도
號熱之道

2 중원행

제 1 장

도대체 나에게 뭘 가르쳐 줄 거야?

장백산에 있는 이름 모를 골짜기. 나무들은 하늘에서 내려준 하얀 옷으로 치장을 한 채 곧 다가올 봄을 기다려야 정상인 이곳에 빽빽하게 자리하고 있어야 할 나무들은 보이지 않고 허허벌판이었다. 그 중심부에 사람이 하나 서 있었다. 싸늘한 기운을 간직한 겨울바람이 산기슭을 타고 불었다. 그런데 허허벌판에 홀로 서 있는 사람은 무슨 생각을 그리 하는지 가끔가다 고개까지 흔들며 깊은 생각에 빠져 있었다.

호열은 어의공령에 대한 생각에 시간 가는 줄 모르고 있다가 어두워지기 시작하자 마을로 가야겠다고 생각했다. 호열은 마을 사람들의 눈을 피해서 운영의 집 뒤뜰로 이동하느라 모든 신경을 마을 사람들의 동태에 집중시키지 않으면 안 되었다. 산에서의 일로 자신의 힘을 어느 정도는 알 수 있게 된 호열은 자칫 마을 사람들이 갑자기 나타나는 모습까지 보게 된다면 무슨 생각을 할지 모른다는 두려운 생각이 들었다. 그래서 최대한 마을 사람들의 이목을 피해 조심조심 이동하였다.

'음… 다행히 아무도 없구나. 휴, 이것도 마냥 편한 것만은 아니구나. 다른 사람들 눈을 피하면서 사용하려니 여간 신경 쓰이는 게 아닌 걸. 사용하기도 불편하고. 음… 아무래도 좋은 방법을 생각해 봐야지. 괜히 괴물 취급받기는 싫으니까.'

괴물이라는 생각에 약간 얼굴을 찡그릴 수밖에 없는 호열이었다. 생각하기도 싫은 삼황이 떠올랐던 것이다. 호열은 삼황과 차이를 두고 싶어하는 마음이 가슴 깊이 자리하고 있었다.

"그나저나 저녁 먹을 때가 된 것 같은데……."

호열은 밥 먹을 시간을 정확히 알고 있었다. 아침은 운영과 아주머니 때문에 일어나서 먹어야 했기에 귀찮게 생각했지만 점심과 저녁은 얘기가 달랐다. 평소 '잘 먹고 잘살자'라는 생각으로 무장되어 있는 호열이었기에 밥 때까지 거르면서 열심히 일하는 운영을 보고 '밥 먹는 시간을 아껴서 무엇하나?'라는 말을 자주 하곤 하였다. 지금도 어김없이 저녁때에 맞추어 도착한 호열이었다.

"어? 형님, 어디에 계셨어요? 한참을 찾았잖아요."

운영은 아버지와의 기나긴 대화를 통해서 자신의 의견을 관철시킬 수 있었다. 그래서 밖으로 나와 호열을 찾고 있었다. 벌써 왔어야 할 시간이 지났는데도 어디서 무엇을 하는지 집으로 돌아오지 않았던 것이다. 그래서 마을 이곳저곳을 찾아다니던 중에 해가 지는 것을 느끼곤 집으로 돌아오다 집 뒤뜰에서 호열이 걸어나오는 것을 발견했다.

"응? 운영이구나. 그래, 저녁 먹어야지?"

"옛? 아니, 그게 아니라… 예, 저녁때가 다 됐는데 보이지 않아서 걱정했잖아요."

"걱정은… 그래, 어서 가자. 내가 너무 늦게 왔나? 아저씨와 아주머니께서 많이 기다리시겠다."

"예."

호열은 운영이네 식구들과 식사를 마친 후 자기 방으로 건너가 쉬려고 했다. 실은 자기 방이 아니라 운영이의 방이지만…….

오늘은 유유자적(悠悠自適)한 평소의 성격답지 않게 정신적으로 많이 피곤한 하루였다. 방으로 돌아온 후 조금 있으니까 운영이 손에 낡은 고서(古書)를 한 권 들고서는 조심조심 호열의 눈치를 살피며 들어왔다.

"형님, 저… 잠시 얘기 나누실 시간 있으세요?"

"시간? 나야 항상 시간이 남아돌지. 근데 무슨 일이냐?"

"예, 그럼 형님께 한 가지 부탁이 있는데, 들어보고 대답해 줄 수 있으신지요?"

"응? 무슨 대답?"

운영은 호열의 눈치를 살피며 어색하지 않게 얘기할 수 있는 분위기를 만들려고 애쓰는 기색이 역력했다.

"그게… 제가 뭐 좀 여쭈어보려고요."

"그래? 어디 먼저 들어보고 결정하자."

'응? 꼭 못 먹을 걸 먹은 강아지마냥 왜 저런 표정이야?'

호열은 자신의 뒤를 따라 들어와서 어물어물거리는 운영에게 이상하다는 표정을 지어 보였다. 옛날 호열에게 마기를 전해주기 위해 애를 쓰던 화황의 표정, 그 표정과 운영이 비슷한 얼굴을 하고 있었기 때문이다.

“예, 그럼 먼저 이것 좀……”

운영은 방에 들어올 때 가지고 들어온 책 한 권을 호열의 앞에 내려 놓았다. 무척 오래되었는지 색이 많이 바래 있었다.

“응? 이거 책 아니냐? 그것도 상당히 오래된 것 같은데?”

호열은 호기심 어린 눈으로 운영을 바라보았다. 평소 책하고는 상당한 거리가 있던 호열이었기에 운영이 무엇 때문에 자신의 앞에 저런 고서를 내려놓는지 이해할 수 없었다.

“예, 형님께서 보시는 대로 책입니다. 이거… 우리 집 가보예요.”

“가보? 그런데 그걸 왜?”

‘혹시 이거? 하하하, 녀석. 아무리 고맙다고 가보씩이나, 음… 그래도 그렇지, 줄려면 은자나 금붙이 같은 걸 주지.’

호열은 아저씨와 아주머니께서 사례비로 주는 것인 줄 알고 얼굴에 함박웃음을 지었다. 호열이 마을 사람들을 치료하면서 나름대로 성의를 다한 보상으로 생각한 것이다. 마음에 걸리는 것이 있다면 그 사례물이 은자 같은 요긴한 것이 아니라 다 낡아 해지기 일보 직전의 고서라는 것이다. 하지만 주는 사람의 성의가 있기에 호열은 넉넉한 마음으로 받을 준비가 되어 있었다.

“예, 그게 실은……”

“운영아, 네가 그 책을 내 앞에 가지고 왔다면 내게 볼일이 있어 왔다는 것인데, 음… 그럼 빨리빨리 처리를 해야지, 무슨 일인지는 모르겠지만……”

호열은 자신에게 말을 꺼내기 어려워하는 운영의 모습에 자신이 직접 나서서 용기를 줘야겠다고 생각했다. 운영의 모습에서 어떻게 말을 해야 좋을지 난감해하는 것을 알 수 있었기 때문이다.

"음… 예, 이왕 형님께서 그렇게 말씀해 주시니 속 시원히 모두 말씀드리겠습니다."

"야야, 무슨 일인데 네가 이렇게 무게를 잡고 있냐? 뭐든지 다 말해 봐라. 뭐라고 그러시든?"

"옛?"

운영은 호열이 친근하게 대하자 방으로 들어오기 전에 가지고 있었던 근심들이 사라지는 것을 느꼈다. 호열이 이 정도로 자신을 위해주는지는 생각도 하지 못했기에 많은 고심을 하고 있었기 때문이다. 그런데 갑자기 이상한 소리를 하고 있으니…….

"아아, 미안. 그래, 무슨 일인지 차분히 말해 봐라. 여기에 앉아서 다 들어줄게."

호열은 마치 모든 것을 다 알고 있으니 어려워하지 말고 얘기해 보라는 식으로 운영에게 말하고 있었다. 이상한 웃음을 지어 보이면서…….

"형님께서 제 얘기를 들어주신다니 편안한 마음으로 얘기하겠습니다. 형님, 전 지금 무척 심각합니다. 그러니 제 말을 다 듣고 난 후에 형님의 생각을 말씀해 주십시오."

운영은 호열이 자꾸만 이상한 방향으로 이야기를 몰고 가려는 것 같아 자신의 곤란한 심정을 인식시켜 주고자 목소리에 힘을 주어 말했다. 무척 심각한 표정으로…….

"아, 알았다. 거, 오늘 되게 무게를 잡네."

"형님!!"

"알았어. 알았으니 빨리 말해 봐."

'뭐야? 운영의 얼굴을 보니 내게 줄 사례 선물 같지는 않잖아? 그래

도, 음…….'

호열은 운영의 심각함에 자신의 생각이 틀렸을지도 모른다는 생각
이 들었다. 책에 대한 미련을 버리지 못하고 있었지만 크게 마음을 쓰
지는 않았다. 가장 필요한 은자가 아니라면 주면 좋고, 안 줘도 그만이
란 생각으로 운영의 얘기를 들어보기로 했다. 자신의 잘못으로 굴러
들어온 복을 차버릴 수도 있으니 차분한 마음으로…….

"예, 그럼 지금부터 우리 집, 아니, 이 책에 대한 사연부터 말씀드리
겠습니다. 그러니까 이 책은……."

운영은 칠대조 할아버지 때부터 아버지, 그리고 자신에 이르기까지
삼대에 걸친 집안의 가슴 아픈 사연을 호열에게 하나하나 이야기하기
시작했다. 더러는 자신의 처절한 심정을 섞어가며…….

운영은 호열에게 가문의 비사를 전부 말하면서 자신의 청을 들어주
었으면 하는 속내를 은근슬쩍 내비쳤다. 아니, 아주 처절하게 간! 절!
히! 내비쳤다.

하지만 그런 쪽으론 신경이 둔한 호열은 이런 운영의 마음을 하나도
눈치 채지 못했다.

"…그래서 제가 이렇게 형님께 말씀드리는 겁니다."

"응? 음… 얘기는 잘 들었는데, 그래서 나더러 어쩌라는 것이냐?"

'이런, 내 이럴 줄 알았지. 내가 뭘 기대하겠어. 음… 그때 내가 괜
히 군자(君子)인 척 폼을 잡아가지고…….'

호열은 운영의 얘기를 들으면서 자신이 가지고 있었던 기대감이 단
번에 무너지는 것을 느낄 수 있었다. 호열이 처음부터 원했던 것은 아
니었지만 아저씨와 아주머니, 그리고 운영에게 왠지 모를 서운함이 들
었다. 더 나아가 마을 사람들에게까지……. 하지만 호열은 자신의 그

런 감정을 내놓고 표현할 수 없는 입장이었으니 모든 것을 다 잊고 훌훌 털어버리기로 했다. 어차피 이런 책은 가지고 있어봤자 짐밖에 안 되었기 때문이다.

"예? 아… 그러니까, 음… 형님께서 제게 이 책의 내용을 가르쳐 주셨으면… 해서요……."

운영은 자신의 난처한 입장을 이해해 주었으면 하는 마음으로 호열의 얼굴을 뚫어지게 바라보았다. 다른 사람도 아닌 호열이라면 꼭! 분명히 자신을 도와줄 것이라는 굳은 믿음이 있었기에…….

"잉? 내가? 너에게?"

'이게 무슨 소리냐? 내게 가르쳐 달라니?

호열은 운영과 자신을 손가락으로 번갈아 가리키며 황당하다는 표정으로 되물을 수밖에 없었다. 한 번도 누군가를 가르쳐 본 적이 없는 호열이었기에 당연한 일이었다.

"예, 이렇게 부탁드리겠습니다, 형님!"

'음… 정말 곤란한 일이구나. 허, 옛날 삼황들의 심정이 이러했을까?

호열은 운영의 얼굴과 옛날 자신의 얼굴이 잠깐 동안 겹쳐 보이는 것 같은 착각을 느꼈다. 그때 호열 또한 운영과 같은 말을 삼황에게 했었으니…….

"형님……."

"음… 운영아, 왜 하필 그 대상이 나인 것이냐?'

호열은 왜 하필 자신인지, 운영이 왜 아무것도 모르는 자신에게 가르쳐 달라고 하는지 이해할 수가 없었다. 자신은 배운 무공이 별로 없다고 생각해 왔었기 때문이다. 또 평소 무인이 되었다는 생각을 가지고 있지 않았기에 더욱 그 이유를 알 수가 없었다.

"그거야… 음, 형님께서는 그쪽으로 해박하시니까……."

"응? 내가 해박해? 누가 그러더냐, 내가 그쪽으로 해박하다고?"

'이게 무슨 소리야? 내가 뭘 안다고?'

호열은 운영의 얼버무리는 말에 분통이 터졌다. 호열은 자신을 모함하는 사람이 누구인지는 모르지만 나중에라도 알게 된다면 크게 혼내주겠다는 생각을 할 정도였다.

"옛? 그야……."

"운영아, 누가 그런 이상한 소문을 내고 다니는지는 모르지만 그런 소문을 내고 다니는 놈은, 아니, 사람은 머리가 어떻게 된 녀석일 것이다. 허허허, 나보고 해박하다니, 그렇지 않느냐? 너도 그렇게 생각하지?"

"에? 형님, 너무 그렇게 말씀하지 않으셔도……."

"험험, 운영아, 난……."

호열은 운영이 자신의 실력을 높게 평가하는 것은 상관없었지만 자신의 실력이 어느 정도인지 알지 못하는 상황에서 성급한 결정은 좋지 않다는 것 정도는 알고 있었다. 자칫 정에 이끌려 허락한 후 나중에 호열의 실력이 운영이 생각하고 있는 수준이 아니라는 것으로 판명이 난다면 그 얼마나 무안한 일이겠는가. 이러한 생각이 들자 호열은 어떻게든 운영의 마음을 돌려보고자 하였다. 그러나…….

"예, 형님. 제가 지금 너무 무리한 부탁을 드리고 있다는 것 잘 알고 있습니다. 하지만 형님! 제발, 제가 이렇게 부탁드리겠습니다. 그러니 한 번만 제게 기회를 주십시오."

"음… 운영아, 난……."

"형님, 이건 저의 가문과 제 평생의 숙원(宿願)이 달린 문제입니다.
그러니 제발……."

운영은 입술이 바짝 마르는 것을 느꼈다. 지금 이 순간이 자신의 평
생을 좌우할 수 있다는 생각을 하고 있었기에 어떻게든 호열의 허락을
받았으면 하는 심정이었다. 자신의 억지로 인해 어쩔 수 없이 받아들
여진 일로 인해 나중에 자신에게 불이익이 온다고 해도 참아낼 수 있
었다.

"허, 이거 참……."

'허, 이거 정말… 내가 뭘 알아야지. 도대체 이 녀석이 누구에게 무
슨 말을 듣고 와서 내게 이렇게 생떼를 부리나. 도대체 어떤 녀석이야?
음… 그건 그렇고, 휴, 모르겠다. 그건 나중에 운영이 녀석을 족치면
알 수 있을 테니까. 음… 그래, 이렇게 된 거 우선 책 내용이나 한번 볼
까? 대체 무슨 내용이 적혀 있기에 오십 년 가까이 삼대가 고생을 하게
만드는지…….'

호열은 그동안 나름대로 운영에게 정이 들었기에 매몰차게 거절할
수도 없었다. 또 나름대로 책에 대한 호기심도 있었고…….

책에 대한 호기심은 옛날 호열이 빙황에게 내공심법에 관해 배우면
서 다짐했던 일이 있었기에 더욱 크게 생기는지도 몰랐다. 세상에 나
온 후 한번 기회가 되면 필히 다른 무공과 비교해 보고 싶다는 마음이
있었기 때문이다. 그것이 언제인지 지금은 기억에서도 가물가물하지
만.

"그래, 알았으니까 어서 일어나라. 그 책 내용이나 한번 들어보자."

"예? 그럼 제 부탁을 들어주시는 겁니까?"

"응? 들어주긴…… 그냥 네가 하도 권하니 얼마나 대단한 내용이 적

혀 있는지 들어보려고 그런다."

'그렇지. 그냥 듣기만 하면 되지. 내가 힘들게 하나하나 가르쳐 줄 필요는 없는 일이잖아? 들어본 후에 내가 가르쳐 줄 수 있으면 가르쳐 주고, 아니면 어쩔 수 없는 일이고……'

호열이 임시방편으로 생각해 낸 것이 바로 이것이었다. 호열은 자신의 실력을 알지 못하는 상황에서 조심할 것은 조심하자는 생각이었다. 만약 가르쳐 줄 만하다는 생각이 들면 그때 가서 가르쳐 준다고 해도 되는 일이니까…….

"예? 그냥 들어나 보시겠다… 고요?"

"그래, 그러니 어서 읽어봐라."

"하지만 이건……."

"왜 싫으냐?"

"아니, 저… 그런 것이 아니라……."

운영은 당혹감을 감추지 못했다. 운영은 호열의 확답을 기대했건만 돌아가는 상황은 그렇지 않았다.

"그래, 그럼 어서 읽어봐라. 너의 성의를 생각해서 한번 들어줄게."

"예, 음……."

'아, 이거 어떻게 한다? 지금 형님께 이것을 읽어드리면… 그건 가문의 보물을 그냥 내주는 것과 같지 않은가? 음… 휴, 아니지, 아니야. 내가 지금 무슨 생각을 한 것인가? 이런, 음… 그래, 어차피 형님께 보여 드리려고 했었으니…….'

운영은 호열의 말을 들으면서 자신의 처지를 다시 생각해 보았다. 자신이 왜 이곳에 왔는지를, 왜 호열을 찾아 힘들게 부탁하는 것인지를…….

　어느 정도 생각을 정리한 운영은 자신의 작태에 한심하다는 생각이 들었다. 운영은 자신이 호열을 찾은 진정한 목적을 잊어버리고 바보같이 책의 중요성만 인식하고 있었다는 것을 알게 된 것이다. 또한, 자신의 미숙함과 어리석음으로 인해 호열에게 자문을 구하러 왔다는 것을 한순간 잊어버리고 있다는 것을 자각한 것이다.

　"왜? 읽어주기 싫으냐?"

　"아, 아닙니다. 음… 형님, 저… 그전에 이 책을 형님께서 한번 보시겠습니까?"

　'어라? 이거 내가 받아서 봐야 하는 것인가? 음… 그래, 굳이 보여준다는데 거절할 이유는 없지.'

　"음… 그럼 그럴까?"

　운영은 자신이 읽어주는 것보다 아예 호열에게 직접 책을 건네주기로 했다. 그것이 훨씬 좋겠다는 생각이 들었던 것이다. 어차피 들으나 보나 운영이 생각하기에 거기서 거기인 것 같다는 생각이 들었기 때문이다.

　한참을 고민하던 운영이 무슨 생각으로 책을 건네주는지 모르겠지만 책을 받아 든 호열은 그냥 읽어보기로 했다. 운영과의 문제는 그 후에 생각하기로 하고.

　"예, 여기 있습니다."

　"어디 이리 줘봐라."

　"예."

　'음… 아……'

　호열은 운영이 내미는 책을 보고서 감탄을 터뜨렸다. 처음에는 운영의 황당한 소리에 경황이 없어 잘 보지 못했지만, 손에 쥐고 자세히 보니 책이 너무나 잘 보존되어 있었다.

'허, 운영이네 가문으로 들어온 지 오십 년이 넘었는데… 아니, 그전에 백오십에서 이백 년 가까이 지난 책이라고 했으니 어림잡아도 이백에서 이백오십 년 전 책이라는 말이 아닌가? 그런데 그 많은 세월을 보내고도 이렇게 흠집 하나 없다는 것을 보면, 음… 얼마나 이 책을 애지중지(愛之重之)하며 보관했는지 알 수 있겠구나.'

책을 중히 여기고 흠집 하나 없이 보관해 온 손길에 감탄하는 마음을 뒤로하고 책의 내용을 살펴보기 위해 겉장을 넘겨보았다.

처음엔 무엇을 보았는지 고개를 갸웃거렸고 때로는 무슨 생각을 하는지 책을 쳐다보지 않고 아무것도 없는 방 천장만 뚫어지게 보기도 하고…… 운영이 보기에 호열은 이해할 수 없는 행동을 하고 있었다.

운영은 호열이 책을 한 장 한 장 천천히 살피기 시작하자 초조함 반 망설임 반 이상한 기분을 느끼기 시작했다. 우선은 가문의 보물을 다른 사람에게 보이는 것에 대한 불안감 같은 것이었고, 다른 하나는 지금까지 알고 싶어도 알지 못했던 미궁 속에 빠져 있던 책의 내용을 파악할 수 있지 않을까 하는 기대감에서 일어나는 미묘한 흥분이었다. 그만큼 호열의 손에 들려져 있는 책은 운영에게는 상당히 중요한 것이었다.

운영도 아버지에게서 책에 대한 얘기를 들었던 때부터 강호를 동경하는 마음을 가지게 되었다. 책 얘기를 들은 후 몇 달 동안 운영은 가슴이 두근거려 잠 못 이루는 밤이 많았다. 잠을 자더라도 계속 같은 꿈을 꾸게 되었다. 자신이 영웅이 되는 꿈을……

운영은 지금도 가끔 어릴 적 꿈을 꾸곤 했다. 아버지가 책의 내용을 모두 해석해 주면 자신은 그것을 열심히 익힌 후 강호에 나가 마을 사람들처럼 착한 사람들을 괴롭히는 나쁜 악당들을 물리치고 영웅이 되어 금의환향(錦衣還鄕)하는 꿈이었다. 그 꿈을 꾼 다음날은 일을 하다가도 마을 사람들을 보면 왠지 어깨에 힘이 들어가곤 했었다. 미래의 영웅이란 생각으로…….

하지만 나이가 들면서 책에 대한 기대감이 컸던 만큼 실망감 또한 컸다. 금방 끝날 것이라 믿었건만, 아버지는 자신의 기대와 달리 책의 내용을 완전하게 해석하지 못했던 것이다. 아니, 거의 진척이 없었다. 그러다가 운영이 스무 살의 성인이 되자 아버지에게서 책이 넘어온 것이다. 오 년 전에.

운영은 책을 받은 오 년 전부터 매일 아침 산에 올라가 막대 치기 연습을 하기 시작했다. 비가 오나 눈이 오나 하루도 거르지 않고 그렇게 열성을 다하였으나 운영은 오 년 전이나 지금이나 무공의 경지는 변하지 않았다. 아니, 변한 것이 하나 있기는 했다. 그동안의 훈련으로 근육만큼은 어느 누구도 부럽지 않을 정도로 잘 단련이 된 것이었다. 근육만.

'응? 이거 뭐야? 도대체… 세상에 이런 것도 있었나?

"저기, 운영아, 이거… 중원, 그러니까 지금의 명나라 글 맞지?"

"옛? 예, 아마 몰라도 족히 이백 년에서 이백오십 년 정도 된 책일 겁니다."

"아, 그래, 음……."

'응? 여기 내가 어릴 때 배운 글도 있네. 뭐야, 그럼? 이거 참, 미치겠군. 뭐가 어떻게 된 거야?

호열은 이마에 흐르는 땀을 소매로 훔치면서 열심히 책을 보고 있었다. 그 대상이 책의 내용이 아니라 그곳에 쓰여져 있는 글자라는 것이 문제였지만.

'운영의 말이 사실이라면 책에 쓰여져 있는 글자는 틀림없이 중원의 글자라는 말인데, 그럼 내가 삼황에게 배웠던 글자는 뭐지?'

호열은 간간이 몇 글자 정도 알아볼 수 있는 것을 제외하고는 도무지 아는 글자가 없었다. 아는 글자도 삼황이 가르쳐 주었던 글자가 아니라 자신이 어릴 적, 정말 어렸을 때 아버지에게서 배웠던 글자뿐이었다. 눈을 비비며 아무리 찾아보아도 더 이상 아는 글자가 없었다.

"형님, 왜 그러세요? 아……."

'이런, 내가 지금 무슨 생각으로 말을 하였단 말인가? 지금 형님께서는 책의 내용을 파악하느라 진땀을 흘리시는데.'

운영은 호열의 행동이 이상하자 무슨 문제라도 생겼나 하는 초조한 마음이 들었다. 기다리면서 가슴이 두근거리고 손에 식은땀이 배일 정도가 되었다. 호열이 책을 다 살필 동안 아무 말 없이 참으려고 했지만, 운영은 자신도 모르게 그만 말이 새어 나와 버린 것이었다.

"어? 아, 운영아……."

"이런, 형님, 죄송합니다. 제가 참지 못하고……."

"응? 뭘?"

호열은 호기심을 참지 못하고 덥석 책을 받아 들었던 자신에게 한창 질책을 하고 있었다. 그러다 자신의 귀로 익숙한 음성이 들려오자 호열은 옆에서 지켜보고 있던 운영을 잊어버린 자신의 실수를 깨달을 수 있었다.

'이런, 내가 운영이 녀석을 잊고 있었구나. 하지만 뭐지? 왜 내게 미안한 표정을 짓고 있는 거지? 음… 그건 나중에 생각해 보고, 우선 이걸 어떻게 한다?'

호열은 운영이 무엇 때문에 자신에게 미안한 표정을 하고 있는지 알수가 없었다. 아니, 그쪽으로는 신경조차 가지 않고 있었다. 지금 호열에게 중요한 것은 어떻게 하면 이 난처한 상황을 잘 모면할 수 있을까하는 것이었다.

호열은 자신의 입으로 '나는 중원의 글자를 모른다. 그래서 책을 볼수가 없다' 라는 말을 운영에게 할 수가 없었다. 아니, 하고 싶지 않았다. 어떻게 중원의 말은 할 수 있는데 글자만 모른다고 할 수 있겠는가? 호열이 어떻게, 어떤 생활을 하면서 삼황으로부터 글자를 배웠는데……

"저… 운영아, 미안한데……."

"옛? 왜 그러세요, 형님?"

"응? 음, 이거… 차마 이 책을 못 보겠구나."

호열은 차마 다음 말을 잇지 못했다. 할 말이 없었다. 무슨 변명거리가 있었다면 좋았겠지만 호열에겐 그럴 주변머리가 없었다. 그래서 생각해 낸 것이 가만히 돌아가는 상황을 지켜보면서 대처해 나가자는 것이었다. 지금은 모르겠지만 혹 운영과 얘기를 하는 도중에 좋은 생각이 떠오를지도 모른다는 막연한 기대를 하면서 말이다.

"옛? 왜요?"

"응, 그게… 음, 내가 이 책을 읽는다면 그건 너의 가문에서 소중하게 보관해 오던 보물을 내가 가로채는 것이 아니겠느냐."

호열은 모기가 기어가는 것보다 더 작은 목소리로 운영에게 대답했다. 차마 운영의 눈은 쳐다보지도 못하면서……

분명 호열은 책을 보았어도 벌써 다 보았다. 호열이 못 보았다고 우겨도 옆에서 쭉 지켜보고 있던 운영은 그렇게 생각하지 않을 것이다.

하지만 호열은 이 문제를 깊게 생각하지 않기로 했다.

"형님, 무슨 그런 말씀을. 아닙니다. 가로채다니, 그게 무슨 섭섭한 말씀이십니까? 그건 제가 먼저 청한 일인데요."

운영은 호열의 말에 얼굴이 빨갛게 변하면서 자신의 행동을 정당화시키려고 했다. 이미 호열이 책의 내용을 모두 보았다고 판단했기 때문에 운영은 더 이상 호열이 자신의 처지를 모른 체하지 말아주었으면 하는 속내가 들어 있는 말이었다.

호열도 이런 운영의 의도를 알 수 있었다. 그가 생각하기에도 당연한 말이었다. 호열이 말은 그렇게 했지만 이미 운영의 양해 아래 책을 보았기 때문에 호열은 더 이상은 거절할 명분이 없었다. 하지만 책만 보았을 뿐 글자를 모르니…….

"아니다, 아니야. 어찌, 음… 내 차마 그럴 수는 없구나."

'아, 이 일을 어찌하면 좋지? 차마 말은 못하겠고, 휴, 그냥 밀어붙이자. 지금은 그 방법밖에 없겠구나.'

호열은 얼굴에 철판을 깔기로 했다. 그러나 이미 일이 발생하고 난 후였다. 호열은 자신의 잘못을 알았을 때부터 생각하고 있었지만 막상 실행에 옮기려니 그게 잘 되지 않았다.

"형님, 정말 괜찮습니다. 그러니 그런 부담 갖지 마시고 무슨 내용인지 읽어보셨으면 저한테 설명 좀 해주세요."

"응? 그게… 허허, 이거 참……."

'이런 제기랄, 누군 말해 주고 싶지 않나. 음, 이거 참, 이거 책에 쓰인 글자가 무슨 글자인지 알아야 말해 줄 것 아닌가? 그런데 저 미련한 녀석은 이런 내 마음도 모르고 저리 말하니, 에이.'

호열이 운영의 눈치를 보며 어떻게 해야 할지 갈피를 못 잡고 있을 때, 운영은 호열이 왜 저러나 하는 생각을 하고 있었다.

"형님, 왜 그러세요? 무슨 이상이라도 있나요?"

"아니다, 이상은 무슨."

"그럼 그러고만 계시지 말고 어서……."

운영은 더 이상 호열이 결정 내리기만 기다리고 있어서는 안 되겠다는 생각이 들었다. 호열이 책의 내용을 말해 주기가 거북한지 자꾸만 말을 돌리고 있다는 것을 느낄 수 있었기 때문이다.

'그래, 이러면 되겠구나. 명분! 명분을 만들면 되겠어. 휴, 이제 살았네.'

"음… 그래, 그럼 운영아, 이건 어떠냐?"

"예? 뭐가요?"

"운영아, 아무리 생각을 해봐도… 이건 말이다, 음… 그래, 내가 책을 읽어는 보았지만 그렇다고 아저씨께 내가 읽었다고는 말할 수 없는 일이다. 이 책은 너희 집 가보가 아니냐? 그러니……."

"옛? 음… 그럼?"

"그래, 내가 지금 너에게 말해 줄 수는 없는 일이다. 단, 네가 다시 내게 책을 읽어주어라. 그럼 난 책을 본 것이 아니라 네가 읽어주는 것을 듣고 가르쳐 주기만 하는 것이 되질 않겠느냐? 그렇지?"

호열은 번뜩이는 머리로 위기를 빠져나갈 수 있는 방법을 간신히 생각해 냈다. 정말로 하늘이 호열의 명예를 지켜주려고 그러는지, 아니면 운영의 정성에 하늘도 감복하여 호열로 하여금 그 임무를 대행하려고 하는지… 그건 모르겠지만, 어찌 되었든 호열은 자신이 생각하기에도 완벽한 방법을 생각해 내었던 것이다.

"옛? 그게 무슨 말씀인지……."

"아아, 그게 무슨 말인가 하면, 음… 그러니까 내가 직접 읽지 않고 네가 대신 읽어주란 말이다. 그런 후 내가 너에게 설명을 하면 되지. 그래야 너도 아저씨께 내가 책을 보지 않고 네가 물어보는 것만 대답해 주었다고 할 수 있지 않느냐."

"음… 예, 그건 그렇지만……."

"그렇지? 그럼 그렇게 하자. 그럼 나도 책을 보지 않은 것으로 아저씨께 말할 것이니."

"형님, 도대체 왜?"

"어허, 싫으냐?"

"아니, 그게 아니라… 예, 형님께서 그렇게 말씀하신다면 그렇게 하겠습니다만……."

"그래? 그럼 어서 읽어보아라."

'휴, 이제야 살 것 같네. 정말 내 머리 어디에서 이런 생각들이 팍팍 튀어나오는 것인지. 후후후.'

"예, 그럼 읽어보겠습니다."

운영은 처음 호열이 책을 못 본 것으로 하자는 말에 하늘이 무너지는 심정이 되었다. 하루 종일 호열에 대해 많은 생각과 기대를 했었으니……. 하지만 호열이 대놓고 거절을 한 것이 아니라는 말에 안심할 수 있었다.

운영은 처음 호열을 보면서 '왜 잘 보다가 갑자기 저런 이상한 말을 할까?' 하는 이상한 생각도 들었지만, 그것이 나름대로 자신을 위하는 마음에서 그와 같은 말을 한 것이라는 것을 알았으므로 편안한 마음으로 책을 읽을 수 있었다.

호열은 이 방법이 위기를 빠져나갈 수 있는 것뿐만 아니라, 자신이 도저히 아는 글자가 없어서 못 읽었던 책의 내용을 운영을 통해 알 수 있었다. 사실 알고 싶다는 마음보다는 호기심이었지만.

하지만 이런 호열의 호기심이 중원 오지의 작은 촌마을에 사는 순수한 청년을, 정말로 순수한 열정을 가슴에 안고 살아가던 스물다섯 살의 청년을 강호로 한 발 내딛게 만드는 시발점이 되었으니…….

꿈에서라도 예상하지 못할 강호라는 험난한 미래가 운영에게 서서히 다가오고 있었다. 단지 호열의 단순한 호기심에 의해서…….

'휴, 이 문제는 어느 정도 해결이 된 것 같고, 그런데 아까 본 것이 명나라 글이 맞는 것 같은데… 그럼 내가 동굴에서 삼황에게 갖은 구박이란 구박을 다 받아가며 칠 년 가까운 시간 동안 어학 연수를 한답시고 배운 것은 뭐란 말인가? 난 무얼 배웠지? 삼황은 내게 뭘 가르쳐 준 거고? 삼황! 도대체 나에게 뭘 가르쳐 준 거야?!'

호열은 생각할수록 분한 마음이 들었다. 그 아까운 세월을 투자해 가면서 써먹지도 못할 것들을 배웠으니…….

'휴, 언젠가는, 언젠가는 만날 수 있겠지.'

심란한 마음을 어렵게 가라앉힌 후 운영이 낭랑한 목소리로 낭독하는 소리를 들으며 호열은 속으로 삼황을 욕했다. 그것도 아주, 아! 주! 처절한 분노를 가득 담아 하늘을 보면서.

"응? 왜 또 갑자기 귀가 가려운 거야? 한동안 뜸해서 없어진 줄 알았는데."

"응? 빙황, 자네도 귀가 가려운가? 나도 지금 그런데?"

"자네들도? 이거 또 왜 이래? 아직도 선계에 적응이 안 됐나?"

"아, 안 되겠다. 이보게들, 나 먼저 가겠네."

"응? 자네, 난가(爛柯)를 두다 말고 어딜 간다는 건가?"

"응? 그게, 음… 귀가 가려워서……."

"빙황, 귀가 가려우면 여기서 파면 되지 어딜 간다는 건가?"

"하하하, 귀가 가려우니 저기 곤륜신모(崑崙神母)한테 가서 파달라고 해야지. 그럼 이만."

"뭐? 곤륜신모한테? 이봐, 나도 같이 가자고."

"이런, 내가 먼저일세."

호열이 마음 가득 지.독.한 분노를 담아 자신들의 욕을 해서 가려운 줄은 꿈에도 모르는 삼황은 이렇게 오늘도 선계에서 즐거운 나날을 보내고 있었다.

호열이 지금의 문자, 즉 명나라 글자를 모르는 건 어쩌면 당연했다. 그것은 삼황이 명나라 사람들이 아닌 먼 옛날, 아주 먼 옛날, 지금은 전설이 되어버린 진나라 때의 사람들이기 때문이었다. 그러니까 지금으로부터 천칠백여 년 전에 활동하던 사람들로, 그때 당시 사용하던 문자는 지금의 문자가 아니었다. 당연히 지금의 명나라는 그때 당시 사용하던 문자를 사용하지 않았으니…….

삼황은 호열에게 자신들이 사용하던 시대의 문자를 가르쳐 주었던 것이다. 덤으로 그보다 더 오래된 갑골문(甲骨文)도.

나중에 삼황이 가르쳐 준 갑골문은 자신들이 배웠던 심법에 적혀 있던 것이었다. 그러니 호열에게 가르쳐 주었을밖에.

갑골문은 삼황이 활동하던 진나라보다 더 오래된 왕조인 은(殷)나라 때의 문자로, 약 이천칠백에서 이천삼백 년 전의 문자였다. 은나라는 종교적인 색채가 짙은 정치 형태를 취하였는데 전쟁과 농업 생산, 사냥

등 국가의 중요 대사는 물론 왕족의 출산, 질병, 바람, 구름 등의 자연 현상에서 일기 예측에 이르기까지 모든 행위와 현상에 대해 점(占)을 쳐서 신(神)의 뜻을 물었다. 그 결과를 거북의 등딱지나 뼈에 기록했는데, 이때 사용된 문자가 갑골문자(甲骨文字)였다.

그러니 호열이 알고 있는 것은 이미 오래전에 사라져 버린 글자였다. 이런 걸 모르는 호열은 자신의 머리를 쥐어박으며 선계에 있을 삼황을 욕하기에 정신이 없었다. 나중에 운영을 보낸 후에도 아마 깜깜한 밤이 다 지나가도록 잠을 이루지 못할 것이다, 삼황에 대한 분노로……. 불쌍한 삼황.

하루하루 살기가 생각처럼 쉽지가 않구나

 하루하루 살기가 생각처럼 쉽지가 않구나

어느새 밖에는 해가 완전히 저물어 어둠만이 가득한 세상이 찾아와 있었다. 마을이 산속에 위치해 있어서 어둠이 빨리 찾아온 것도 있지만 겨울이라 더욱 빨리 찾아온 것이다.

지금 마을은 어둠이 가득했다. 간혹 호롱불을 밝히고 있는 집들도 있었지만 그 수는 얼마 되지 않았다. 비싼 호롱불을 밝히려면 집에 그만한 돈이 있어야 하는데 마을에서 그 정도의 여유를 부리는 집은 대여섯 가구밖에는 없었던 것이다. 그중에 다행히 운영이네 대장간도 끼어 있었다.

운영이네 집은 다른 집들처럼 농사를 짓지 않고 현금을 취급해서 그런지 동네에선 손가락 안에 드는 부자였다. 또한 매일 불씨가 살아 있어야 하는 특이한 직업도 한몫 단단히 했지만……

어두운 방 안. 운영은 호롱불에 의지하며 호열이 들을 수 있도록 열심히, 또박또박, 한 자 한 자 성심성의를 다하여 읽어 나가고 있었다.

"서(序), 이 책은 나 도검(道劍) 추윤(鄒崙)이 남긴다. 나는 송(宋)나라 사람으로 젊은 시절 정강(靖康)의 변(變) 때 관군으로 나가 싸우다가 그만 부상을 당하게 되었다. 그렇게 부상을 당하여 깊은 산 이름 모를 숲에 쓰러져 다 죽어가고 있었을 때, 나에겐 천운(天運)이었는지 그 당시 숲을 지나가던 한 도인(道人)을 만나 생명의 구함을 받고 또한 그분으로부터 조금이나마 가르침을 받게 되었다. 그 후 내가 몸을 어느 정도 다스릴 수 있게 되자 그분은 자신의 고행이 아직 끝나지 않았다는 마지막 말을 남기고 다시 길을 떠나셨다. 차마 끝까지 만류하던 내가 안되어 보였는지 떠나가시면서 나에게 나중을 기약하는 마지막 말씀을 남기고 그 어른은 그렇게 떠나셨다. 나중에 알게 된 사실이지만 그 어른은 전진교(全眞敎)를 창건하신 왕중양(王重陽)이란 분으로 세상에서는 그분을 중양 진인(重陽眞人)이라 부르고 있었다. 우연히 이러한 소식을 듣게 된 나는 기쁜 마음으로 그분을 찾아갔으나 그만 그분의 제자들에 의해 만나지 못하고 다시 산으로 돌아오게 되었다. 안타까운 일이지만 늦게나마 그분의 소식을 접한 것으로 위안을 삼을 수밖에 없었다. 그 후 다시 산으로 들어온 나는 그분에게서 배웠던 검법을 나에게 맞게 연마하기 시작했다. 중(重)을 위주로 하는 그분의 검법은 몸이 약한 나에게는 맞지 않았기 때문이다. 하지만 나의 이런 수련이 영원히 나를 세상과 단절시킬 줄은 몰랐다. 처음엔 쉽게 끝날 것 같던 수련 과정이 내 예상과는 달리 너무나 많은 시간이 흐른 후에야 마무리 지을 수 있었던 것이다. 그렇게 백 년을 넘게 고심한 끝에 나는 나에게 맞는 하나의 검리를 깨닫게 되었고, 그 검리를 바탕으로 이 유운검법(流雲劍法)을 창안하였으니 후인은 이것을 염두에 두고 각고의 노력으로 정진해 주기 바란다. 난 한평생을 혼자 산속에 살면서 검법만을 수련했다. 한때는 비록 미완성이지만 세속에 나아가 내 이름을 널리 알리고 싶다는 호기도 들었지만, 그것이 덧없음과 이미 몸이 기력을 다하게 되어 이렇게 후일을 도모하게 되었다. 하지만 후회는 없다. 그렇게 보낸 백 년의 세월로 말년에 이런 검법을 창안하게 되었으니……. 그러나 아쉬운 건 나에게 따로 후인이 없어 이렇게 여기서 말년을 끝내게 되는 것이다. 그러니 차후 후인은 나의 전철을 밟지 말고 열심히 노력하여 밑에 많은 후인들을 거두고 가르치도록 하거라. 나는 이 책에 석년에 중양 진인에게서 배웠던 검법은 기재하지 않았다. 단지 내가 창안한 하나의 심법과 검법, 그리고 신법 등 세 가지 무공만을 남겼다. 내 평생의 동반자(同伴者)이며 친구 같았던 이것을… 나도 한때 이 책을 완성하면서 중양 진인의 검법을 기재할까도 생각해 보았으나 나는 그분의 정식 제자도 아니고, 단지 그분의 사사로운 가르침만을 받은 관계이기에 오랜 생각 끝에 그분의 유적은 남기지 않기로 했다. 또한 중양 진인, 그분에겐 죄송한 일이지만 그분의 검법과 나의 검법을 비교하고 싶었던 마음이 들었기 때문이다. 비록 내 검법이 그분의 검리에서 파생된 것이긴 하지만……. 그러니 후인은 이것을 최선을 다해 연마하여 이런 검법도 있었다는 것을 세상 사람들에게 보여주도록 하라. 이 유운은 중(重)을 위주로 하는 검법이 아니다. 비록 마지막은 무거움으로 끝났으나 처음은 날카로움으로 시작하는 검리가 적용된 검법이다. 그 내용은……."

　운영은 그 후로도 약 한 시진에 걸쳐서 책을 읽어 나갔다. 가끔 말을 잇지 못할 때도 있었지만 호열이 알아들을 수 있도록 한 자 한 자 정성을 다했다. 아직 모르는 글자가 많이 있었지만 최선을 다하고 있었던 것이다.

'응? 뭐야? 뭐가 이렇게 쉬워? 이거 어떻게 된 거지?'

호열은 운영이 읽는 소리를 들으며 곤혹스러운 표정을 지었다. 가끔 말이 맞지 않게 읽기도 하였지만 그런 부분은 능히 짐작할 수 있을 정도로 책의 내용이 너무나 쉽게 다가왔던 것이다.

'음… 가만, 생각 좀 해보자. 저 책을 쓴 그 추윤인가 뭔가 하는 사람의 말로는 자신이 만든 것이 굉장하다는 말인데… 그런데 뭐가 이렇게 쉬운 거야? 허허, 음… 혹시? 너무 기뻐한 나머지 자신이 만든 것을 자화자찬한 것이 아닐까? 아마 그럴지도……. 그렇지 않고서야 어떻게 한 번 듣는 것만으로 해석이 될까? 음… 혹시, 혹시 정말 내가 천재가 아닐까? 그래, 그래서 단 한 번만 듣고도 해석이 되는 것 아니겠어? 저들은 오십 년이나 걸리고서도 아직 못했다는데. 하하하, 역시 난 천재였어.'

호열은 자신의 천재성에 혀를 내둘렀다. 언제부터인지는 잘 모르겠지만 갑자기 자신의 머리가 비상해진 것은 사실이기 때문이다. 지금은 그러한 것을 기정사실로 받아들이고 있지만…….

"형님, 다 읽었습니다. 그럼 이제 어떻게……?"

"아, 벌써 다 읽었느냐? 그래, 내 잘 들었다."

"예, 그럼 말씀해 주십시오."

운영은 호열의 입에서 과연 어떠한 말이 나올 것인지 무척 궁금해하는 표정을 짓고 있었다. 소원을 이룰 수 있는 것인지, 아니면 계속 이대로 세월을 보내야 하는 것인지가 모두 호열의 한마디에 달려 있기 때문이었다.

"뭘? 너는 지금 무엇을 말해 달라는 거냐?"

“예, 그러니까… 형님께서 들으셨으니……."

“응? 들었으니 뭘? 그게 뭐였지?"

운영은 예상하지 못한 호열의 반응에 황당할 수밖에 없었다. 기껏 하라는 대로 다 했는데…….

“형님께서 아까 책의 내용을 모두 들으면 가르쳐 주신다고 하셨지 않습니까? 우리 가문의 숙원을 말입니다."

“아하, 내가? 어떻게? 난 가르쳐 준다는 그런 말 한 적 없는데?"

“옛? 하지만 다 들으신 후 가르쳐 주신다고……."

“음, 내가 그랬었나? 아닌 것 같은데? 그래, 난 분명히 가르쳐 준다 고 말한 적은 없다. 다만 책의 내용을 해석해 준다고만 했을 뿐."

호열은 운영의 말에 고개를 갸우뚱거리며 모르겠다는 표정을 지어 보였다. 아무리 생각해도 분명히 그런 말을 한 적이 없기 때문이었다.

'아, 그렇구나. 형님께선 그때 해석만 해주신다고 하셨지 가르쳐 주 신다고는 하지 않았었구나. 그럼 나는 어떻게 해야 하는가?

운영은 호열의 말에 생각나는 것이 있었다. 자신이 너무 앞질러 갔 다는 것을…….

“아닙니다. 형님께서 분명히 그렇게 말씀하셨습니다."

'제발… 형님, 미안합니다. 형님께선 그런 말씀을 하지 않으셨지만 어쩔 수 없습니다. 제 평생이 달린 문제이니…….'

호열에게는 미안한 일이지만 운영은 자신의 처지를 생각하지 않을 수 없었다. 책의 해석도 중요하지만 지금 호열의 가르침을 받을 수 없 다면 유운을 언제 대성할지 기약할 수 없기 때문이었다. 이러한 생각 으로 운영은 끝까지 밀어붙이기로 했다. 속으로는 이러면 안 되는데… 라는 생각을 하면서도.

"허, 이거 참, 난 아닌 것 같은데?"

'잉? 내가 정말 그랬단 말인가? 아닐 텐데……. 내가 그런 귀찮은 일을 할 사람이 아닌데? 그건 하늘이 알고 내가 아는 일인데…….'

호열은 어이없다는 표정이었다. 호열은 자신이 어떠한 사람이라는 것을 잘 알고 있기에 운영에게 그러한 말을 하지 않았다는 것에 자신의 모든 것을 걸 수 있을 정도였다. 하지만 한 번도 호열에게 거짓을 말하지 않았던 운영이다. 호열은 난감하지 않을 수 없었다.

가르쳐 준다는 것과 해석만 해준다는 것은 하늘과 땅 차이만큼 큰 것이다. 해석은 쉽게 그 이치만 풀이해 주면 되는 일이지만 가르친다는 것은 배우는 사람이 깨달을 수 있도록 지도해 주어야만 하는 것이다. 해석만 해준다면 깨닫든 그렇지 못하든 상관하지 않아도 되는 일이었지만 가르친다는 것은 이 모든 것을 가능하게 해야만 하는 것이다. 그만큼 어렵고 신경이 많이 쓰이는 일인 것이다.

"형님, 절 그렇게… 그렇게도 제 말을 믿지 못하십니까?"

"아니, 그게 그러니까……."

"그러니까 뭡니까? 어서 말씀해 주십시오."

"아니… 그래, 누가 널 못 믿는다고 그러냐? 누가 그래? 응? 내 말은, 그러니까, 음… 휴, 알았다. 내 그걸 해석해 주고 직접 가르쳐 주면 되잖냐? 안 그러냐? 그렇지?"

'음, 이거 내가 잘하는 일인지 모르겠네. 왠지 저 녀석한테 끌려가는 느낌이야. 밖에도 인기척이 느껴지고… 아저씨와 아주머니겠지만 기분이 안 좋아.'

고개를 이리저리 흔들면서도 호열은 결단을 내리지 않으면 안 되었다. 더 이상 운영의 문제로 머뭇거릴 수 없는 일이기에 어떻게 하든 자신이 결정을 내려야만 하기 때문이었다. 운영의 딱한 사정은 알고 있지만 만약 지금 운영이의 부탁을 들어준다면 앞으로 남은 두 달이 피곤할 것이 분명하기에 망설이고 있었던 것이다. 하지만 호열은 운영의 부탁을 거절할 수 없었다. 자신이 친동생으로 여기는 운영에게 이번 일이 얼마나 중요한 일이라는 것을 잘 알기에 호열은 더 이상은 다른 말을 할 수가 없었다. 하지만 호열의 기분은 뭔가 말할 수 없는 이상한 기분이 들었다. 자꾸만 늪에 빠지는 것 같은 이상한 감정이…….

  겨울이라 차가운 냉기를 동반한 바람이 몰아치는 어두운 밤. 호열과 운영의 신경전을 밖에서 듣고 있던 운영의 아버지와 어머니는 속이 타들어가는 것 같았다. 운영이 들어간 후 과연 어떻게 될까 하는 마음으로 운영의 방에 살짝 귀를 기울이고 들어보기로 했던 것이다. 그들도 궁금했으므로. 아버진 아버지대로, 어머닌 어머니대로 얼마나 오랫동안 기다려 온 세월이던가.

  호열과 운영의 대화를 들으면서 운영의 아버지가 자신도 모르게 깜짝 놀랐던 건 호열이 유운을 단 한 번 듣고서 해석을 할 수 있다고 했을 때였다. 그때 얼마나 놀랐던지. 운영의 어머니가 옆에서 손을 잡지 않았다면 방으로 뛰어들어 갈 뻔했다. 얼마나 가슴 뛰는 일인가. 그토록 열망하던 일을 이룰 수 있게 될지도 모르게 되었는데…… 하지만 자꾸 호열이 피하는 말을 하자 가만히 듣고만 있던 운영의 아버진 속이 타는 것 같았다.

  '이런, 운영아. 그래, 잘한다. 그렇게 계속… 그렇게 밀어붙이거라. 네가 안 되면 이 아비라도 당장 뛰어들어 가 매달리마. 제발…….'

  운영의 아버진 호열이 만약 거절한다면 당장에 뛰어들어 가 머리를

조아리며 바짓가랑이라도 잡고 애원이라도 할 기세였다. 그만큼 가슴
에 맺혔던 응어리가 많아서일 것이지만……

　"저, 정말이십니까, 형님? 지금 하신 말씀, 참말이지요?"
　"그래, 가르쳐 줄게. 그러면 되잖아."
　"형님, 고맙습니다. 정말 고맙습니다."
　운영은 호열이 흔쾌히 자신을 가르쳐 주겠다고 하자 눈물이 나올 정
도로 고마움을 느꼈다. 운영은 끓어오르는 감격을 이기지 못하고 연신
고맙다는 말만을 되풀이하면서 하염없이 눈물을 흘렸다.
　"음, 고맙긴 뭘. 참, 내가 깜박 잊고 안 한 말이 있는데……"
　'그래, 어차피 가르치기로 하긴 했지만 내가 모두 관여할 필요는 없
겠지. 암.'
　"옛? 뭐요?"
　"다름이 아니라, 음… 난 너의 스승이 아니다. 그러니 내가 가르칠
수 있는 것은 네가 스스로 수련을 하면서 의문이 나는 것을 물어올 때
그것만을 가르쳐 주겠다는 것이다. 알겠느냐?"
　호열은 굳이 운영을 위해 자신이 모든 것을 희생할 필요는 없겠다는
생각을 했다. 호열이 원해서 하는 일이 아니니 운영이 필요로 하는 부
분만, 즉 물어오는 것만 가르쳐 주겠다는 생각인 것이다.
　"옛? 아, 예, 알겠습니다, 형님."
　운영은 호열의 말에 반박할 수가 없었다. 서운하기는 하지만 호열이
조금이나마 가르쳐 주겠다고 한 것도 사실은 감지덕지한 일이기 때문
이었다.
　"그래? 음… 그럼 뭐 먼저 해줄까?"

'그래, 지금은 내가 형님께 죄를 짓고 있지만 나중에는 내가 형님을 보필하면서 이 은혜에 보답하자. 그래, 지금은 형님껜 미안하지만 당당히! 열심히 하자.'

"예, 우선 심법부터 가르쳐 주십시오. 심법은 모든 무공의 기초라고 알고 있습니다."

운영은 호열에게 거침없이 자신이 모르는 것을 가르쳐 달라고 했다. 지금은 자신이 힘이 없고 잘난 것도 없지만 나중엔 꼭 호열을 자신이 옆에서 모시면서 은혜에 보답하겠다는 굳은 결심을 하면서…….

"음… 그래. 알았다, 알았어."

'음… 이거 정말 내가 실수하는 것이 아닐까? 지금 저 녀석의 표정이…… 하지만 저 녀석은 순진해서 그런 머리가 없는데. 음, 너무도 당당하지 않은가? 정말로 내가 그런 약속을 했을지도. 음… 담엔 절대로 이런 부탁 같은 건 안 들어준다. 암.'

호열은 운영의 당당한 태도에 혹시 자신이 기억하지 못하고 운영을 구박한 것이 아닐까 하는 착각이 들었다. 예전에 호열이 가르쳐 준다고 했었기 때문에 지금 운영이 호열에게 미안한 표정 하나 없이 가르쳐 달라고 하는 것이 아닐까 하고 말이다. 하지만 호열은 분명히 그런 말을 한 기억이 없다. 분명히…….

"운영아, 아까 네가 읽은 걸 들으면서 생각해 봤는데 아마도 해석은 쉽게 해줄 수 있을 것 같다. 그러나 한. 번.뿐이다. 단 한 번!"

"옛? 한 번만이라니요? 형님, 제가 형님 같은 천재로 보이십니까? 제가 어찌 한 번만 듣고 이해할 수 있겠습니까? 형님, 이왕 해주시는 거, 휴, 형님, 전 천재가 아닙니다, 형님 같은……."

"아니, 난 말이지… 응? 너도 알고 있었냐?"

"옛? 아… 예, 당연히. 그런 것도 모르겠습니까. 알고 있었지요."

'음, 이것으로 확실해졌구나. 형님을 움직이려면 아부를, 그것도 확실한 아부를 해야겠구나. 이거, 은근히 속이 찔리네. 하지만 어쩔 수 없는 일이니……'

운영은 최대한 호열을 띄워주기로 했다. 그렇게 해야 호열이 기분 좋게 자신을 가르쳐 준다는 것을 충분히 느낄 수 있었으므로……

"예, 제가 보기에도 형님께선 천재십니다. 그러나 저는……"

"아, 그렇지. 음… 하지만 운영아."

"옛? 왜요?"

"음, 보통 사람들이라도 말이지, 음… 그래, 한 번은 아니더라도 두세 번 정도면 알 수 있는 거라……"

"형님, 이왕 해주시기로 하신 거 미거한 저를 위해서 그냥 편안하게……"

"아, 알았다, 알았어. 거참……"

'허, 이 녀석, 이제 보니 여간해선 말로 못 이기겠네, 이거. 앞으로 조심해야겠어. 괜히 저 녀석에게 덜미를 잡히면 고생문이 훤하겠어. 음……'

호열은 운영이 자신을 일부러 낮추면서 아부하고 있다는 것을 알 수 있었다. 막상 듣기 좋은 말을 들으니 기분은 좋았지만 어딘지 모르게 자꾸만 운영에게 끌려가는 자신을 느낄 수 있었다. 하지만 이런 운영이 귀엽게 느껴지기도 하였으니……

"정말이지요, 형님? 정말 감사합니다. 감사합니다."

'음, 귀엽기는 하지만 너무 기를 올려줄 필요는 없지. 그래, 적당히 조절할 필요가 있겠어.'

"그래그래, 알았다. 그럼 언제부터 가르쳐 줄까? 음… 너, 바쁘지? 지금은 시간도 너무 늦었고… 그래, 내일 아침부터 하자."

"옛? 바쁘다니요? 전……."

"아니긴. 넌 매일 아저씨 대장간에 가서 일을 도와드려야지, 산에 가서 나무해 와야지, 또 부엌에 가서 아주머니를 도와드려야지. 그렇지? 그런데 네가 어찌 안 바쁘겠냐?"

호열은 운영의 바쁜 하루 일과를 세세히 말하면서 유운의 일을 나중으로 밀었으면 하는 자신의 의견을 살짝 내비쳤다. 입가에 가는 웃음을 지어 보이면서.

"아, 형님, 전……."

"그래, 너의 맘 다 안다. 그러나 그런 걱정 하지 말고 바쁘면 내일 아침이 아니라 네가 여유가 생길 며칠 후부터 가르쳐 줄게. 아니지, 아예 일이 주일 후부터 가르쳐 줄까? 너도 그게 좋겠지? 그렇지?"

호열은 이제야 기분이 풀리는 것 같은 상쾌함을 느낄 수 있었다. 조금 시간을 늦추자는 말에 운영이 변명을 하려고 애쓰는 모습을 하자 호열은 약간의 희열 같은 짜릿한 전율을 느꼈던 것이다.

"아닙니다. 제가 어찌…… 전 당장이라도 준비가 되어 있습니다. 그러니 형님께선 너무 걱정하지 않으셔도 됩니다."

"너… 바쁘잖아?"

호열의 능청스러운 모습에 속이 타는지 운영의 얼굴은 땀을 흘리며 조금은 상기되어 있었다. 홍시 같은 얼굴에 두 손을 흔들어 극구 부인하는 운영의 모습을 보며 호열은 입가에 번지는 웃음을 억지로 참고 간신히 운영을 설득하려는 듯 딴청을 피우고 있었다.

"아닙니다. 아까 아버님과 어머님께 다 말씀드렸습니다. 그리고 겨울에 쓸 나무는 벌써 다 해놨습니다. 그러니 그런 일에 너무 걱정하지 않으셔도 됩니다.”

“헉! 그러냐?”

호열은 자신이 생각하기에도 굉장히 과장된 몸짓으로 운영을 보면서 놀라는 표정을 지어 보였다.

“예, 형님. 어찌 제가 형님을 기다리게 하겠습니까? 전 그렇게는 못 합니다. 그건 가르침을 청하는 사람의 예의가 아니라고 생각합니다. 그러니 그.쪽.으로는 어떠한 신경도 쓰지 않으셔도 됩니다, 형.님.”

“그래, 하하하! 그럼 오늘은 일찍 자고 내일 아침부터 하기로 하자. 괜찮지?”

“예, 형님.”

운영은 호열이 과장된 표정을 보이자 자신이 호열에게 속았다는 것을 알 수 있었다. 그렇지 않고서는 호열이 이런 민감한 일에 웃음을 보이면서 말하지는 않을 것이기 때문이다. 평소 자신을 친동생처럼 여기고 있다는 것을 잘 알기에 호열이 이번 일을 그냥 넘어가려 한다는 것을 알았다. 운영의 거짓말을 알면서도……

운영은 이런 호열이 너무나 고마웠다. 평소 형제가 없어 외로웠던 운영은 이 일을 계기로 호열을 의형이 아닌 친형처럼 생각하게 되었다. 어떠한 일이 있어도 변치 않을 정이 쌓여가고 있었던 것이다.

“형님, 그럼 내일 아침에 부탁드리겠습니다. 안녕히 주무세요.”

“그래, 그럼 내일 보자.”

운영은 방을 나가면서 호열에게 내일 보자고 인사했다. 무겁게 가슴을 짓누르고 있던 것이 확 없어진 듯한 기분에 거침없이 방문을 열고 나갔다.

　다행히 운영의 아버지와 어머니는 호열이 끝내 허락을 하자 더 이상 머무르지 않고 먼저 자신들의 방으로 건너갔다. 조용히 숨을 죽이면서.

　"여보, 정말 잘되었지요?"

　"그러게 말이오. 정말 다행이지, 암."

　"예, 이제 운영이 녀석도 제 스스로 앞길을 개척할 수 있게 되었으니……."

　"음, 그러나 강호는 임자 말대로 간단한 곳이 아니라오."

　"그렇지요. 저도 그곳이 험난한 곳이라는 것은 알고 있어요. 하지만 이곳에 더 이상 저 아일 잡아둘 수는 없잖아요."

　운영의 어머니 얼굴엔 운영에 대한 걱정이 가득했다. 그것이 오십 가까이 살면서 주름살이 되었지만…….

　"그렇지. 저 녀석도 말은 안 하지만 이곳이 답답할 것이야. 나도 젊었을 땐 많이 답답했었지."

　"그럼 지금은요?"

　"지금?"

　"예, 지금은 어떤데요?"

　"허, 지금이라… 지금은 오히려 나가라고 해도 나가기 싫어. 나도 이젠 늙었으니… 또 이렇게 어여쁜 임자도 있고."

　"정말요?"

　"암. 음… 우리 이 참에 아들 녀석이나 한 놈 더 만들까?"

　"뭐요? 망측하게……."

　"하하하, 뭐 어때서."

　"아이, 몰라요."

이제나저제나 호열의 대답을 기다리던 두 부부는 호열의 허락이 떨어지자 평생 짓눌러 왔던 짐을 덜은 것 같았다. 운영에게도 잘된 일이지만…….

이들 부부도 앞으로 운영이 언젠가는 강호로 나갈 것이란 것을 어렴풋이 짐작할 수 있었다. 그것이 또한 앞으로 무공을 익힌 무인으로서 인생을 살아가는 순리였으므로. 그래서 더욱 운영의 아버진 다 커버린 자식을 험난한 강호로 보내야 한다는 것에 서운한 마음과 걱정하는 마음이 들어 잠을 이룰 수 없는 것인지도…….

"허허, 아저씨와 아주머니는 벌써 가셨나 보네? 허, 그나저나 내일부터는 조금 바빠지겠구나."

'휴, 아, 정말 산다는 것은 힘들구나.'

호열은 정말 삶에 대한 생각을 다시 하게 되었다. 산다는 것이 이렇게도 힘든 일일 줄이야. 자신이 하고 싶었던, 정말 하고 싶었던 그러한 일을 하면서 살 수도 없으니……. 하루 종일 어디 따뜻한 곳에서 편안하게 잘 수도 없고 그렇다고 마을에 예쁜 아가씨도 없으니…….

요즘 호열은 자신이 여기에 남게 된 것을 후회하고 있었다. 한순간 자신의 감정을 절제하지 못해서, 아니, 추운 겨울을 혼자 쓸쓸하게 지내기 싫은 마음에 이곳에 남게 된 것이었지만.

무언가를 기다리는 사람에게 시간이란 참으로 더디게 간다. 하지만 오지 말았으면 하는 사람에겐 어느새 다가왔는지 느끼지 못할 정도로 생각할 여지를 주지 않는 것이 바로 시간이다.

새로운 운명의 시작을 알리는 햇빛이 환하게 빛을 뿌리는 아침, 운영은 밤이 얼른 지나가고 어서 아침이 왔으면 하는 들뜬 마음으로 잠

한숨 자지 않고 뜬눈으로 지샜고, 호열은 별로 잔 것 같지 않았는데 벌써 아침이 왔다는 것에 신경질이 나 있었다.

운영은 아침에 일어나자마자 장작을 팬 후 호열이 일어나자 바로 방으로 들어왔다. 그만큼 운영은 오늘 아침을 눈이 빠지게 기다리고 있었던 것이다.

'휴, 벌써 아침이네. 정말 시간이 빨리 지나가는구나. 어라? 허, 녀석……'

호열이 정신을 차리기 위해 세면을 한 후 방으로 들어가자 운영이 방을 다 정리하고 자신을 기다리고 있는 것을 볼 수 있었다. 호열은 방을 한번 둘러본 후 운영의 앞에 앉았다.

"그래, 준비는 다 됐냐?"

"예, 전 준비가 다 되었습니다."

"알았다. 그럼 한 구절씩 불러줄 것이니 열심히 듣고 기억하도록 해라. 우선은 기억하는 것이 중요하니까."

"예, 경청하겠습니다."

호열은 어제저녁 운영에게서 들은 유운인가 뭔가 하는 책의 내용을 하나하나 풀이해 주었다. 책의 내용은 호열이 보기에 너무나 간단한 내용이었다. 다만 하기 싫었던 건 나중에 운영에게 일일이 가르쳐 주어야만 한다는 것이었다. 하지만 어제 이미 그것마저 허락을 했으니…….

호열은 운영이 알아듣기 쉽게 해석해 주었지만 운영은 호열의 설명을 무려 스물네 번이나 듣고서야 완전하게 이해할 수 있었고 마흔여섯 번을 듣고서야 모두 암기할 수 있었다. 아니, 내용도 이해한 것이 아니라 해석해 주는 것을 단순히 기억했다고 보아야 할 것이다. 호열의 설명이 너무 어지러운 탓에 이해하기 힘들어 운영은 도중에 방법을 바꾸어 차라리 무작정 암기하기로 마음먹은 것이다. 어려운 난관 속에서 끝내 그 결심이 결실을 본 것이었다.

"그래, 이제 다 이해했느냐?"

"저… 제가 너무 아둔해서……."

"뭐야? 또… 냐?"

"예, 다만 형님이 해석해 주신 것을 암기만 했을 뿐입니다."

"뭐? 그냥 암기만 했다고?"

호열은 정말 한심하다는 듯 운영을 바라보았다. 벌써 밖에는 해가 지기 시작했던 것이다. 하지만 호열이 어떻게 해줄 수 없는 입장이었으니…….

"예, 죄송합니다."

"음… 뭐 어쩔 수 없지. 그래도 암기는 했다니 다행이구나."

"예, 감사합니다, 형님."

"그래, 그럼 너도 피곤할 것이니 오늘은 그만 하고 내일 다시 하기로 하자. 나도 더 해주고 싶지만 피곤하구나."

"아… 예, 그럼 먼저 주무십시오."

"그래, 그리고 너도 오늘은 푹 자거라. 오늘만 날이 아니니……."

"예, 형님."

운영은 아직 더 하고 싶었지만 참기로 했다. 호열의 말대로 오늘만 날이 아니니……. 하지만 운영은 자신의 방으로 돌아와 자리에 누워 잠을 청하면서도 더욱 정신이 또렷해질 뿐 잠이 오지 않았다. 한순간의 결정으로 그토록 깜깜하기만 하던 앞이 트일 줄이야.

오늘은 정말 잠이 오지 않을 것 같았다. 아니, 잠을 자고 싶지도 않았다. 이 기분, 정말 오랜만에 가져 보는 이 상쾌한 기분을 더 느끼고 싶었다. 어제는 막연한 기대감에 잠 못 이루었다면 오늘 밤은 미래의 영웅을 꿈꾸며 지샐 수 있기에…….

'형님, 정말 고맙습니다. 이 은혜, 이 은혜 꼭 보답하겠습니다, 형님.'

운영은 조용히 옆방에 있는 호열이 잠에서 깨지 않도록 조심하면서 밖으로 나왔다. 밤이 되어 밖의 공기가 쌀쌀했지만 지금 운영에겐 이런 매서운 추위쯤은 아무런 장애가 되지 않았다. 아니, 오히려 바람이 더욱 상쾌하게 다가올 뿐이었다. 운영은 시간 가는 줄 모르고 그냥 밖에 나와 밤하늘을 밝히는 별님만 쳐다보며 상상 속을 헤매었다. 아침 닭이 울 때까지.

호열은 잠시 자는 것 같던 운영이 자지 않고 밖으로 나가는 기척을 느끼고 잠에서 깨어났다. 이럴 땐 이목이 너무 밝은 것이 싫었다. 하지만 일어나기가 싫어 계속 잠을 청해보기로 했다. 생각 같아서는 내일도 하루 종일 자고 싶었지만 내일부터는 진짜로 운영이 가만히 내버려두지 않을 것을 잘 알기에 호열은 한 시진이라도 더 자고 싶었던 것이다. 이렇게 오늘도 호열의 피곤한 하루가 지나가고 있었다.

'젠장, 하루하루 살기가 생각처럼 쉽지가 않구나. 에구, 내 팔자야.'

호열은 앞으로 있을 피곤한 날들을 떠올리며 오지 않는 잠을 청하려고 밤새도록 뒤척여야만 했다. 처절하게…….

제
3
장

아싸!! 힘내자! 내일을 위해, 내일도 내일만의 태양은 뜨니까

새해 첫날이 밝았다. 지겨웠던, 기억하기도 싫은 지난 세월을 뒤로 하고 호열이 세상에 나와서 맞은 첫 새해였다. 다시는 그 어둡고 침침했던 동굴에서 모든 희망을 접으며 자신이 얼마나 오랫동안 안에서 생활했는지, 자신의 나이가 얼마나 되었는지 세지 않아도 되는 것이다. 매일 밤마다 꿈속에서 그리던, 그 꿈만 같던 그런 날이 밝은 것이다.

호열의 고향에선 오늘 같은 날 동네 사람들 모두 마을 어귀에 오순도순 모여 앉아 묶은 한 해[年]를 살아오며 겪었던 나쁜 일들은 모두 잊고 다가오는 새해를 즐거운 마음으로 맞이하는, 그렇게 기도하는 하루가 될 것이다. 이날은 온 동네 거지들은 물론 집 없는 떠돌이나 가난한 사람, 배부른 사람 할 것 없이 모두 즐거운 날이다.

이런저런 그리운 고향 생각을 하면서 자리에서 일어난 호열은 남모르게 한숨을 쉬었다. 이제라도 고향으로 돌아가서 예쁜 색시를 만나

즐거운 나날을 보내고 싶은 마음이 들었다. 아니, 그게 지금 호열의 솔직한 심정이었다. 그러나 지금 고향에 돌아가도 자신을 반기는 사람은 하나도 없을 것이니 사뭇 세월에 대한 서러운 마음이 들었다.

"아, 이런 것이 사람들이 말하던 타향살이라는 것인가? 정말 그립구나."

새해의 아침이 밝았지만 어제부터 바람이 세차게 불어 마을을 돌아다니는 사람은 하나도 없는 것 같았다. 호열은 살짝 문을 열고 밖을 내다보았다. 어제 내린 눈이 하얀 수를 놓은 듯이, 아니, 모두 하얀 천으로 마을 전체가 뒤덮인 그런 정경이었다.

"아, 오늘로 내 나이가 벌써 서른여섯이 되는구나. 옛날에 고향에서 떠나오지 않았다면 지금쯤 벌써 장가가서 예쁜 마누라와 자식들도 있을 텐데… 이렇게 아무것도 이루어놓은 것 하나 없이 나이만 드는구나."

옆방의 기척을 들어보니 아직 이른 시간이라 운영도 일어나지 않고 있었다. 운영인 어제도 열심히 수련을 하였는지라 벽에 가로막혀 있는 호열의 방까지 들릴 정도로 우렁차게 코를 골며 세상모르게 자고 있었다. 그동안 적응이 되어서 견딜 만하지 처음에는 운영의 코 고는 소리에 한숨도 자지 못했었다. 그 생각만 하면 지금도 웃음이 절로 나오는 호열이다.

며칠 전부터 호열은 운영에게 유운이라 적힌 책의 내용을 풀이해 주고 있었다. 글자는 모르지만 그때그때 호열의 재치로 위기를 모면하고 있었다.

호열은 운영이 옆에 앉아서 책의 내용을 읽어주는 소리를 들으며 해석해 주는 데 크게 어려움이 없었다. 삼황이 글자는 제대로 가르쳐 주지 않았지만 그 뜻이나 표현은 정확히 가르쳐 주었던 것이다.

'빌어먹을 괴물들, 가르쳐 주기 싫으면 아예 가르쳐 주지나 말지… 애 앞에서 이게 무슨 개망신이람.'

그렇게 하루하루가 지나갔고, 이렇게 새해를 맞이하면서 가슴 한구석엔 고향에 대한 그리움이 쌓여만 갔다. 동굴에서 수련을 할 때는 느끼지 못한 그리움이 끊임없이 솟구치고 있었던 것이다. 호열은 이런 자신의 심정을 애써 가라앉히려고 하였지만 그게 생각처럼 잘 되지 않았다. 그러다 보니 심마(心魔)만 커져 갔고, 이젠 포기하는 심정으로 하늘만 바라보고 있었다. 고향에 대한 그리움을 가슴 깊이 새기면서…….

"아, 이러면 안 되지. 어떻게 해서 그 지겨운 동굴에서 나와 지금까지 살아왔는데, 어떤 고생을 하면서 여기까지 왔는데… 이렇게 살아난 이상 세상에서 꼭 남들 보란 듯이 성공해서 고향에 금의환향하고 말겠다. 꼭!"

요즘 운영을 가르치면서 호열은 한 가지 고심을 하고 있었다. 그건 유운이란 책 때문이다. 처음 보았을, 아니, 운영이 읽어주는 것을 들었을 때에는 아무 생각 없이 넘어갔는데 점차 운영에게 그 내용을 해석해 주면서 자신도 모르게 책 내용에 심취해 들어가며 약간의 깨달음이 있었던 것이다.

유운이란 책의 내용에는 무공이란 것에 대해 호열이 알고 있던 상식을, 아니, 정확히 말해서 무식한 어의공령에 없는 그런 것이 있었다. 바로 날카로움!! 지금 어의공령에 꼭 필요한 것, 호열을 다시 무도에 흥미를 느끼게 하는, 호열은 생각지도 못했던 그런 중요한 것이 유운에 있었던 것이다.

유운에 있는 무공은 모두 세 가지였다.

첫째, 유운심법(流雲心法)은 계곡을 굽이굽이 흐르는 물과 산 정상을 흐르는 구름의 흐름을 보고서 창안했다고 한다. 글의 내용에는 그렇게 쓰여 있었다. 호열이 보기엔 꼭 그렇지만은 않은 것 같았지만, 아니, 아예 책의 내용과는 달리 물이나 구름과는 아무런 상관이 없어 보였다. 그러나 만든 사람이 그렇다고 하니 뭐 그런가 보다 생각하기로 했지만…….

이 심법은 소위 내공을 기르는 것이지만 호열이 보기엔 이것이 유운에 쓰인 세 가지 무공 중 제일 형편없는 것이었다. 한마디로 별로 신통치 않다고 할 정도가 아니라 차마 운영에게 설명하기도 민망할 정도로 형편없었던 것이다. 만약 다른 사람이 유운을 보았다면 어떨지 모르겠지만…….

운영이 익히고 있는 유운심법은 그 자체로의 힘은 별로 없었다. 단지 검법을 최상의 상태로 펼칠 수 있도록 해주는 역할만 할 뿐이다. 그러기에 호열이 그와 같은 생각을 하게 된 것이었지만 한마디로 유운심법은 그 자체의 공격력이나 방어력은 아예 없을 뿐 그냥 그에 필요한 내공만을 기를 수 있게 되어 있었던 것이다. 하지만 전 삼 초, 후 일 초로 되어 있는 유운검법(流雲劍法), 또한 하나의 보법(步法)과 경신술(輕身術)로 되어 있는 유운신법(流雲身法)은 호열에게 충격을 주었다. 검법에 대한 내용은 호열에게 저번 어의공령에 의한 참사를 잊게 하기에 충분할 정도로 파격적인 것이었다.

호열이 생각하기에 어의공령은 무식함이 이루 말할 수 없는 무. 식. 그 자체였다. 하지만 유운검법은 힘만 무식한 그런 무공이 아닌 세련되고 절제된, 무엇보다 날카로움이 강조된, 한마디로 표현하자면 폼나는 검법이었다. 그것도 최고로.

호열이 보기에 날카로움만 따지자면 이 검법도 무식 그 자체였지만 그때 그 일이 있은 후 호열은 어의공령을 다시는 사용하지 않겠다고 생각했었다. 스스로 이런저런 이유를 붙이면서.

첫째, 어의공령은 자기의 생각대로 잘 움직여 주지 않았다. 즉, 나아가고 물러남이 호열의 생각대로 전혀 되질 않았다.

둘째, 어의공령은 정확도가 아예 없었다. 아니, 있다고 한다면 그렇게 말할 수도 있었다. 단, 목표한 것만 사라지는 것이 아니라 그 주위의 환경이 변하는 것이 문제지만, 한마디로 표현하자면 너무 힘이 강하여 펼쳤다 하면 최대한 힘을 약하게 해도 최소 주위 일 장에 있는 것은 모두 가루로 변할 정도로 무식했다.

셋째, 어의공령은 한 번을 사용하더라도 굉장히 복잡했다. 큰마음을 먹고 사용하더라도 어떻게 기(氣)를 끌어 모아서 어느 장소에 어느 정도의 힘으로, 어디서 어디로 등등 한마디로 말해서 정신이 하나도 없었다. 이것이 호열이 어의공령의 사용을 피하는 제일 중요한 이유이기도 했다.

그러나 그렇게 무지막지했던 어의공령을 보완할 수 있는 방법이 지금 호열의 눈앞에 있었다. 아니, 확실한 해결책이었다. 그래서 호열은 유운검법을 사용하여 어의공령에 적용할 수만 있다면, 아니, 적용까지는 아니더라도 잘만 가꾸고 다듬으면 새로운, 더욱 향상된, 무식함에 날카로움까지 겸비한 어의공령을 만들 수 있겠다고 생각했다. 단순 무식한 어의공령이 아니라 정확하게 자신의 의지대로 조정할 수 있는 그런 어의공령을 만들 수 있게 된 것이다. 무엇보다 지금의 어의공령에는 날카로움과 정확도가 절실히 필요했으므로…….

둘째로 또 하나 놀란 건 유운신법에 있는 보법과 경신술 때문이었다. 지금까지 호열은 어딜 움직여도 그 목표를 생각해야만 움직일 수 있었는데 이것은 그렇지 않았다.

얼마 전에 호열이 동네에 들어와 살면서 하루는 몸이 너무 갑갑해서 혼자 산에 나간 적이 있었다. 그곳에서 운이 좋게도 어떻게 하다 보니 토끼를 잡게 되었고, 토끼를 잡았으니 그것을 집으로 가져가야겠다는 기특한 생각을 했었다.

호열은 자신이 잡은 토끼를 가지고 그날 운영이네 식구들에게 저녁을 푸짐하게 대접하고 싶었다. 매일 동네 사람들의 병을 고쳐 준다고는 하지만 양심에 꺼리는 것이 있어서인지 조금은 미안했던 것이다. 솔직히 하루면 되는 일을 이곳에서 겨울을 나고 싶어서 꾀를 냈던 것이었으니…….

그런 미안한 마음이 항상 마음 한구석에 자리 잡고 있던 호열은 이 참에 한번 생색을 내보고 싶기도 했다. 그래서 어서 빨리 집으로 가야겠다는 일념으로 집 뒤뜰을 생각하고서 의지를 발휘했었다. 하지만… 하지만 집에 와서 손을 보니 토끼가 없었다. 단지 핏물만 손에 흐르고 있었을 뿐. 이렇게 해서 호열은 공간이동을 발휘하면 자신은 아무 곳이나 옮겨 다닐 수 있지만 다른 생물체는 그렇지 못하다는 것을 깨닫게 되었다.

그러나 그때 호열은 별로 대수롭지 않게 생각했다. 운영과 운영의 부모님에겐 미안한 일이지만……. 그러다 며칠이 지난 어느날, 겨울인데도 햇빛이 따사로워 나무 그늘에 누워서 하루의 모든 시간을 한가로이 보내고 있을 때 문득 이런 생각을 하게 되었다.

‘음, 나중에 내가 혼자 어려운 일을 만나게 된다면 그땐 아무런 문제가 없겠지만 혹시 가까운 친우나 내가 잘 아는 사람과 같이 있게 된다면… 그래, 그렇게 되면 이건 사용할 수 없겠구나, 그때 토끼를 보니. 음, 이걸 사용할 수 없다면… 그러면 그땐 어떻게 하지?

호열은 이런 고민으로 머리가 어지러웠던 기억이 있다. 하지만 이런 고민도 말끔히 해결해 줄 실마리를 찾은 것이다. 바로 유운신법상의 경신법을 통해서, 이렇게 뜻하지 않게 운영을 가르쳐 주면서 호열은 나름대로 얻는 것이 정말 많았다.

새해가 밝고 네 식구가 한 방에 앉아 즐거운 아침을 먹은 후 호열과 운영은 오랜만에 밖으로 나가서 바람을 쐬기로 했다. 그동안 어느새 정이 많이 들었는지 지금은 세 식구보다는 호열을 포함한 네 식구라는 말이 더 어울렸다.

그동안 호열과 운영은 방에서 한 발자국도 나오지 않고 줄곧 책의 뜻풀이에만 전념했다. 말이 뜻풀이지 실상 호열은 열심히 떠들어대고, 운영은 계속 지겹게 잔소리를 하는 호열의 말을 한 귀로 듣고 한 귀로 흘리면서 힘들게 자신과의 싸움을 하고 있었던 것이다.

그렇게 며칠을 힘들게 노력한 것이 성과를 보게 되어 어제저녁 모든 것이 정리가 되었으니 운영은 이제부터 몸으로 익혀야겠다고 하면서 잘못된 점이 있으면 호열에게 지적해 달라고 부탁했다. 호열은 당연히 고개를 끄덕였다. 이제 운영이 밖으로 나가면 자신도 조금은 편할 것이라는 생각을 하였으므로…….

“형님, 이제 저도 어느 정도 유운에 대해 알게 되었습니다. 그러니 밖에 나가서 수련을 해야 되겠습니다.”

"그러냐? 역시 내가 열심히 가르친 보람이 있구나."

호열은 운영이 밖으로 나갈 때가 되었다는 말에 자랑스럽게 고개를 끄덕이며 자신의 노고를 칭찬했다. 마치 자신이 없었다면 어림도 없었다는 듯이.

"옛? 예, 형님. 그러니 같이 밖에 나가실 거지요?"

"응? 내가 왜?"

'어라? 이게 무슨 소리야?'

호열은 간밤에 눈이 내려 추운 날씨인데 운영이 자신에게 함께 밖으로 나가자고 하자 화들짝 놀랐다.

"옛? 왜라니요? 제가 이제 밖에서 수련을 한다고 말씀드렸잖아요?"

"그런데?"

호열은 운영의 말을 들으면서도 왜 자신이 같이 나가야 하는지 모르겠다는 표정으로 운영의 얼굴을 빤히 바라보았다.

운영이 보기에 호열의 표정은 자신이 나가야 하는 이유를 들어야겠다는 뜻이 다분히 내포된 표정이었다.

'음, 형님께선 집에 계시고 싶은 것이구나. 하지만 내가 수련하는 것을 보지 않으시면 내가 무엇이 잘못되었는지 모르실 것이 아닌가? 음, 그래. 지금은 형님을 귀찮게 하더라도, 나중에 보답을 하는 한이 있더라도 모시고 나가는 것이 좋겠구나.'

운영은 호열이 함께 수련하는 장소로 나가주었으면 하는 마음이 간절했다. 지금부터 하려는 것은 한 번도 해보지 않은 수련 방법인지라 혼자 간다는 것이 불안했던 것이다.

"형님, 제가 밖에서 수련을 시작하니까 형님께선 당연히 제 옆에서 제가 수련하는 것을 지켜봐 주셔야 하잖아요?"

"아니, 그게 무슨 말이냐? 내가 왜 이 추운 날 널 따라 밖에 나가서 그런 것을 봐줘야 하는데?"

호열은 운영의 말에 어이가 없었다. 호열이 당연히 같이 나가야 한다는 말이었던 것이다.

"그건, 음… 예, 형님께서 어제 제가 잘못된 것이 있으면 지적해 달라고 했을 때 고개를 끄덕이며 약속하셨지 않습니까? 그러니 같이 나가서 제가 수련하는 것을 보셔야지요."

"허, 도대체 난 네가 무슨 말을 하는지 모르겠다. 난 그런 말을 한 적이 없다."

'응? 내가 어제 그런 말을 했었나? 그러고 보니 그런 말을 한 것도 같긴 한데…….'

호열은 운영의 말을 들으면서 어젯밤의 일을 생각해 보았다.

운영은 호열이 점점 자신에게 넘어오는 것 같은 얼굴을 보이기 시작하자 이때 확실히 쐐기를 박아야겠다는 생각을 하였다.

"아닙니다. 분명히 어제저녁 형님께선 저에게 말씀하셨습니다. 설마 제가 형님께 거짓을 말하겠습니까?"

"아니, 아니지. 음… 네가 나에게 그럴 리는 없지. 하지만……."

호열은 운영이 자신의 가슴을 내보이며 강경한 자세를 취하자 뜨끔한 마음에 얼른 고개를 흔들었다. 하지만 딱 부러지게 확답을 줄 수가 없었다.

"형님, 그렇게 절 못 믿으시겠어요?"

"누가 너를 못 믿는다고 그러냐? 음, 난 다만 이렇게 추운 날에… 또 오늘은 새해가 밝은 기분 좋은 첫날인데……."

'음, 이거 일이 이렇게 되면 앞으로 매일 운영을 따라 나가야 할 것

같은데……. 휴, 그렇다면 오늘은 어떻게든 집에 있고 싶구나. 그래도 새해 아침인데…….'

호열은 자신의 처지를 알 수 있었다. 운영을 따라 매일 밖으로 나갈 수밖에 없는 현실을 이제는 더 이상 피할 수 없다는 것을 알 수 있었던 것이다. 그래도 오늘 아침만은 어떻게든 집에 있고 싶었다. 아침부터 고향에 대한 생각에 기분 좋게 운영을 따라 나갈 마음이 들지 않았던 것이다.

"형님, 어차피 집에서 할 일도 없으시잖아요."

"아니, 내가 왜 집에서 할 일이 없어? 네가 잘 몰라서 그렇게 생각하는 모양인데 난 정말 할 일이 산더미처럼 쌓여 있어. 그래, 환자도 봐줘야 하고……."

"형님, 그 일은 벌써 오래전에 끝났잖아요. 그러니 집에 혼자 계시는 것보다는 저와 함께 밖에 나가서 시원한 바람에 머리를 식히는 것이 좋지 않겠습니까?"

"음, 그랬나? 맞아, 또 있어. 난, 난……."

호열은 정말 밖으로 나가기 싫었다. 더구나 새해 첫날부터 밖에 나가서 추위에 떨긴 싫었던 것이다. 아무리 호열이 추위를 모르게 변했다고 하지만 몸은 어떨지 몰라도 마음은 그렇지 않았던 것이다. 마음이 추운데 몸이 멀쩡하다고 괜찮겠는가? 그래서 온갖 잔머리를 굴려서 생각해 낸다는 것이 벌써 끝나 버린 환자들 얘기였으니…… 이것이 자칭 천재라는 호열의 머리의 한계였다.

"뭐가 또 있는데요?"

"음… 휴, 알았다, 알았어. 그러니 그렇게 재촉하지 마라."

'그래, 집에 혼자 있는 것보다는 운영이 말처럼 밖에 나가서 머리를

식히는 것이 나을지도… 아직 시간도 많이 남았으니…….'

호열은 운영의 말에도 일리가 있다는 생각에 같이 나가기로 했다. 가만 생각해 보니 혼자 집에 있어보았자 고향 생각에 더 우울할 것만 같았기 때문이다. 또한 삼월까지 앞으로 한 육십 일 정도는 이곳에 더 있어야 하니 운영을 따라다니면서 남은 시간을 때우자는 생각에서였다. 어차피 그동안 할 일도 없으니…….

"그렇지요? 그럼 정말 같이 나가시는 거지요?"

"알았대… 두……."

"하하하, 알겠습니다. 진작에 그러시지. 그럼 전 먼저 밖에 나가서 기다리겠습니다."

"그래, 그렇게 해라."

"예, 그럼 전 이만……."

"음, 저기 운… 이런, 뭐야!"

운영은 호열의 확답을 듣고선 바로 방문을 열고 밖으로 나가 버렸다. 지금까지 느긋했던 모습은 어디로 갔는지, 뭐가 그리 급한지 호열이 뭐라고 하기도 전에 나갔기에 호열은 한동안 멍하니 닫힌 방문을 쳐다보아야만 했다.

"참나, 음… 그나저나 도대체 알 수가 없단 말이야? 난 어제 분명히 그런 약속을 한 적이 없는데……. 그래, 그냥 고개만 끄덕인 것뿐인데? 음… 그래, 혹시 내가 어제 피곤해서 잠깐 잠을 자다가 무의식 중에 고개를 끄덕인 것을 보고 운영이 그렇게 생각한 것이 아닐까? 그럴지도. 음… 이거 아무래도 저번처럼 속는 것 같단 말이야."

호열은 그렇게 한 시진가량을 방 안에서 투덜거리면서 시간을 때우고 있다가 방문 밖에서 자신을 부르는 운영의 등쌀에 어쩔 수 없이 밖으로 나가게 되었다. 그렇게 호열과 운영의 바쁜 새해 첫날이 시작되고 있었다.

호열이 처음 운영과 함께 도착한 곳은 마을에서 한 시진 정도 산으로 걸어가야 되는 곳으로 오 년 전에 운영이 아버지에게 유운을 받은 후 수련을 하려고 만들어놓은 곳이었다. 주변이 높은 산으로 둘러싸여 있고 높지도 않은 것이, 또 그렇다고 낮은 곳에 위치하지도 않은 정말 지리적으로 좋은 곳에 수련장이 있었다.

호열이 처음 도착해서 수련장을 한번 둘러보니 주변이 잘 정돈된 것이 운영이 이곳에 자주 와서 수련했다는 것을 알 수 있었다.

'음, 얼마나 이런 곳을 찾으려고 노력했을까? 이런 좋은 장소는 찾기가 쉽지 않았을 텐데……'

호열은 운영의 정성이 정말 대단하다고 생각했다. 아무리 지리적으로 위치가 좋은 곳이라도 산에 자리하고 있었으므로 싸늘한 겨울바람이 항상 불었을 것인데도 수련장만은 깨끗하게 정돈되어 있었던 것이다.

운영은 다시 한 번 진지하게 호열에게 유운심법에 대해 듣고선 큰 나무를 잘라놓은 곳으로 걸어가서 가부좌를 하고 앉았다. 너무나 진지한 모습에 호열은 아무런 말도 할 수 없어 운영의 모습을 바라만 볼 수밖에 없었다. 그렇게 한 시진, 두 시진……. 운영은 마치 석상이라도 된 듯 앉은 자리에서 일어날 줄을 몰랐다. 그러한 운영의 모습에 호열은 고개를 흔들 수밖에 없었다. 아무리 보아도 너무나 미련한 짓이기 때문이다.

'허, 저렇게 무턱대고 앉아 있기만 한다고 내공이라는 것이 쌓이는 것인가? 또 쌓인다고 해도 그것을 제대로 사용하려면 많은 시간을 투자해야 할 텐데……. 음, 모르겠다. 알아서 하겠지. 그래, 어차피 나는 가르쳐 주기 위해서 따라나선 것이 아니라 옆에서 지켜보기로 하고 나왔던 것이니까.'

호열은 운영의 수련 방법에 대해 아무런 말도 하지 않고 그저 옆에서 지켜만 보기로 했다. 운영에게 어떻게 하라고 할 입장이 아니라는 것을 알고 있었기에 지금은 그 방법이 최선이라고 생각했다.

호열은 한 번도 운영처럼 내공이란 것을 기르기 위해서 수련을 한 적이 없었다. 다만 살아남기 위해 몸에 이미 들어와 있는 기(氣)를 제어하려는 수련을 했을 뿐. 그러니 호열이 운영처럼 직접적으로 기를 쌓기 위한 방법을 자신있게 가르쳐 줄 순 없었던 것이다.

운영은 처음 수련장에 도착해서 시작한 심법 수련을 이른 새벽부터 저녁까지, 다음날에도… 그 다음날에도 계속하였다. 추운 겨울 매서운 한파가 몰아치는 날에도 운영은 처음 앉았던 그 자리에 앉아 매일 수련했다. 옆에서 추위에 떨며 운영을 지켜보던 호열은 지독한 놈이라고 혼자 흉을 보았지만.

'음, 나도 이렇게 앉아 있지만 말고 수련이라는 것을 해볼까?

호열은 처음 운영의 수련을 옆에서 지켜보러 나온 것이지만, 또 하나는 복잡해진 머리를 식히려는 목적으로 따라나선 것이다. 그러나 그것도 어느 정도지, 운영의 심법 수련을 한쪽에서 지켜만 보고 있는 것은 너무도 심심했다. 하루 종일 매일같이 운영이 수련하는 곳 한쪽에 앉아서 심법만 연마하는 모습을 보고 있으려니 따분하기도 하고 잡생각이 났기 때문이다. 며칠을 그렇게 지내니 온몸이 근질근질했다. 하지만 뭐부터 해야 할지 몰라 이리저리 뒹굴면서 잠을 자는 시간이 많았다.

　그렇게 열흘 동안 열심히 쓸데없는 생각을 하며 낮잠으로 시간을 보내던 호열은 운영의 다른 수련 방법에 흥미를 가지게 되었다. 수련을 시작하면서 처음부터 내공을 끌어 모으려고 노력하던 운영이 어쩐 일인지 심법 수련을 하지 않고 목검(木劍)을 하나 만들더니 그것을 들고 이리저리 왔다 갔다 하면서 열심히 수련장을 뛰어다녔다. 나름대로 보법을 밟으면서 검법을 익히기 시작한 것이다. 하지만 호열이 보기엔 추위 때문에 땀을 흘리기 위한 몸부림처럼 느껴졌다. 그것도 불쌍할 정도로 처절히…….

　‘음, 정말 저렇게 해야만 무공이란 것을 익힐 수 있다는 말인가? 저렇게 이리저리 비틀거리며 검법을 익히느니 차라리 내가 보기엔 우리 고려의 수박(手搏)이 훨씬 낫겠다. 음, 보고 있는 나로선 심심하지 않아서 좋지만…….’

　심법을 수련하던 운영이 갑자기 일어나더니 검법을 익히겠다고 목검을 만들어서 연습을 시작하자 호열은 나름대로 심심하지 않게 보고 있을 수 있게 되었다. 어쩌다가 책의 내용과 조금씩 다른 부분이 있으면 나름대로 지도해 주기도 하면서…….

　운영의 검법 수련은 처음 며칠은 틀린 곳이 많았지만 호열의 지적으로 나흘이 지나면서부터는 느리긴 했지만 혼자서 정확하게 초식을 구사할 수 있었다. 하지만 그것도 유운검법의 전 삼 초식 중 일 초식만을……. 호열이 보기에 왜 그런지는 모르겠지만 운영은 그 일 초식을 열심히 연습하고 또 연습했다.

　그렇게 초식을 정확히 구사할 수 있게 되게 된 운영은 그 후부터는 수련장을 종횡무진 누비면서 나름대로 자신만의 시간을 열심히 보냈다. 이에 다시 심심해진 호열은 운영에 대한 생각을 접어두고 햇빛이 비추는 곳에 앉아 어의공령에 대해 생각하게 되었다.

'음, 어떻게 하면 어의공령에 날카로움을 가미시킬 수 있을까? 어떻게 하면 좀 더 정확하게 원하는 부위만 공격할 수 있을까?

호열이 이 두 가지 과제를 두고 고심에 고심을 하며 시간을 보내기 시작한 것이 하루, 이틀, 일주일이 지나고 한 달이란 시간이 훌쩍 지나 갔다. 그렇다고 크게 성과가 있었던 것은 아니지만 또한 성과가 없는 것도 아니었다. 아니, 좀 더 정확히 말해서 호열도 한 달이란 시간 동안 이렇게 좋은 성과를 얻을지 몰랐다. 나름대로 깨달음이 있었던 것 이다.

'음… 역시 이렇게 하면 되겠군. 그냥 무턱대고 의지만 날리는 것이 아니라 세밀하게 정확한 목표물을 정하고 어떤 부위를, 어떻게, 어떤 방법으로 할 것인가를 먼저 생각한 다음에 사용해야만 정확하게 목표 물을 타격할 수 있겠구나. 음… 휴, 그러나 너무 힘들어. 생각하는 건 정말 싫은데……. 하지만 뭐, 별수없지, 나중을 위해서는……. 아싸!! 힘내자! 내일을 위해! 내일도 내일만의 태양은 뜨니까!'

호열은 추운 겨울에도 자신을 위해 따뜻한 햇살을 내려주는 태양을 하염없이 바라보며 자신의 의지를 굳건히 하였다.

한 달, 그렇게 한 달이란 시간이 흐르는 동안 호열과 운영에겐 많은 변화가 있었다. 한 달이란 세월이 호열과 운영에게 많은 의미로 받아 들여졌던 것이다. 깨달음의 시간과 수련의 시간으로…….

제4장

휴~ 다음엔 빼먹죽인다고 해도 이런 건 절대로 안 한다, 안 해

　며칠 전부터 내린 눈으로 산이 하얀 솜옷을 입은 것처럼 변한 언덕 수련장 한쪽에선 열심히 목검을 휘두르고 있는 한 사람과 줄기차게 내리는 눈발을 피해 수련장에서 조금 떨어진 곳, 웅장하게 서 있는 큰 소나무 밑에 한 사람이 앉아 있었다.

　호열은 눈발에도 아랑곳하지 않고 열심히 연습하는 운영을 보면서 자신도 생각하던 것을 실천해 보기로 했다.

　'음, 우선 저 나무로 해보자.'

　생각을 정리한 호열은 주변을 한번 둘러보면서 수련 대상을 물색하였다. 하지만 주변에 있는 것은 나무들뿐인지라 호열은 처음 눈에 보이는 소나무를 상대로 지금까지 깨달은 것을 실험하기로 마음먹었다.

　'그래, 저 나무가 좋겠구나. 음, 왼쪽 가지를 살짝, 그래, 아주 살짝만 흠집을 내보자. 음, 이런, 안 되는군. 어디 다시 한 번. 음… 또다시

한 번. 이런 젠장! 어디 될 때까지 해보자, 네가 이기나 내가 이기나.'

호열이 처음 목표로 잡은 소나무 가지는 아무런 소리 없이 바람에 가루가 되어 날아갔다. 아무런 소리 없이 주변의 나뭇가지와 함께…….

그냥 조그마한 흠집만을 생각했는데, 그래서 계속 이쪽 가지 저쪽 가지, 또 다른 쪽 가지, 또… 또… 그렇게 하다 보니 그 소나무는 아예 가지라고는 하나도 없는, 줄기만 하늘로 곧게 뻗어 있는 소나무가 되어 버렸다. 썰렁하니 줄기만 남은…….

그렇게 호열은 호열대로, 운영은 운영 나름대로 자신만의 수련을 하면서 또 열흘이 지나갔다. 내리던 눈은 그쳤지만 호열에겐 이날도 여느 날과 똑같은 하루가 되고 있었다. 매서운 추위는 사그라질 줄 모르고 있었고, 한쪽에선 돼지 멱따는 운영의 고함 소리가 우렁차게 들리고 있었다.

호열은 하루 종일 춥다고 투덜거리며 햇볕이 있는 곳을 찾아 멧돼지 모피를 뒤집어쓰고 앉아 있었다. 어디서 구해왔는지 운영이 물어보아도 고개만 흔들면서…….

'아, 이럴 줄 알았으면 그때 그냥 떠나는 거였는데……. 차라리 그때 떠났으면 이 추운 겨울에 밖에서 떨지도 않고 객점(客店)에서 편안하게 보내고 있을 것이 아닌가? 흑, 너무 추워…….'

호열은 모피를 뒤집어쓰고 어쩌다 한 번씩 손가락만 이리저리 휘휘 젓고 있었다. 정확한 어의공령을 구사하기 위해 손가락만 열심히 놀리고 있는 것이다. 그렇게 오늘도 한쪽에 앉아 혼자만의 고심을 하고 있던 호열에게 운영이 느닷없이 다가와서는 옆 자리에 털썩 앉았다. 이에 놀란 호열은 몰래 하던 수련을 그만두고 운영을 쳐다보았다.

하지만 놀란 표정도 잠시, 호열의 얼굴엔 반가움이 떠올랐다.

호열의 수련이라는 것이 손가락만 움직이는 것이라서 식상해 있던 차에 운영이 자신을 무슨 일로 찾아왔는지는 모르지만 하루 종일 혼자 있다가 얘기를 나눌 수 있게 됐다는 것에 반가움이 들었던 것이다. 눈으로는 얘가 왜 이러나 하면서…….

"휴, 형님, 전 안 되나 봐요. 앞으로 얼마나 수련을 해야 완벽하게 펼칠 수 있을지 막막하기만 해요."

운영은 기울어지기 시작하는 태양을 바라보며 한숨을 쉬었다.

"응, 뭐가? 또 뭣 때문에 한숨이냐?"

"유운심법도 그렇지만 유운검법과 유운신법 모두 다 제가 익히기엔 벅찬 것인가 봐요."

운영은 옆에서 관심을 갖고 자신을 뚫어지게 바라보는 호열은 쳐다보지도 않은 채 고개를 두 무릎 사이에 집어넣으면서 대답했다.

"왜?"

호열은 호기심이 동했다. 그동안 자신감이 철철 넘치는 모습으로 열심히 수련장을 뛰어다니던 운영이었는데 갑자기 자신없는 얼굴을 하고 있으니 궁금증이 일었던 것이다.

"제가 못났는지, 아니면 유운이란 무공이 익히기 어려운 것인지 하나도 진전이 없어요."

"그래? 그렇다고 벌써 그렇게 풀이 죽으면 되나, 사내 녀석이?"

'음, 운영이 녀석은 나처럼 천재가 아니니 어쩔 수 없구나. 그래, 이제라도 알아서 포기를 하니 천만다행이긴 하지만 보기엔 그다지 좋지 않구나.'

호열은 운영의 말을 들으면서 남몰래 고개를 끄덕였다. 그러나 얼굴

한쪽에는 운영을 염려하는 빛이 서려 있었다.

"휴, 형님, 저도 이러긴 싫지만 아무리 해도 안 되네요. 나중에 형님을 따라 강호에 나가서 많은 협행(俠行)을 하고 싶었는데……."

운영은 애써 무릎에 얼굴을 감추고 있지만 호열은 볼 수 있었다. 운영의 볼을 따라 흘러내린 물방울이 메마른 땅을 적시고 있었던 것이다. 눈물, 눈물이었다. 운영은 자신의 자질이 생각했던 것에 못 미친다는 것을 깨닫고는 크게 낙담하고 있는 것이다.

"응? 이런, 음……."

호열은 아끼던 동생의 눈에서 눈물이 흘러나오자 자신 역시 마음이 울적했다. 호열이 당장 운영에게 해줄 것은 아무것도 없었기에 더욱 상심이 깊었다. 한동안 호열과 운영은 아무런 말 없이 고개를 숙이며 시간을 보냈다.

'음, 한 번도 운영이 녀석처럼 무공이란 것을 익히지 않았으니 내가 도와줄 것이 아무것도 없구나. 휴, 그리고 유운은 내 것도 아니니 뭐라 할 입장도 아니고… 정말 뭐라고 말하기가 힘들구나. 그냥 열심히 하라고 할 수밖에…….'

호열은 고개를 숙이고 있는 운영을 바라보면서 다시 자신감을 가질 수 있게 용기를 주어야겠다고 생각했다.

"운영아, 너처럼 열심히 하는 사람은 별로 없을 것이다. 그런데 지금 아무런 진전이 없다고 이렇게 기가 죽어 있으면 되겠냐? 그러면 내 동생이라 할 수 없다. 난 죽음의 문턱에서도 좌절하지 않고 당당히 살아난 사람이다. 그런데 동생이란 녀석이 아무것도 아닌 일로 눈물을 보이다니……."

호열은 하늘을 바라보면서 운영의 귀에 잘 들릴 수 있을 정도의 목소리로 무게를 잡으면서 얘기하였다. 처음엔 용기를 줄 목적으로 시작했지만 마지막엔 질책으로 끝이 나는 바람에 미안한 생각이 들었다. 하지만 지금의 운영에겐 열 마디 위로의 말보다 한마디 질책이 좋을지 모른다고 생각했다. 운영이 얘기에 귀를 기울이길 바라면서…….

"형님, 죄송합니다. 제가 너무 못난 놈이라서 이렇게 형님께 염려만 끼치게 되었습니다."

운영은 호열의 나무라는 말에 차마 고개를 들 수가 없었다. 추운 날씨에도 불구하고 매일같이 옆에서 지켜보아 준 호열을 바라볼 수 없었던 것이다.

"아니다, 네가 못나서 그런 것이 아니다. 이제 시작하는 것이라서 느끼지 못하는 것이지. 너는 너의 할아버지와 아버지가 오십 년이란 긴 세월 동안 고생한 것을 잊으면 안 된다. 항상 처음의 마음으로… 그래, 좋다. 그러는 거야. 항상 처음 그 자세로 열심히 하면 되는 거야. 지금 당장 눈에 보이는 성과를 바라지 말고 먼 앞을 내다보면서 그렇게 수련을 하면 언젠가는 좋은 결과가 너를 기다리고 있을 것이다."

"아, 예……."

운영은 고개를 들어 호열을 바라보았다. 호열을 바라보니 지금 호열은 자신의 감정에 도취되었는지 눈을 지그시 감고서 한 편의 시를 낭송하는 표정으로 말을 하고 있었다. 그런 호열의 모습에 언제 괴로워했냐는 듯이 웃음이 나왔지만 너무나 진지한 표정이라 운영은 뭐라고 말을 할 수 없었다. 우선은 자신을 위해서 한 말이었으니 아무 말 없이 고개를 끄덕이며 대답했다.

"그렇지, 그러면 되는 거야. 운영아, 이런 좋은 말도 있단다. 오늘의 일은 오늘 일, 내일은 내일의 태양이 뜬다. 어떠냐? 지금 마음에 팍, 열심히 해야겠다는 생각이 들지?”

“옛? 예…… 그런데 그게 무슨 뜻인가요?”

“응? 뭐, 뭐라고? 흠흠, 지금 뭐라고 그랬냐?”

호열은 무슨 소리냐는 황당한 표정으로 운영 쪽으로 고개를 돌리다가 자신을 쳐다보고 있던 운영의 눈과 마주치게 되었다. 호열은 언제부터 운영이 자신을 바라보고 있었는지 모르지만 막상 서로의 눈이 마주치게 되니 무안하지 않을 수 없었다.

“예, 형님께서 하시는 말씀이 무슨 뜻인지 잘 모르겠습니다.”

운영은 호열이 자신에게 힘 내라는 뜻에서 좋은 명언을 얘기해 주는 것이라는 것은 알겠지만 도대체 그 말이 가진 뜻이 무엇인지는 잘 몰랐다. 그래서 호열에게 설명을 부탁한다는 표정으로 바라보았다.

“이런, 이렇게 좋은 명언 정도는 알고 있어야지. 다 살면서 피가 되고 살이 되는 것들인데…….”

“아, 예…….”

운영은 호열의 나무라는 말에 또다시 고개를 숙여야만 했다.

“그래, 그 뜻은, 음… 그러니까 그 뜻은…….”

호열은 간만에 분위기를 잡아서 그런지 금방 자신의 입으로 한 말이 기억나지 않았다.

‘뭐였지? 내가 좋은 말을 하긴 한 것 같은데… 뭐, 대충 이런 뜻이겠지.’

“음, 그것은 지금 너에게 딱 좋은 충고의 말이다. 음, 오늘 하는 모든 일이 안 된다고 포기하지 말고… 그래, 내일을 기약하라는 그런 깊은 뜻이 담긴 아~주, 아주 좋은 말이다. 이제 알겠지?”

“아, 그렇군요. 형님, 정말 감사합니다.”

운영은 호열의 말을 들은 후 수긍한다는 듯 고개를 끄덕였다.

"뭘 그런 걸 가지고……. 운영아, 열심히 노력하면 언젠가는 되겠지. 그래, 언젠가는 크게 결실을 보게 될 것이다. 그러니 너도 힘을 내거라."

호열은 자신이 해줄 수 있는 것은 여기까지라는 것에 마음이 아팠다. 직접적으로 아무런 도움을 주지는 못하고 그저 말로만 열심히 하라는 말은 누구나 할 수 있는 것이기에 그다지 마음이 가볍지만은 않았던 것이다.

"예, 형님. 형님의 격려 감사합니다. 제가 왜 그렇게 못나게 굴었는지 모르겠어요. 제게 용기를 주셔서 정말 감사합니다. 감사합니다, 형님."

운영은 호열에게 허리까지 숙여가면서 감사하다는 말을 연발하였다.

"응? 아니, 뭐… 감사라고 할 것까지야……."

호열은 운영이 다시 용기를 내서 기쁜 마음으로 수련할 모습을 보이자 덩달아 기분이 좋아졌다.

"아닙니다. 자, 이제 조금 쉬었으니 또 열심히 해야죠."

"운영아, 조금 더 쉬었다가 해라."

"아닙니다. 지금까지 편안히 쉬었는걸요."

운영은 호열이 더 쉬라는 말을 뒤로하고 다시 수련장으로 달려갔다. 풀 죽은 모습으로 올 때와는 달리 생기가 넘치는 것이 보기 좋았다.

"허, 녀석. 그래, 그렇게 생기 넘치는 모습이 너의 모습이지. 오늘은 정말 잘한 것 같다."

'응? 그런데 내가 왜 기분이 좋지? 저 녀석이 다시 수련을 하면 나도

계속 밖으로 나와야 하는데? 이런, 내가 실수를 했구나. 그냥 포기하게
하는 거였는데…….'

　호열은 왠지 운영에게 화가 나는 자신을 느꼈다. 아니, 자신에게 화
가 났다. 하늘이 준 좋은 기회를 스스로 걷어차 버린 꼴이 된 것이다.

　'음, 내가 한 말이 뭐가 명언이라고 말 한마디에 어떻게 저 정도로
달라지나? 혹시 일부러 온 것이 아닐까? 그래, 그럴지도……. 괜히 쉬
고 싶어서 그렇게 했을지도 모르지. 이 추운 날씨에 떨고 있는 나를 보
니 마음 놓고 쉴 수는 없고, 음…….'

　호열은 생기 넘치는 모습으로 수련을 시작하는 운영을 보면서 자신
을 놀렸을지도 모른다는 생각이 든 것이다. 아무리 고개를 흔들며 쓸
데없는 생각으로 치부하려고 해도 상황의 앞뒤가 너무나 잘 들어맞았
기에 머리로는 아니라고 생각하면서도 부아가 치밀었다.

　'내 말 한마디에 군소리없이 다시 시작할 거라면 왜 그렇게 풀 죽은
표정으로 내가 쉬고 있던 곳으로 왔지? 그냥 쉬러 왔다고 하고선 잠시
쉬고 가면 되는 거였잖아?

　정말 하루 이틀도 아니고 이곳 장백산의 겨울 날씨는 호열에게 너무
도 가혹한 시련을 주고 있었다. 매서운 바람 하며 항상 눈으로 쌓여 있
는 산, 정말 하루하루가 지겨웠다. 그런데 이런 호열의 심정을 모르고
운영이 잔뜩 기대만 하게 만들고서 훌쩍 떠나가 버렸으니…….

　하지만 이런 생각을 접기로 했다. 아쉽기는 하지만 운영의 생기 넘
치는 모습을 보고 있자니 더 이상 미련을 갖고 싶지 않았다.

　'그래, 이러면 어떻고 저러면 어떠냐. 운영이 녀석이 저렇게 좋아하
는 것을…….'

　호열은 운영 때문에 일으켰던 몸을 다시 모피가 있는 자리에 눕혔

다. 그러나 무슨 생각이 떠올랐는지 일어나서는 운영이 수련하는 곳으로 걸어가며 운영을 불렀다.

"아참, 궁금했던 것이 있었지. 운영아, 뭐 좀 물어보자."

"옛? 형님, 뭐요?"

운영은 열심히 수련을 하고 있다가 호열의 부르는 소리에 고개를 돌리며 바라보았다.

"하나 궁금한 것이 있는데… 넌 왜 계속 유운검법 제일초인 유수섬전(流水閃電)만 수련하고 있는 거냐, 다른 건 안 하고?"

"옛? 아, 저도 얼마 전에 안 사실이지만 그게… 제가 내공을 수련하기 시작한 지 얼마 되지 않아서 공력이 미미하거든요."

운영은 호열이 물어보는 것이 무엇인지 알게 되자 부끄러운 마음에 고개를 숙였다. 그동안 자신이 얼마나 무지했는지 알았기에 철없이 심법을 익힌다고 나무에 앉아 있었던 일이 부끄럽게 생각되었기 때문이다.

"공력? 그게 공력하고 무슨 상관인데?"

호열은 공력이란 말을 어디서 들었던 것 같기는 한데 잘 생각나지 않는지 고개를 갸웃거렸다.

"옛? 무슨 상관이라니요? 형님, 지금 절 놀리시는 거지요?"

운영은 지금 호열이 자신을 놀리고 있다는 생각이 들었다. 호열도 무인인데 설마 공력이 뭔지 모를 리가 없었기에 무슨 말을 하나 하면서 눈을 반쯤 감고선 호열을 쳐다보았다.

"응? 아니, 내가 왜 널 놀리겠냐? 내가 너처럼 쓸데없이 가만히 있는 사람 놀릴 사람으로 보이냐?"

호열은 운영이 기분 나쁘게 쳐다보는 것 같다는 생각에 오기 전 생각하던 것이 있어서 대응하는 말에 뼈가 들어가게 되었다.

"옛? 무슨?"

"아니, 아니다. 음……."

'휴, 내가 이게 무슨 말이람? 그건 어디까지나 내 생각인데 말이 이 상하게 나오네. 조심해야지.'

호열은 순간 '아차' 하는 생각이 들었다. 운영의 표정을 보니 자신의 생각이 틀렸다는 것을 확신할 수 있었던 것이다.

'음, 이렇게 되면? 허, 내 말이 그렇게도 위력이 대단했단 말인가? 별일이군. 음, 말 한마디에 천냥 빚을 갚는다는 옛말이 하나 틀린 것이 없구나.'

호열은 운영에게 자신감을 불어넣었던 것이 바로 자신의 말 한마디 때문이었다는 것에 놀랐다. 말이란 것이 얼마나 큰 위력을 발휘할 수 있는지 실감했기 때문이다.

"옛? 음… 형님, 그런데 아까 그게 무슨 말씀이세요?"

"응? 뭐?"

"공력이요. 형님, 분명 절 놀리시는 거지요?"

'하하하, 형님께서 나를 쉬게 하려고 일부러 내려오신 것인가 보구 나. 형님도 참… 그렇다고 내게 거짓말까지 하시다니. 이럴 땐 꼭 어린 애 같다니까…….'

운영은 호열이 자신을 쉬게 하려고 일부러 내려와선 할 말이 없으니 까 공력에 대해 물어보는 척하는 것이라고 생각하였다.

"아, 그거? 아니라는데도. 그러니 빨리 말해 봐라."

'참, 형님도…….'

"예, 알았어요. 형님께서 그렇게 말씀하시니… 그럼 왜 그런지 제가 설명할 테니까 잘 들으세요."

"그래, 진작 그럴 것이지."

호열은 운영이 지금 무슨 생각을 하고 있는지는 상관하지 않고 얼른 자신의 질문에 대답해 주기를 바랐다.

"예, 형님. 형님도 보셔서 아시겠지만 제가 계속 전 삼 초식 중 일 초식인 유수섬전까지밖에 제대로 펼치지 못하잖아요. 그것도 느리게 요. 휴……."

운영은 자신을 보는 호열의 얼굴이 너무나 진지하자 설명을 하지 않을 수 없었다. 그러나 막상 설명을 하려니 의당 자신의 자질에 관해 얘기하지 않을 수 없는지라 운영은 절로 한숨이 나왔다.

'녀석, 젊은 놈이 한숨은…….'

"그래, 나도 전부터 그게 궁금했었다. 왜 그러냐?"

"예, 그게 다 제가 내공이 없어서예요."

"내공? 아까는 공력이라며?"

"아, 형님. 내공이나 공력은 같은 말이잖아요. 설마 형님, 계속 모르시는 척할 거예요?"

운영은 호열이 모두 알면서도 계속 자신을 놀린다고 생각했다.

"아, 그렇군. 알았어. 음… 참, 운영아, 난 지금 정말 몰라서 그러니까 잘 설명해 줘라. 알았지? 자, 이제 그 다음으로 넘어가."

호열의 얼굴은 마치 어린아이가 흥미진진한 것을 보았을 때 나타나는 그런 표정이었다. 이에 운영도 어쩔 수 없이 호응하지 않을 수 없었다.

"음, 형님께서도 아시지만 제가 검법이나 신법의 내용은 형님 때문에 모두 완전한 해석이 가능하잖아요. 하지만 어느 세월에 제가 내공이 이 갑자가 되어서 그것들을 마음대로 펼칠 수 있겠어요?”

“응? 내공이 이 갑자?”

“예, 이 갑자요.”

“허, 도무지 무슨 말을 하는지…….”

“아아, 알았습니다. 그러니까 제 말은, 제가 내공이 모자라서 머리로는 완전히 이해하면서도 실제로는 못 펼친다는 말입니다. 이제 이해가 가셨습니까?”

“허, 알았다, 알았어. 뭐, 크게 거창한 거 가르쳐 준다고 그렇게 눈까지 크게 뜨고 그러냐?”

“형님!!”

“알았다. 음, 거 머시냐, 그러니까 네가 내공이 부족해서 유운검법을 다 펼치지 못한다는 거잖아. 그렇지?”

‘아, 이제 생각나는군. 음, 그때 빙황이 말해 준 적이 있었지. 허.’

호열은 운영의 설명을 들으면서 옛날 빙황이 어의공령을 가르쳐 주기 전에 했던 말들이 생각났다. 그때는 열심히 들었다고 생각했는데 지금 보니 그렇지 않았던 모양이다. 한참을 생각해서야 간신히 떠오른 것을 보면…….

“예, 그건 어쩔 수 없는 일이죠. 제가 워낙 늦게 내공을 수련하기 시작했으니 당연히 공력이 낮을 수밖에 없는 거 아니겠어요?”

“그렇지, 너무 늦게 시작했지. 음…….”

‘암, 너무 늦게 시작했지. 스물다섯이니……. 나는 그래도 스무 살에 시작했었는데. 응? 아닌가? 음, 나도 아니군. 나도 어학 연수를 받은 칠 년을 빼면 스물여덟에 시작했구나. 그렇게 되는군. 음…….’

호열은 생각해 보니 자신은 운영보다 삼 년이나 늦게 시작했던 것이다.

　'마음에 들진 않았지만 그래도 난 가르쳐 주는 사람들이라도 있었는데 운영이 녀석은, 음… 그래, 내가 상관할 바는 아니지. 잘 알아서 하겠지.'

　호열은 자신이 운영을 가르쳐 줄 수 있다는 것은 생각도 하지 않았다. 그저 귀찮게 하지 않는 범위 내에서 모두 운영이 스스로 알아서 하길 바라는 마음이었다.

　"예, 그러니……."

　운영은 호열의 말에 조금은 풀이 죽은 모습으로 고개를 숙이고 있다가 이러면 안 되지 하는 마음으로 주먹에 힘을 주며 마음을 굳건히 다잡았다.

　"음, 그렇구나. 너의 말대로라면 공력이란 것이 없다고 그러니……."

　'응? 가만, 공력? 공력이 없다. 공력이 없어서 못 펼친다? 이건 힘이 없어서 못 펼친다는 거잖아? 힘이 없어서…… 힘이 없다는 것은 기(氣)가 부족하다는 것인데…….'

　호열은 운영의 말을 듣고 있다가 갑자기 자신이 그동안 생각하지 못했던 중요한 것이 떠오른 듯하여 무의식적으로 정신을 집중했다.

　"음……."

　'아, 그래. 운영의 말대로라면 공력이나 기나 그게 그거지. 그럼 공력이 낮다는 것은 기가 적다는 것인데, 음… 맞다. 지금 난 어의공령에 계속 똑같은 기로 나무에 의지를 가해왔구나. 그 무지막지한 힘으로……. 허, 그러니 아무리 집중을 해도 안 되었지.'

　호열은 자신이 지금까지 무엇을 잘못하고 있었는지 알게 되자 어이가 없었다. 가장 기초적인 것을 생각도 하지 못했던 것이다. 어떻게 보면 가장 중요하다고 할 그런 것이었는데 호열은 너무 안일하게 생각하고 있었던 것이다.

'그래, 내가 생각하는 만큼의… 그만큼의 힘을 가할 수 있는 그 정도의 기를 어의공령을 통해 의념으로 발휘했어야 했는데, 그러면 되는 것을……. 이런 간단한 것을 생각하지 못했다니, 나 같은 천재가 이럴 수가…….'

호열은 자신을 천재라고 생각해 왔었다. 예전에는 그런 생각을 가지고 있지 않았지만 삼황의 정령과 물과 바람의 기, 또한 엄청난 마기를 몸에 갈무리하면서부터 그런 생각을 하게 되었다. 그때 약간의 부작용이 있었는지, 아니면 기의 영향이 있었는지 그때부터 기억력이 눈부시게 향상되었던 것이다. 하지만 호열은 자신이 생각하는 것처럼 보통 사람에 비하여 극히 뛰어난 정신 능력을 선천적으로 가진 천재는 아니었다. 영재라면 또 모를까…….

"형님, 지금 무슨 생각을 하세요?"

"응? 뭐가? 왜 그러냐?"

"예, 형님 얼굴 표정이 약간 험하게 일그러져서요."

운영은 호열이 무엇을 생각하는지 한동안 아무런 말 없이 하늘을 바라보며 서 있자 궁금증이 일었다. 가뜩이나 얼굴을 찡그리며 인상을 쓰고 있으니…….

"험악하게? 아, 그건… 그래, 그건 어떻게 하면 너에게 이 갑자의 내공이 생길까 하는 문제를 생각하느라 그랬었나 보구나."

'이런, 내가 왜 이런 말을 한 거지? 내가 요즘 왜 이래? 이런 큰 실수를 하다니……. 음, 이거 어떻게 한다? 가뜩이나 내 문제로 정신이 없

는데…….’

　호열은 운영이 갑자기 물어오는 말에 정신을 수습할 시간도 없이 자신의 입에서 무슨 말이 나오는지도 모르고 있다가 깜짝 놀랐다. 무의식 깊은 곳에서 생각하던 것이 자신도 모르게 입 밖으로 나온 것이다.

　“옛? 형님, 그게 무슨 말씀이세요?”

　운영은 호열의 말을 듣고는 놀란 눈으로 호열을 쳐다보았다. 자신의 문제를 호열이 이 정도로 생각해 줄 줄은 몰랐던 것이다.

　“아, 아니다, 아니야.”

　“아니긴요, 형님 빨리 좀 말씀해 보세요.”

　“허, 글쎄, 아니라는데도. 정말 아니다. 나도 생각해 보았지만 별다른 방법이 떠오르질 않는다.”

　“아, 예.”

　운영은 혹시나 하는 마음으로 호열을 바라보고 있다가 역시 그렇구나 하는 마음으로 고개를 푹 숙이며 쓸쓸히 수련장으로 향했다.

　운영의 모습을 보고 있던 호열은 가슴이 찡한 느낌을 받았다. 호열은 자신이 왜 그런 느낌을 받아야만 하는지 모르겠다는 듯이 고개를 흔들었지만…….

　‘음… 운영이 덕분에 내 문제가 해결됐구나. 그렇게나 애를 태우더니. 하하하! 음, 나는 그렇다고 해도 운영이 녀석 고심이 많겠군. 공력이 부족하다니… 뭐, 내 문제도 아니니 어떻게 해줄 수도 없는 일이고, 음… 그래도 운영이 녀석이 내 고민을 해결해 주었으니 정말 한번 방법을 생각해 봐? 뭐, 생각해 주는 것 정도라면…….’

　호열은 그렇게나 속을 썩이던 자신의 문제도 이제 해결이 될 것 같았기에 이 참에 운영의 문제도 한번 생각해 볼까 하는 마음을 가지게 되었다.

  '음, 어떻게 하면 운영이의 고민을 해결해 줄 수 있을까? 가장 좋은
방법은 저 녀석에게 이 갑자의 공력이 생기는 것인데… 생기지 않으면
만들어주면 되고……. 응? 만들어준다고? 어떻게? 어떻게 만들어줄 수
있는 거지? 내가 무슨 재주로? 이건 어쩔 수 없고… 응? 가만, 어차피
내공이란 건 기가 쌓인 거잖아. 그건 어떻게 하든 기가 저 녀석 몸에
쌓이기만 하면 된다는 말인데, 혹 자연의 기를 어의심공을 통해서 저
녀석의 몸에 불어넣어 주면 안 될까? 그렇지, 가능성이 있어. 그래, 좋
아. 한번 해보지 뭐.'

  호열은 자신의 머리에서 이런 기발한 생각이 나왔다는 것에 만족해
했다. 생각대로 된다면 좋은 일이고, 아니면 어쩔 수 없는 일이라고 편
안하게 생각하면서 운영에게 걸어갔다.

  호열은 아버지의 가르침대로 받은 것이 있으면 그 은혜에 보답하라
는 말을 아주, 아~주 잘 실천하고 있었다. 아주 잘.

  "저기, 운영아. 잠깐만……."

  "응? 왜요, 형님?"

  "음… 운영아. 내가 말인데, 음… 내가 말이다, 너에게 할 말이 있거
든?"

  "예, 말씀하세요."

  "다른 것이 아니라 너에게 내가 이 갑자의 내공을 만들어주면 어떻
겠냐? 그러면 너의 고민이 해결되겠느냐?"

  호열은 운영의 곁에 다가가서 조용히 손으로 입을 가렸다. 이 추운
겨울, 정신이 제대로 박혀 있는 사람이라면 아무도 들어오지 않을 숲
속에 누가 있다고 주위를 두리번거리는지 모르지만, 호열은 주위를 한

번 둘러보더니 운영의 귀에 얼굴을 가져다 대고 귓속말로 조용하게 말을 건넸다.

"옛? 형님, 그게 무슨 말씀이세요?"

"아, 그러니까 내가 너한테 이 갑자의 내공을 만들어주겠다는 말이다."

"형님, 정말 그게 가능하단 말인가요? 정말로요?"

운영은 호열의 말을 전부 믿는 것은 아니지만 너무나 진지한 호열의 얼굴을 보자 가슴이 두근거리기 시작했다.

"아, 조용조용 말해라. 누가 듣겠다."

"형님, 혹시 무슨 영약이라도⋯⋯."

호열은 운영의 목소리가 너무 크다고 생각되었는지 얼른 허리를 숙이며 주위를 둘러보았다. 그에 운영도 호열을 따라 주위를 둘러보며 조용히 호열의 귀에 간신히 들릴 정도의 목소리로 물어보았다.

"응? 영약은 무슨. 뭐, 그냥⋯⋯."

"에이, 그게 아니라면 무슨 방법으로요? 그냥 제가 너무 힘이 없어 보이니까 절 위로하려고 그러시는 거지요? 괜찮아요. 그러니 그렇게 신경 쓰지 않으셔도 돼요."

운영은 영약도 없이 자신의 내공을 높여준다는 말에 숙였던 허리를 펴더니 찡그린 얼굴이 되어 호열의 얼굴을 바라보았다.

"허, 그냥 만들어준다니까!"

"형님, 공력을 어떻게 갑자기 만들어요? 제가 알기론 신비의 영약이나 대단한 고수가 오랜 세월을 각고의 노력으로 수련한 내공을 전수하는 방법밖에는 없다고 아버님께서 전에 말씀하시는 것을 들었는데⋯⋯."

"어허, 아니라는데도 그러네. 그냥 나만의 방법으로 그렇게 해준다는 거지. 자꾸 그러면 안 해준다. 그러니 넌 그냥 날 팍팍 믿어보라는데도."

호열은 자신의 가슴을 손으로 두드리면서 자신감을 표출해 보였다. 어쩌나 그 모습이 당당한지 운영은 그런 호열을 보면서 처음과는 달리 약간의 기대감이 생겼다.

"음… 형님, 영약이든 아니든 형님 말씀대로 정말 그런 방법이 있다면, 아니, 방법이 있어 그렇게만 해주신다면 매번 형님께 도움을 받는다는 것이 염치가 없지만 고맙게 받겠습니다. 지금 제 처지에 염치 같은 건… 그런 건 생각하지 않겠습니다. 하지만 나중에 성공하게 되면 형님께서 제게 베풀어주신 은혜 꼭 목숨으로라도 갚겠습니다."

운영은 호열의 얼굴을 직시하면서 말했다. 하지만 운영의 눈은 호열을 바라보는 것이 아니라 호열을 지나 멀리 보이는 장백산 산봉우리를 담고 있었다. 말은 호열에게 하는 것이었지만 그 대상은 호열이 아닌 운영, 그 자신에게 다짐하고 있었던 것이다.

"그래? 음… 운영아, 다 좋은데… 성공하면 나중에 목숨 같은 것으로 갚지 말고 돈으로 갚아라. 알았지?"

호열은 운영이 너무도 진지하게 말하자 자신도 진지할 필요가 있겠다는 생각이 들었다. 그에 호열도 얼굴 가득 진지한 표정을 담아 보였다.

"옛?"

"그럼 바로 시작하자. 조금 있으면 저녁 먹으러 가야 하니까……."

"아, 예. 알겠습니다."

'후후, 형님도 참…….'

운영은 호열이 자신의 긴장된 마음을 풀어주기 위해 농담을 한 것이라 판단하였다. 얼굴은 너무도 진지한데 말은 그렇지 않았기 때문에 생기는 부조화에 옆에서 지켜보던 운영은 웃음을 지을 수밖에 없었다.

"그럼… 그래, 내 앞에 자세를 바로잡고 앉거라. 그리고 내가 뒤에서 기를 넣어줄 것이니 넌 내가 넣어주는 기를 느끼면 바로 유운심법을 운기하도록 해라. 알겠지?"

호열은 주위를 둘러보더니 그냥 자신이 서 있던 자리에 털썩 주저앉으며 운영을 불렀다.

"예? 형님, 형님께서 하시려는 하는 방법이 그 방법이셨습니까?"

운영은 호열의 말을 들은 후 깜짝 놀랐다. 운영이 생각하기에는 호열이 자신의 공력을 희생하려는 것으로 들렸기 때문이다.

"응? 뭐?"

"형님, 그런 방법으로 하시려 하다니……. 그러면 형님께 피해가 가지 않나요? 그렇게 되면 전……."

운영은 차마 호열의 얼굴을 보며 말을 끝맺을 수가 없어 고개를 숙였다.

"아, 아니, 나는 괜찮다. 내 것도 아닌데 뭐……."

호열은 별로 대수롭지 않게 생각하는데 정작 운영이 너무 예민한 반응을 보이자 그 의미를 깨달은 호열은 운영이 안심할 수 있게 입가에 웃음을 지어 보였다.

"옛? 그것이 무슨 말씀이신지?"

"아니다. 더 이상 알려고 하지 마. 너무 많은 것을 알려고 하면 다친다."

"옛?"

“자자, 어서 시작하자. 시간이 없으니…….”

“아, 예. 알겠습니다.”

호열은 저녁 시간이 되기 전에 빨리 끝마치고 집으로 가고 싶었다. 자신은 먹지 않아도 살 수 있다는 것을 전혀 모르는 듯 그 하늘의 축복은 이미 호열의 머리 속에서 자취를 감추어 버린 것이었다.

호열은 운영의 명문혈(命門穴) 가까이 손을 대고서 어의심공으로 주변의 기를 조금씩, 아주 조금씩 끌어 모아서 명문혈로 주입하기 시작했다. 조금씩, 조금씩… 조심하면서…….

‘헉, 으… 이런, 거대한 힘이 한꺼번에 들어오다니……. 아, 안 되겠다. 어서 유운심법을 운기해야겠다.’

운영은 호열에게서 들어오는 힘이 거대하자 깜짝 놀랐다. 그것도 한 번도 느껴보지 못한 거대한 힘이 갑자기 물밀듯이 들어오다니…….

호열의 기를 받아 운기를 시작하자 운영의 단전에 금방 엄청난 기가 쌓이기 시작했다. 그러자 운영은 계속해서 명문혈을 통해 들어오는 호열의 거대한 기를 감당하기 위해 정신을 집중했고 자신도 모르게 무아지경(無我之境)에 들게 되었다.

‘음… 으, 이런, 형님한테서 들어오는 기가 너무 거대해서 도저히 통제를 할 수가 없구나. 음… 아, 이러면 안 되는데.’

운영은 자신의 몸으로 들어오는 기를 통제하려고 많은 노력을 기울였다. 하지만 생각처럼 그 일은 잘되지 않았다. 처음엔 명문혈로 들어오는 기를 운영이 생각하는 방향으로 통제할 수 있었으나 시간이 지나면서 점점 들어오는 기는 쌓여만 갔고, 또 그 기가 눈덩이처럼 불어나 커지며 자꾸만 운영의 통제를 벗어나기 시작했다.

운영의 통제를 벗어난 기는 그 후에도 계속 운기가 되어 운영의 몸

속에 쌓여만 갔다. 그러던 어느 순간, 기가 기경팔맥을 다 채웠는지 갑자기 그 방향을 바꾸어 임맥으로 들어가더니 엄청난 속도로 혈들을 압박하기 시작했다. 하지만 정작 뚫을 힘이 없는지 계속 혈에 압박만 가하기를 되풀이했다.

"아……."

석문혈(石門穴)에 압박만 가하면서 주춤하던 기가 어느 한순간 무서운 기세로 돌진하더니 그대로 단전에서 임맥으로 빠지는 첫 관문인 석문을 뚫고 나간 것이다.

'운영아, 정신 좀 차려라. 운영아, 이런 제길…… 안 되겠다. 이렇게 되면 어쩔 수 없이 내가 기를 조종하는 수밖에……. 뭐 이런 약해 빠진 녀석이 다 있어? 에이.'

이미 거대해진 기였는데다 폭주까지 하는지라 운영은 기를 스스로 통제할 수 없는 상태였다. 또한 설상가상(雪上加霜)으로 처음 기가 임맥의 석문혈에 부딪치면서 운영은 그 엄청난 충격에 그만 정신을 잃어버렸다.

호랑이에게 물려가도 정신만 차리면 살 수 있다는 옛말이 있지만 이미 정신을 잃어버린 운영의 상황은 빠르게 최악으로 치닫는 중이었고, 더 크게 잘못되기라도 하면 주화입마(走火入魔)에 빠질 수 있는 상황이었다.

'힘들군. 음… 좋아, 좋았어. 휴, 겨우 기가 내 통제로 들어왔군. 그럼 우선 임독양맥을 뚫은 다음에 손과 발을 뚫어야겠구나. 내가 했던 것처럼, 어디… 조심조심, 음…….'

호열은 폭주하는 기를 어렵지 않게 자신의 통제 하에 둘 수 있었다. 그 후 호열은 이미 뚫린 석문혈을 뒤로하고 그 기세를 몰아서 그대로 관원(關元)·중극(中極)·곡골(曲骨)·회음(會陰)을 거쳐 독맥의 첫 관문인 장강혈(長强穴)을 뚫고, 바로 요유(腰兪)·양관(陽關)·명문(命門)·현추혈(懸樞穴)을 하나씩 뚫어 나갔다. 급기야 호열은 독맥의 마지막 혈인 은교혈(齦交穴)을 지나 다시 임맥의 혈인 승장(承漿)을 거쳐 염천(廉泉)·천돌(天突)·선기(璇璣)… 신궐(神闕)·음교(陰交)·기해혈(氣海穴)을 모두 뚫었다.

그렇게 호열은 운영의 임맥과 독맥의 혈을 거침없이 모두 뚫었다. 모든 무인들이 열망하던 그 혈들을……

운영의 임맥과 독맥의 혈들을 다 뚫어버린 기는 호열의 통제 하에 이번엔 손과 발의 혈들로 이동해 가기 시작했다. 호열에겐 많은 시간이 흘러간 것 같았지만 순식간의 일이었다.

'휴, 이제야 됐다, 이제 됐어. 에구, 힘들다. 이것도 되게 힘드네. 역시 다른 사람의 몸이라서 그런가? 휴~ 다음엔 때려죽인다고 해도 이런 건 절대로 안 한다, 안 해!!'

호열은 운영의 등 뒤에서 손을 뗀 후 조용히 옆에 앉았다. 지금은 가만히 두고 볼 수밖에 없었다. 호열이 할 수 있는 일은 다 해주었으니 나머진 운영의 몫인 것이다.

"녀석, 자고 일어나면 곧 괜찮아지겠지. 에구, 난 좀 쉬어야겠다."

'응? 저 빛은 뭐지? 아니, 빛이 아니네? 음… 그래, 기가 밖으로 분출된 것이구나. 허, 임독양맥이 뚫리고 기가 안정되면 저런 현상이 일어나나? 그럼 나도 그때 저랬나? 거, 되게 신비롭게 보이네.'

호열은 운영의 몸에서 발산되는 신비한 빛을 볼 수 있었다. 보통 사람의 눈에는 보이지도, 느껴지지도 않는 무형(無形)의 기를……

지금 빛을 발산하게 만드는 이 기는 호열이 생각지도 않게 운영의 몸에 넣어준 것이었다. 그 바탕은 힘 조절이 전혀 안 되는 어의심공에 있었지만······.

운영은 지금 생사현관(生死玄關)의 타통은 물론 본신내력(本身內力)과 주변의 기가 완전한 내외일체(內外一體)가 되어 무아지경에 들어 있었으며 지금 한순간이지만 천지교태(天地交泰)를 경험하고 있었다. 이후 운영이 열심히 수련하여 어느 경지에 도달한다면 스스로 경험할 수 있겠지만 지금 스스로는 요원한 그런 지고지순한 경지를 경험하고 있는 것이다.

제 5 장

도대체 널 어떻게 만든 거요?

도대체 날 어떻게 만든 거요?

참으로 세상은 요지경(瑤池鏡)이다. 우리들 주변에 많고 많은 사람들이 각자 그 나름대로 살아가고 있는 것을 보면 직업도 가지각색이어서 식당을 하는 사람이 있는가 하면 점잖게 앉아서 일을 보는 관리들도 있고, 농사를 지으며 한 끼 한 끼를 살아가는 일반 백성들이 있는가 하면 그들의 주머니를 털면서 살아가는 고리대금업자도 있었으니 이렇게 명암이 엇갈리며 살아가는, 그런 사람들이 살아가는 것이 요즘 세상이다. 그러나 어느 한곳에선 남모르게 기연을 만나 출세하는 사람도 있었으니…….

호열은 한쪽에 조용히 앉아 있었다. 이제는 위험한 고비를 넘겨 별 어려움은 없었지만 그래도 안심이 안 되어 곁에서 운영의 경과를 지켜보고 있었다. 그렇게 시간은 흘러 약 두 시진이 지나고 있었다.

호열은 배가 고팠지만 참고 또 참으며 운영이 일어나기만을 기다렸다. 사실 지금의 호열에게 밥이란 일반 사람들처럼 생활 속의 일부가 되어 있었다. 음식을 먹지 않아도 아무런 지장이 없는 호열이지만 지금은 일부러 챙겨서 먹고 있었다. '살면서 먹는 재미도 없다면 무슨 재미로 산단 말인가' 란 생각이 항상 머리 속에 상주하고 있었던 것이다.

호열은 운영의 집에 머문 세 달 동안 십오 년이란 긴 시간의 장벽을 허물고 있었다. 그 첫 번째가 바로 음식이다. 지금까지 살아오면서 호열은 요즘처럼 하루하루가 즐거운 날이 없었다. 하루 세 끼를 거르지 않고 먹었던 적이 별로 없는 호열이 지금은 자신의 실력으로 남 눈치 보지 않고 당당하게 하루하루를 살아가고 있기 때문이다.

'음, 그나저나 운영이 녀석은 언제 깨어나려나? 음……'

"으, 음… 응? 여기가 어디지?"

"응? 아, 운영아, 이제 일어났냐?"

호열은 운영의 신음 소리가 왜 그렇게 반가운지 운영이 정신을 차리자마자 운영의 곁에 다가가 있었다.

"음, 아, 형님? 여기가… 제가 왜 여기 누워 있지요?"

운영은 자신의 옆에 다가와 있는 호열을 보면서 주변을 살펴보았다. 주변을 살펴보니 자신은 조금도 움직이지 않고 아까 그 자리에 누워 있었던 것이다. 마치 낮잠을 잠깐 자다가 일어난 기분이었다.

"하하하, 왜긴. 음, 그래, 몸은 좀 괜찮으냐?"

"아, 그럼 제가 지금까지 정신을 잃고 있었습니까?"

"그래, 이 녀석아. 하마터면 큰일 날 뻔했다."

"아, 그렇군요."

운영은 호열의 말을 듣고서는 자신이 기절했었다는 것을 알 수 있었다. 정말 큰일이 생길 수 있던 일이었다. 그러나 지금 운영의 모습은 아무런 이상 증세가 없으니…….

"형님, 전……."

"그래, 아무런 이상은 없을 것이다. 그러니 걱정하지 않아도 된다."

"아, 예……."

운영은 호열의 말을 듣고서야 안심이 되었다. 정신을 잃기 전에 어떠한 상황이었는지 대강은 짐작되었기에 깨어나서부터 걱정이 되었던 것이다.

"그래, 덩치도 커다란 사내 녀석이 그것도 못 참고 기절하면 어찌하나?"

"아, 죄송합니다, 형님."

운영은 호열의 나무라는 듯한 말에 고개를 들 수가 없었다. 운영이 생각하기에도 너무나 어이없는 일이기 때문이다. 호열이 자신에게 무인으로서 가져야 할 기본인 정신력과 인내력이 없다고 말해도 할 말이 없는 입장이 된 것이다.

그러나 호열이 운영을 보는 눈에는 애정이 담겨 있었다. 표정은 자못 진지했지만 운영은 그런 호열의 마음을 읽을 수가 있었다.

"그래, 그건 됐고, 어서 일어나거라. 벌써 해가 넘어가 밤이 다 됐다."

"예? 밤이라니요? 이렇게 밝은데?"

"무슨 소리냐, 지금 이렇게 어두운데. 아, 가만, 그렇겠구나. 넌 지금 내공이 높아졌으니 당연히 밝게 보이겠구나."

"예? 아, 그런 건가요?"

호열의 말대로 운영에게는 지금 모든 사물이 대낮처럼 확연하게 보였다. 금세 그 이유가 내공이 높아져서 생기는 현상이란 것을 알 수 있었다.

운영은 예전에 아버지에게서 지나가는 말로 이런 현상에 대해 들었던 기억이 있었다. 그때는 농담으로 들으며 믿지를 않았었는데 막상 자신이 경험하고 있으니 실감이 나지 않았다.

"그렇다. 뭐, 별로 대수로운 건 아니니까 너무 그런 것에 신경 쓰지 말고. 그럼 이제 가야지? 어서……."

"예, 형님. 고맙, 어어……."

쿵! 쿠쿵!

"억, 아이쿠……!"

"응? 뭐야? 운영아, 괜찮으냐?"

운영은 호열의 보채는 말에 몸을 일으키려다 깜짝 놀랐다. 평상시대로 살짝 몸을 일으켰을 뿐인데 몸이 하늘로 삼 장이나 치솟아오른 것이다. 너무 놀란 마당이라 몸을 제대로 가누지 못하고 땅에 머리를 박으며 떨어지고 말았다. 하지만 일어나 보니 몸에는 아무런 상처 하나 없었다.

"아, 이게 도대체……."

"괜찮으냐? 참나, 에라, 이 녀석아……."

"이게 도대체 어떻게 된… 아야, 형님? 아, 그럼 이것도?"

운영이 얼떨떨한 표정으로 상처 하나 없는 자신의 몸을 더듬으며 호열을 보니 마치 그럴 줄 알았다는 듯 한심스럽게 쳐다보던 호열은 한마디 하고는 운영의 머리를 한 대 때렸다. 매정하게.

"그래, 너도 이제 공력이 높아졌으니 몸을 함부로 움직이지 말고 스스로 알맞게 조절하면서 움직이도록 해라. 알겠냐?"

"음, 예. 형님 말씀 명심하겠습니다. 형님, 정말 고맙습니다. 이 은혜 기필코 보답하겠습니다."

"그래, 알았으니 어서 집으로 가자꾸나."

'그럼 당연히 보답을 해야지, 내가 얼마나 고생했는데……'

호열은 운영이 일어나는 것도 보지 않고 앞장서서 걸어갔다. 다만 뒤에 멍하니 앉아 있는 운영에게 어서 오라는 손짓만을 하면서…….

"예, 형님."

'형님도 참. 하나 이런 일이… 정말 내게 이런 꿈같은 일이 일어나다니… 형님은 대체 어찌 이런 일을 아무렇지 않게 하실 수 있단 말인가! 아~ 모르겠다, 모르겠어……'

운영은 얼른 일어나 저만치 가서 빨리 오라고 손을 흔드는 호열을 보며 고개를 설레설레 흔들었다.

며칠 전 역사적인 그 일이 있은 후 운영의 검법 연마 속도는 몰라보게 달라졌다. 비록 한순간이었지만 무아지경에 들어 천지교태를 경험하면서 그동안 깨닫지 못했던 유운에 대해서 많은 깨달음을 얻을 수 있었던 것이다.

그러나 그것이 검법에만 국한된 것이 아니라 심법은 열흘 후 완전히 대성하였고, 신법은 경신술만 제외하고는 빠른 속도로 발전하고 있었다. 이런 운영의 모습을 보면서 호열은 자신의 일인 양 대견해했다. 그렇게 운영은 며칠 동안 놀라운 급성장을 하였다.

호열은 운영의 성과를 지켜보면서 편안한 마음으로 다시 자신만의 연구에 몰입해 있었다.

'음, 이거 괜찮은데? 아니, 오히려 훨씬 간편하구나. 차라리 앞으로 이렇게 하는 것이 좋겠다. 그래, 머리 아픈 건 정말 싫어.'

며칠 전의 일이었다. 그 일이 있은 후 호열은 장장 열흘 동안 머리를 감싸 쥐고 고심에 고심을 해서 생각해 낸 방법이 있었다. 그 방법은 호열 자신이 생각해도 너무 놀라운 것이었다.

열흘 전. 그날은 호열이 운영에게 공력을 불어 넣어준 다음날 아침이었다.

그날 아침부터 빨리 밖에 나가자고 조르는 운영의 등쌀에 호열은 선잠에서 깨어나지도 못하고 수련장으로 끌려가야만 했다. 전날의 피곤함을 무릅쓰고 그렇게 끌려간 호열은 운영의 수련 장면을 보는 둥 마는 둥 한동안 수련장 옆에서 꾸벅꾸벅 졸고 있었다. 한데 난데없이 '쿵' 하는 소리에 정신을 번쩍 차리게 되었다.

"헉! 뭐, 뭐야? 지금 무슨 소리야? 어디 지진이라도 난 거야?"

"아……."

호열은 지진이라도 난 듯 갑자기 땅을 울리며 들려온 소리에 깜짝 놀라 주위를 둘러보았다. 주위를 둘러보니 운영이 뭔가에 정신이 나가 있는 것처럼 멍한 얼굴로 서 있었다.

"뭐냐니까? 야, 운영아, 지금 무슨 소리냐니까?"

"옛? 아, 형님. 그것이, 저… 제가 저기 있는 자작나무 한 그루를 잘라 버렸습니다. 그래서……."

"응? 자작나무?"

"예, 자작나무요. 저기 쓰러져 있는……."

호열은 운영의 말을 들으면서 한쪽에 쓰러져 있는 나무 한 그루를 발견할 수 있었다. 꽤 오랜 세월을 땅에 뿌리 박고 살았을 정도로 큰 나무로 보였다.

"으응, 그랬군. 응? 어라? 지금 네가 저렇게 자른 거냐?"

"예, 형님."

"와, 대단한데? 잘린 면이 정말 깨끗해. 잘하는데? 장족의 발전이
야."

호열이 보기에 정말 장족의 발전이었다. 며칠 전만 해도 울고불며
떼를 쓰던 것이, 지금 운영의 성취는 그때 하고는 천지 차이로 몰라보
게 변해 있었다. 정말 대단한 발전을 한 것이다.

"예, 형님. 고맙습니다. 저도 제가 이 정도일 줄은 몰랐습니다. 그
냥… 지금 느껴지는 내공의 삼성도 안 썼는데……."

"잉? 정말?"

운영은 아직까지 멍한 표정에서 헤어 나오지 못하고 있었다. 그도
그럴 것이, 손짓 한 번에 거대한 나무가 깨끗하게 잘렸으니 운영은 한
번도 경험해 보지 못한 일이라 마냥 놀라울 따름이었다.

그러나 잘려진 자작나무를 보면서 놀라고 있는 것은 운영뿐만이 아
니었다. 운영을 가장 가까이서 보아온 호열로서도 운영이 보여준 신기
에 놀랍기는 마찬가지였다.

"예, 그러니 제가 놀랐지요. 저렇게 큰 나무를 힘 하나 들이지 않고
벨 수 있다니……."

"오, 어디, 이리로 와서 손 좀 내밀어봐라."

"예, 여기……."

호열은 운영의 손목을 잡고 기를 검사해 보았다. 호열의 손을 통해
전달되는 기의 움직임에는 아무런 이상이 없었다.

"음… 내공은 이상이 없는데?"

"예, 저도 뭐가 어떻게 된 건지 모르겠습니다. 제게 이런 힘이 생기

다니……."

"음, 괜찮아. 내가 보기엔 아무런 이상이 없으니까 걱정할 필요는 없겠다. 뭐, 이것도 좋은 현상으로 받아들여 앞으로 더욱 열심히 해라. 알겠냐?"

"아, 예. 명심하겠습니다."

운영은 그 일이 있은 후 자신의 힘을 조절하기 위해 조심하면서 검법 수련에 더욱 열심히 전념하였다. 하지만 운영의 모습을 보고 있는 호열의 마음은 그렇게 편하지만은 않았다.

'아, 운영이 녀석도 저렇게 열심히 하는데 나도 조금은 하는 척이라도 해야겠지? 아~ 슬프다. 잠도 편히 못 자고, 하고 싶은 일도 하지 못하고, 음, 그러나 윗사람으로서 모범을 보여야지. 그런데 정말 대단한데, 벌써 저런 경지에 오르다니? 나도 많은 고생을 하고서야 나무를 자를 수 있는 방법을 알았는데, 정말로 힘들었는데… 이런 골치 아픈 작업을 저 녀석은 저렇게 얼떨떨하게 성공하다니……. 음, 이건 있을 수 없는 일이야. 아니, 있어서는 안 되는 일이야. 나 같은 천재도 며칠을 고생고생해서 이룩한 그런 거룩한 일을 저놈은……. 아, 나도 이러고 있지 말고 빨리 연습해야겠다. 그래, 연습, 연습을 하자.'

운영의 수련하는 모습을 보면서 호열은 단단한 각오로 몸과 마음을 재정비한 후 전보다 더욱 열심히 수련에 박차를 가했다. 역시 생각대로 잘되지 않았다. 열심히 했지만 어찌 된 일인지 변한 것이 하나도 없었다.

"이럴 수가, 저 녀석은 잘되는데 난… 나 같은 천재가 이것도 하나 성공시키지 못하다니……."

호열은 자신의 손을 내려다보면서 흥분을 감출 수 없었다. 기의 조절도 조절이지만 점점 더 세분화시켜야만 하는 복잡한 작업을 하기엔 호열로서는 무리가 따르고 힘에 부치는 작업이었다. 하지만 꾸준한 반복 연습으로 어느 정도 기의 양과 힘을 파악할 수 있게 된 후로는 나름대로 많은 발전이 있었다. 그게 삼 일 전의 일이었다. 역시 반복 학습(反復學習)의 우수성을 여실히 보여주는 사례였다.

호열도 열흘 동안의 피나는 수련으로 얻은 것이 있었다. 하지만 운영은 열흘 동안 눈부신 급성장을 했다. 운영은 그동안의 수련으로 자신의 기를 어느 정도 다룰 수 있게 되었기에 지금 한창 신이 나 있는 상태였다.

'이제 나도 완전하게, 정말 완전하게 어의심공을 이용하여 어의공령을 펼칠 때… 그때 그 상황에 알맞게 기의 양을 조절할 수 있게 됐다. 하지만 이건 너무 복잡해. 시간도 많이 걸리고 급박한 상황에선 도저히 사용하기가 힘들겠어. 음… 뭐 더 좋은 방법 없나?

쿵, 쿵, 쿠르르쿵!

"참나, 완전히 미쳤군, 미쳤어. 저 아까운 나무들을……."

호열은 들려오는 소리에 이미 이골이 나 있었다. 그러기에 며칠 전과는 달리 뒤도 돌아보지 않고 혀만 찰 뿐이었다.

지금 운영은 연습을 한답시고 주위에 있는 소나무며 자작나무를 베어 넘기고 있었다. 단, 연습이란 미명 하에.

그런 운영의 모습에 호열은 웬일인지 자꾸만 배알이 뒤틀리는 것을 느끼고 있었다.

'저 녀석은 완전히 검법뿐만 아니라 다른 것들 모두를 자기 것으로 만들었는데 난… 음, 그나저나 내가 너무 많은 기를 넣어준 거 아냐?

아, 할 수 없지 뭐. 다 저 녀석의 복이지. 아니지, 그때 내가 잠깐 미쳤던 거야. 그래, 허, 그냥 이 갑자 조금 못 되게 만들어줄걸. 응? 가만, 이 갑자가 뭐지? 에라, 모르겠다. 다음에 한번 물어봐야지. 이놈의 동네는 무슨 갑자니 하면서 떠드는데 도무지 무슨 뜻인지 모르겠어.'

호열은 운영의 발전을 지켜보면서 부러운 마음이 들었다. 자신에 의해서 이루어진 것이지만 요즘 들어 호열은 무슨 일인지 운영을 보면 대견스러운 마음과 약간의 질투 같은 이상한 감정이 뒤섞이고 있었다.

"휴, 그나저나 올 겨울은 장작 걱정은 하지 않아도 되겠군. 아직 추위가 다 가시려면 한참이나 있어야 하니……."

호열은 쓰러지는 나무들을 둘러보며 몇 그루인지 세어보고 있었다. 여섯 그루. 열 그루에서 네 그루가 모자란 숫자였다. 운영은 하루에 정확히 열 그루 이상은 쓰러뜨리지 않았다.

운영은 열 그루의 나무를 연습한다는 이유로 베어 넘긴 후 항상 잘게 잘라 집으로 가져갔던 것이다. 땔감으로 쓰기 위해서.

'그래, 나도 열심히 하자. 음, 그런데 왜 내가 하면 저렇게 잘리지가 않고 가루가 되는 거지? 이거 참…….'

호열은 하루하루 정말 힘겨운 나날을 보내고 있었다. 옆에선 계속 신경을 거스르는 소음에, 묵직하게 가슴을 짓누르는 압박감에 정말 하루도 편하게 살 수가 없었다. 동굴 밖으로 나오면 편히 살 날이 자신을 기다리고 있을 것 같은 생각에 얼마나 나오고 싶었던가. 그런데 지금 현실은…….

"아, 정말 힘들구나."

호열은 이런저런 떠오르는 잡스러운 생각을 접고 열심히 수련에 매달렸다. 수련이라고 해봐야 손가락 움직이기였지만…….

그 후 오 일이 지나갔다. 그동안 운영은 열심히 수련한 덕분인지 진전이 없던 유운심법이 놀라운 성장을 하고 있었다. 얼마 안 있으면 대성할 것 같았다. 심법만…….

하지만 호열이 보기엔 대단한 발전이었다. '언제 그 정도로 수련을 하였단 말인가?' 란 말이 저절로 나올 정도로 호열은 운영을 보면서 자괴감(自愧感) 같은 것을 느꼈다.

호열은 수련장 옆에 아직까지 운영의 손길을 피해 용하게 버티고 있는 자작나무에 등을 기대고 편안하게 앉아 한참 딴생각에 열중하던 중이었다.

운영은 이런 호열을 보고 있다가 조금 쉬려고 그러는지 호열의 곁으로 다가와 앉았다.

"저, 형님. 긴히 드릴 말씀이 있는데요."

"응? 운영이구나. 수련은? 아, 쉬려고 왔구나. 참, 아까 뭐라고 그랬나?"

"예, 조금 쉬면서 하려구요."

운영은 호열에게 쉬러 왔다는 말을 하기가 미안했다. 추운 날씨에도 불구하고 자신을 옆에서 지켜봐 주기 위해 나온 호열에게 선뜻 말을 할 수가 없었던 것이다.

"그래, 쉬면서 해야지."

"예, 형님. 제가 조금 전에 유운심법을 십이성 완성했습니다."

"어, 그래? 허, 축하한다. 정말 고생했다."

'음, 정말 무서운 놈이군. 대단한 집중력이야. 허, 그런데 난…….'

호열은 또 한 번 운영의 성취에 놀라움을 드러냈다. 호열은 계속 제자리걸음을 하고 있는데 운영은 천리마를 탄 것처럼 하루하루가 달라지고 있었던 것이다.

"예, 감사합니다, 형님."

"내가 뭘, 네가 고생을 했으니 그런 성취를 이룬 것이지. 참, 그런데 아까 뭐 물어볼 것이 있다고 한 것 같은데?"

호열은 운영이 앉으면서 한 말이 생각나자 자신이 잘못 들었을지도 모르기에 운영에게 재차 물어보았다.

"예, 다름이 아니라… 형님, 그때 제 몸에 공력을 얼마나 넣어주신 겁니까?"

"응? 그건 왜? 무슨 문제라도 있냐?"

호열은 운영이 생각지도 않았던 것을 물어오자 무슨 일인가 하는 표정이 되어 오히려 운영의 얼굴을 바라보았다.

"옛? 아니요. 그게, 음… 제가 어제 잠시 책에 나온 내용을 살펴보니…….

"살펴보니?"

"예, 책의 내용에는 유운심법의 대성은 내공이 이 갑자에 달해야만 성공할 수 있다고 나와 있었습니다."

"그러냐? 그럼 아무런 이상이 없지 않느냐? 네가 대성했다고 하니…….

호열은 운영의 말을 듣고서는 얼굴 가득 괜히 걱정했다는 표정이 역력하게 드러났다.

"예, 하지만 제가 지금 말씀드리는 것은, 음… 내공이 이 갑자에 도달해 있고 심법에 대성하였다고 하더라도 유운검법에 있는 후 일 초식인 유운만리는 전 삼 초식과는 달리 내력은 물론 검에 대한 높은 깨달음이 있어야만 제대로 펼칠 수 있는 것입니다. 그런데 제가 지금 그것을 펼쳤습니다. 아무런 깨달음도 없이, 그것도 세 번이나 연거푸 말입니다."

운영은 자신이 말을 하면서도 놀랍다는 표정을 지어 보였다. 그러면서 호열에게 어떻게 된 일인지 얘기를 해주었으면 하는 마음이 얼굴에 그대로 드러나 있었다.

"그래? 정말 잘됐네. 그렇다면 잘된 일 아니냐? 그런데 뭐가 문제라고 그런 얼굴을 하고 있는 것이냐?"

"예, 형님. 그렇기는 하지만……."

"응? 하지만 뭐?"

"아니, 제 말은… 그러니까 책에는 내공이 이 갑자에 도달해야 깨달음을 얻는다고 해도 그것을 한 번 이상 사용할 수 없다고 했습니다. 그런데 전 그걸 세 번이나 사용하고도 조금 힘이 든 것 빼고는 괜찮은 것 같아서……."

운영은 호열에게서 답을 구하고자 하는 마음이 간절했다. 너무나 급하게 성취를 이루는 것 같아 마음이 무겁고 초조한 마음까지 들었던 것이다.

"아, 그러니까 얘기인즉 네가 좀 무리를 했는데 책의 내용하고 다르다 이거지? 그렇지?"

"예, 그렇습니다. 어떻게 된 것이지요?"

"야, 그거야 책이 잘못된 거야, 책이. 안 그러냐?"

'이 녀석이 불난 집에 부채질하러 왔나? 지금 내 앞에서 뭐 하자는 거야? 나는 제자리걸음이라서 마음이 답답하기만 한데.'

호열은 도대체 운영이 왜 자신에게 와서 이런 얘기를 하는지 모르겠다는 표정이었다. 약간 인상을 찡그리면서.

하지만 운영은 이런 호열의 표정은 아랑곳하지 않고 자기의 할 말만을 계속하고 있었다. 호열의 짜증이 섞인 목소리에 차마 고개를 들 수 없었기에 표정을 볼 수 없어서 그렇지, 만약 보았다면 계속 얘기를 할 수 없었을 것이지만…….

"하지만… 지금 전 그 정도가 아니에요."

"아, 도대체 뭐가 문젠데? 잘되고 있으면 되는 거 아니냐? 안 그러냐?"

호열은 운영의 보채는 말에 짜증이 났다. 아무리 생각해도 문제가 없는데 계속 어떠한 답 같은 것을 원하는 것 같기 때문이었다.

"그렇긴 하지만… 형님, 죄송하지만 제 얘기를 끝까지 한번 들어보세요."

"허, 도대체……. 알았다. 그러니 빨리 얘기해 봐."

호열은 운영의 성화에 반쯤은 짜증이 섞인 허락을 할 수밖에 없었다. 집요하게 물고 늘어지는 운영의 성격을 잘 알고 있는 호열로서는 어쩔 수 없는 선택이었다.

"예, 그럼 잘 들어보세요. 제가 얼마 전에 안 사실이지만 지금 제 몸은 생사현관이라고 하는 임독양맥은 물론 손과 발의 모든 혈들이 뚫려 있어 자유롭게 기가 움직일 수 있다고요. 또한 제 생각이지만 제 내공은 거의 사 갑자에 근접한 것 같아요. 그래서 제가 이렇게 형님께 어떻게 된 일인지 여쭈어보는 겁니다."

"응? 사 갑자?"

"예, 사 갑자요. 분명 그때는 이 갑자 정도라고 말씀하셨는데……."

'음, 사 갑자라……. 이거 내가 일 갑자가 어느 정도인 줄 알아야지 뭐라고 얘기를 하지. 아니지. 뭐, 모르는데 물어보면 되는 일이지. 어

차피 나도 알아야 할 것 같으니까 이 참에 운영에게 물어봐야겠다. 그
나저나 이 갑자가 아니라 사 갑자라……. 이게 어느 정도인지는 몰라
도 내가 그땐 제정신이 아니었지. 암.'

호열은 운영의 입에서 사 갑자라는 말이 나오자 예전부터 생각하고
있었지만 물어보지 못했던 공력에 대하여 운영에게 물어보기로 했다.
정확히는 공력이 아니라 갑자라는 말에 관한 것이었지만…….

"그래, 운영아. 그럼 내 너에게 한 가지만 물어보자."

"예, 형님."

"그래, 그럼 네가 알고 있는 일 갑자의 힘이란 대체 어느 정도냐?"

호열은 운영에게 이런 것을 물어보고 싶지는 않았지만 운영이 날마
다 내공이 어떻고 공력이 어떻다는 말에 궁금증이 생겨서 도저히 참을
수가 없었다.

"옛? 아, 예. 일 갑자 정도면… 아마 중원에서 일류고수(一流高手)라
는 소리를 들을 수 있을 겁니다."

"아니, 내 말은… 뭐, 이렇게 된 거… 그래, 솔직하게 말하마. 너도
알겠지만 난 고려 사람이다. 너도 알고 있지?"

"예, 알고 있습니다."

"그래, 알고 있다니 다행이구나. 음, 그래, 난 더구나 강호인도 아니
니 내공이 일 갑자니 어쩌니 하는 건 더욱 모른다. 그러니 네가 말하는
일 갑자가 일류고수니 어쩌니 하는 건 더 더욱 모르고. 내 말 알겠냐?
음… 그러니 어디 한번 갑자라는 말에 대해서 네가 자세히 설명 좀 해
보거라."

호열은 속이 다 시원했다. 궁금증을 해소하기 위해서 자신이 고려
사람이라는 것을 말하기는 했지만 말을 하면서도 껄끄러운 생각이 들

었던 것이다. 하지만 예전부터 알고 있었다는 운영의 말을 들은 후엔 불안한 마음이 많이 가시는 것을 느낄 수 있었다.

호열이 운영에게 자신이 고려 사람이라는 말을 하는 데 껄끄러운 생각이 들었던 것은 이유가 있었다. 그 이유는 다름이 아니라 지금은 어떨지 모르지만 예전부터 아무런 이유도 없이 명나라로 몰래 들어가려다 붙잡혀 몰매를 맞거나 심하면 처형을 당하는 일이 많았고, 또한 어이없이 허위 밀고를 하는 사람들에 의해 범죄자로 낙인찍혀 억울한 옥살이를 하는 사람들도 있었기 때문이다.

하지만 운영의 표정을 보니 마을 사람 모두가 호열이 고려 사람이라는 것을 어느 정도는 눈치 채고 있었다는 것을 알 수 있었다. 그럼에도 지금까지 아무런 장애가 없었다는 것에 호열은 적지 않게 안심이 되었다.

"아, 맞습니다. 제가 왜 그런 생각을 못했는지……. 하지만 형님께서 강호인이 아니시라는 말은……."

'그래, 형님께서 고려 사람인 관계로 그런 말을 모르시는 것은 어느 정도는 이해가 가지만 강호인이 아니라니, 어떻게 그런 신위를 보이는 분이 강호인이 아니란 말인가?'

"정말이다. 난 네가 생각하고 있는 것처럼 강호인이 아니라 일반 사람이란다. 아, 그렇지. 우리 고려에서는 강호라는 것이 없다. 그러니 난 강호인이 아니지. 무슨 말인지 알겠느냐?"

운영은 호열의 말에서 이해가 가지 않는 것이 있었다. 하지만 수긍이 가지 않는 것은 아니었다. 고려라는 나라에는 국가에서 일하는 무인들은 있었지만 명나라처럼 개인적으로 활발하게 활동하는 강호인은 없다는 것을 운영도 알고 있었던 것이다.

그러나 운영이 알기론 호열처럼 고려에 뛰어난 사람이 있다는 소문은 듣지 못했기에 고개를 갸웃할 뿐이었다. 하지만 호열이 그렇다고 하니 지금은 그냥 넘어가기로 했다.

"예, 형님께서 무슨 말씀을 하시는지 알겠습니다. 정말 죄송합니다."

"죄송은 무슨, 그냥 앞으로 잘 알아서 하면 되지."

'그래, 그렇지. 네가 내게 조금만 신경 썼다면 충분히 알 수 있는 것을. 하지만 지금은 내가 참아야지. 아쉬운 건 어차피 나니까. 아, 정말 겨울이 싫다, 싫어.'

호열은 운영이 자신의 신분을 알고 있었다면 당연히 자신이 강호인이 아닐 것이란 것도 알고 있어야 한다고 생각했다. 그러나 운영은 호열이 자신의 입으로 직접 그런 말을 할 때까지 믿지를 않았으니…….

아니, 운영의 표정을 보고 있으니 아직까지도 모두 믿지 못하는 것 같았기에 호열은 기분이 조금 언짢아지는 것을 감수해야만 했다. 자신은 모르겠지만 받아들이는 사람의 입장도 있으니…….

"예, 저도 아버지한테 들어서 알게 된 것인데요, 일 갑자란 육십 년을 말한답니다. 그러니까 일 갑자의 내공이란 육십 년을 수련해서 생기는 내공을 말하는 것이지요."

운영은 호열의 얼굴을 보면서 천천히 얘기를 꺼냈다. 잘 떠오르지는 않지만 예전에 아버지한테 들었던 것들 중에 생각나는 것이 있었던 것이다. 그래서 운영은 애써 자신의 머리를 쥐어짜며 힘들게 떠올린 것들을 호열을 바라보며 진지하게 설명해 주었다.

"음… 응? 음……."

"예, 음……."

호열은 운영이 진지한 표정으로 얘기를 시작하자 이제 자신이 모르는 것을 듣게 되겠구나라는 기대감을 가지고 귀를 기울이게 되었다. 하지만 운영의 입에서 나오는 것은 자신이 이미 알고 있는 것이었다. 그래도 혹시나 하는 마음으로 기대를 완전히 저버리지 않고 계속 귀를 기울였는데 역시나 운영의 입에선 더 이상 아무런 말도 나오지 않고 자신만 멀뚱멀뚱 바라보고 있는 것이었다.

"야, 지금 무슨 말을 하는 거야? 누가 그런 거 가르쳐 달라고 했어? 그 정도는 나도 안다. 왜 그렇게 말귀를 못 알아들어? 내가 알고 싶은 것은 그런 것이 아니라 일 갑자란 공력이 얼마만한 힘을 낼 수 있냐고? 너 전생에 소였지?"

"예?"

"아, 옛말에도 있잖아. 쇠귀에 경 읽기라고, 네가 말귀를 못 알아들으니 내가 마치 소를 보며 얘기하는 것 같아서 그런다. 너는 어떻게 생각하냐?"

"아, 예, 무슨 말씀이신지 알겠습니다. 형님, 정말 죄송합니다."

운영은 호열의 말을 듣고서야 호열이 자신에게 무엇을 원하는지를 알 수 있었다. 또한 운영은 자신에게 짜증은 잘 내도 그렇게 화를 내지는 않던 호열이 자신을 보며 왜 그런 말을 하는지도……

"그래? 이제야 알았단 말이지? 휴, 그래, 이제라도 알았으니 됐다. 어서 말해 봐라."

"예, 그러니까 일 갑자란, 음… 형님, 죄송하지만 저도 정확히는 모르고 있습니다. 하지만 제 경우를 예로 들자면, 일 갑자의 내공이 있다면 유운심법을 사성 정도 익힐 수 있고, 유운검법의 전 일초인 유수섬전과 이초인 유수낙뇌, 그리고 삼초인 유운천망을 육성가량 익힐 수 있습니다.”

“아, 음…….”

“예, 또 이 갑자로는 삼초인 유운천망만 십성 정도로 펼칠 수 있고, 나머지는 모두 십이성으로 완전히 펼칠 수 있습니다. 단, 후 일초식 유운만리는 깨달음의 무학이기 때문에 펼칠 수 없고요.”

운영은 호열에게 말을 하면서도 가끔씩 호열의 눈치를 살펴야만 했다. 지금 운영이 말하고 있는 것은 보편화된 정확한 사실들이 아니라 자신에 빗대어 말을 하는 것이기에 그다지 신빙성은 없는 것이기 때문이었다.

운영도 무학의 이론에는 거의 문외한이나 다름없었다. 아버지에게 따로 자리를 만들어 자세하게 들었던 적도 없었기 때문이다. 다만 강호의 일반 상식이나 입소문으로 전해져 오는 것들, 그리고 가끔 근방 큰 마을에서 주워들은 얘기들이 전부였다.

“아, 그렇구나. 너의 말을 들으니 조금은 알 것 같구나. 아직 자세히는 모르겠지만, 음… 그럼 저번에 내가 너에게 기를 넣는 중에 네가 정신을 잃었던 일은 기억하느냐?”

호열은 운영의 말이 사실이든 아니든 크게 신경을 쓰지 않았다. 다만 자신이 모르는 것을 들었다는 것에 만족해했다.

“예, 그때 일은 정말 형님께 부끄럽습니다.”

“하하하. 그래, 부끄러워해야지, 너도 사내자식이니. 음… 그때 네가 정신을 잃어 내가 넣어준 기를 스스로 인도하지 못하게 된 후 그 기들이 제 갈 곳을 잃고 사방으로 퍼져 나가 제어할 수가 없었다. 그에 크게 놀란 나는 하는 수 없이 직접 기를 다스리게 되었다.”

호열은 그날 운영에게 어떻게 된 일인지 정확한 상황 설명을 해주지 않았다. 차마 호열은 자신의 입으로 여차저차 해서 네가 이렇게 됐다라는 말을 할 수 없었던 것이다. 또한 운영도 그날 경황이 없어 물어보지 못한 상황이었고, 나중에는 어찌 된 일인지 물어볼 용기가 없어 짐작만 할 뿐 정확한 상황을 알지 못하고 있었던 것이다.

"아, 그렇군요."

"그래. 그래서 난 그때 그 기를 힘들게, 정말 힘들게 내 통제 하에 둘 수 있었다. 또한 그 기를 네가 무슨 생사현관이란 거창한 이름으로 부르는 임독양맥으로 인도해서 모든 혈들을 뚫은 다음 손과 발의 혈들을 차례로 뚫었었다. 아마 내 생각으론 그러한 도중에 네가 생각하고 있던 이 갑자가 아니라 그 두 배 정도 되는 사 갑자 정도의 공력이 너에게 생긴 것 같구나."

"아, 형님 말씀이 사실이라면, 그렇다면? 정말 제가 그런… 그런 꿈 같은 경지에 오른 것이 사실이라는……? 아, 정말 고맙습니다. 고맙습니다, 형님."

운영은 호열의 설명을 들으면서 자신의 생각이 맞았다는 것을 알게 되었다. 지금까지 혼자만 생각하고 있다가 호열의 말을 직접 들으니 자기가 그동안 생각하고 있던 것이 사실이기에 더욱더 호열에게 감사하는 마음을 가지게 되었다.

"음, 정말 안타까운 일이었지."

호열은 운영에게 그날의 일을 설명하게 되자 어쩔 수 없이 생각하고 싶지 않았던 그날의 안타까운 일들이 떠올랐다. 또한 그날 일어났던 일들을 하나하나 다시 생각하게 되자 자신도 모르게 저절로 혀를 차지 않을 수 없었다.

"옛? 그게 무슨?"

"아, 그건 아니다. 음, 그런데 정말 네가 아까 한 말이 사실이냐?"

"옛? 뭐가요? 아, 그거요? 예, 정확한지는 모르지만 제 경우를 비추어 생각하면 대강 맞을 것 같아요."

"그래? 음… 그럼 너의 공력과 같은 사 갑자 정도면 강호에서는 어느 정도의 위치인지 알고 있느냐? 알고 있으면 다른 것과 같이 설명을 좀 해주거라."

호열은 예전에 삼황으로부터 강호에 대한 약간의 얘기를 들어 어느 정도는 알고 있었지만 지금까지 크게 신경을 쓰지 않고 있었다. 하지만 운영의 설명을 들으면서 자꾸만 강호란 세계에 대해 흥미로움이 드는 것이었다. 처음엔 무슨 갑자니 어쩌니 하기에 조금은 거부감이 들기도 하였지만 자신이 모르는 또 다른 세계가 자리하고 있다는 것을 어느 정도는 알게 되었기에 호열 특유의 호기심이 발동한 것이다.

"예, 그럼 제가 자세히 말씀드리겠습니다. 저도 강호에 대한 얘기는 아버님께 말씀으로만 들었는지라 잘은 모릅니다. 그러니 제가 아는 것만 말씀드리겠습니다."

"그래? 그거라도 좋으니 어서 얘기해 보거라."

"예, 강호란, 음… 우선 강호에는 많은 문파들이 있다고 합니다. 그러니 가지각색의 무공들도 많이 있고 또한 그 무공들을 익힌 고수들도 많고요."

운영은 예전에 아버지에게서 들었던 것들을 하나하나 떠올리며 그렇게 기억이 나는 것부터 호열에게 차근차근 설명하기 시작했다.

"그래? 음, 그렇겠지."

"예, 하지만 강호도 모두 사람들이 만들고 또한 움직이며 사는 곳인지라 그곳도 나쁜 사람과 좋은 사람이 있다고 그랬습니다. 아버지께서요. 그리고 좋은 쪽 사람들은 소위 정파(正派), 또는 백도(白道)라고 부르며 강호 무인들의 반 이상을 차지한다고 합니다. 그와 반대로 사파(邪派), 또는 흑도(黑道)라고 부르는 집단이 있는데 이들은 정파하곤 반대로 사람들의 눈을 피해 음지(陰地)에서 생활하는 사람들이라고 합니다. 음… 저도 사파에 대한 얘기가 맞는 것인지는 마을 사람들을 통해 들었기 때문에 확실히는 잘 모릅니다.”

운영은 자신이 아는 것이 확실하지 않고 주워들은 것들이기에 호열에게 조심스럽게 얘기했다. 괜히 호열에게 확실하지도 않은 것들을 마음대로 확실하다고 얘기하고 싶지 않았기 때문이다.

“아~ 그렇구나. 그리고 또?”

호열은 운영의 얘기를 들을수록 신이 났다. 정파와 사파라는 새로운 것들이 나왔기 때문이다.

“예, 또 들은 말이 있는데… 무슨 마교(魔敎)라고 하는 무서운 곳이 있는데 당금의 황제도 두려워한다고 합니다.”

“마교? 황제도 두려워한다고?”

“예, 그렇다고 합니다. 정말 이름만 들어도 무시무시하지요? 마교라니…….”

“그래, 정말. 마교가 뭐냐, 마교가? 좋은 이름도 얼마나 많은데. 하지만 난 이해가 가지 않는다. 어떻게 황제가 두려워하는 곳이 있단 말이냐? 엄연히 나라에는 국법이 있는데…….”

호열은 운영의 말을 들으면서 이해가 가지 않는 부분이 있었다. 호열이 알기론 나라에는 국법이 있어 그것에 따르지 않는 사람들은 모두 극형에 처해진다고 한다. 하지만 버젓이 마교라는 이름을 내걸고 활동을 하는데도 황제는 제쳐 두고라도 제지를 가하는 사람들이 하나도 없다는 것이 이상했다.

"저도 아버지께 들은 얘기인데요, 강호 무인들에겐 황제의 국법이 안 통한다고 합니다. 뭐, 강호와 국법은 다르다나 뭐라나. 여하튼 그렇답니다."

"음, 그렇단 말이지. 허, 세상에 국법이 통하지 않는 곳이 있었다니……."

호열은 아직까지도 이해가 가지 않았지만 나름대로 운영의 말을 이해할 수 있었다. 강호와 황법이 별개의 것이라면 충분히 이해가 가는 것이기 때문이었다.

호열과 운영은 강호의 얘기가 마치 옛날부터 전해지는 전설을 얘기하는 것처럼 듣기가 좋았다. 얘기를 하는 운영은 운영대로, 듣고 있는 호열은 호열대로 강호 얘기에 정신이 없었던 것이다. 그렇게 호열과 운영은 강호라는 세계에 자신도 모르게 빠져들고 있었다.

"예, 그 얘기는 아버님께서 하신 말씀이니 사실일 겁니다. 하지만 형님, 정말 그런 곳이 있을까요? 전 그 얘기를 들으면서도 실감이 나지 않았습니다. 지금도 그렇고요."

"그래, 나도 그렇게 생각한다. 정신이 제대로 박힌 사람이라면 어떻게 그런 이름을 지을 수 있겠냐? 안 그러냐?"

"예, 저도 형님 말씀에 동의합니다."

"그렇지?"

호열과 운영은 강호, 아니, 마교라는 무시무시한 세력에 대해 의견 일치(意見一致)를 보았다. 호열도 운영처럼 마교라는 것이 있다는 것에 실감이 나지 않았다. 세상에 마교라는 것이 정말로 있다면 지옥 또한 있다는 말이기 때문이다.

호열은 그 말을 들으면서 자신도 모르게 자신이 살아오면서 행했던 나쁜 일들을 하나하나 떠올려 보았다. 과연 자신이 했던 것들 중에 지옥에 갈 만한 것들이 있었는지. 하지만 다행인지 불행인지 기억에는 그럴 정도로 나쁜 일을 한 기억이 없었다.

'휴, 다행히 난 지옥에 갈 정도로 나쁜 일은 한 적이 없는 것 같구나. 정말 다행이야.'

호열은 운영이 볼까 봐 몰래 자신의 가슴을 한 번 쓸어 내렸다. 그렇지만 가슴은 두근거려도 입가엔 만족한 웃음을 지을 수 있었다.

"예, 하지만 그렇게 말씀하신 분이 아버님이시니……."

"음, 하긴 젊은 시절에 아저씨께서 강호를 종횡무진(縱橫無盡) 주유(周遊)하셨다고 했으니……."

"예, 그러니 또 안 믿을 수가 없는 일이지요."

"하긴 그렇지. 음……."

'하지만 어떻게, 어떻게 온전한 정신을 가진 사람이 만든 이름일 수 있단 말인가, 그 마교라는 이름이? 허, 어떻게 사람이 선한 선신(善神)이나 부처님을 섬기지 않고 마(魔)를 숭상하는 단체를 만들 수 있다는 말인가? 강호란 참으로 알 수 없는 곳이구나.'

호열과 운영은 얘기를 하면서도 도저히 이해가 가지 않았다. 어떻게 그런 단체가 이 세상에 존재할 수 있는지, 지금 명나라의 황제는 도대체 무엇을 하고 있기에 버젓이 그들이 그런 무서운 이름을 내걸고 활동하게 하는지…….

"음, 운영아, 마교라는 곳… 무서운 곳이겠지?"

"예, 아마도……. 예전에 아버님께서 말씀하시길, 그곳과는 나중에라도 일절 상종도 하지 말라고 하셨습니다. 강호를 종횡무진 줍다고 누비셨다는 아버지께서 그렇게 말씀하실 정도면 그곳은 무지막지한 사람들이 모인 곳이라는 얘기지요.”

“음, 그렇단 말이지. 그래, 나도 같은 생각이다. 나중에 나가더라도 그 마교라는 곳, 아니, 아예 그것이 있는 곳과는 멀리 떨어져서 다녀야겠다. 그렇지?”

“예, 형님 말씀이 백 번 옳습니다.”

호열과 운영은 운영의 아버지가 한 얘기를 모두 거짓없이 믿고 있었다. 사실 운영의 아버진 언젠가 강호로 나가게 될 운영에게 자주 자신이 젊은 시절 강호를 종횡무진 주유했었다고 큰소리치며 말하곤 하였다. 옆에서 가만히 듣고 있던 어머닌 그 말이 거짓말이라는 것을 알고 있으면서도 제재하지 않았었고, 그러니 운영은 아버지의 말을 철석같이 믿을 수밖에……

그러나 그 말이 모두 거짓은 아니었다. 운영의 어머니 병을 고치려고 중원 곳곳 안 가본 곳 없이 다 돌아다녔으니 강호를 종횡무진 누비고 다녔다는 운영의 아버지 말이 틀린 말은 아니었던 것이다. 그러니 운영의 어머니도 그 얘기를 들으면서 가만히 있었던 것이고……

하지만 어린 운영에겐 그 거짓말이 자라면서 계속 가슴속 한곳에 생생하게 자리 잡고 있었다. 자신이 얼마나 무지한지도 모르면서……

“음, 그건 그렇다고 치고. 운영아, 또 다른 것은 없냐?”

“옛? 아, 그게 그러니까, 음… 아, 생각났어요.”

“그래? 그럼 계속해 봐라. 이거 생각보다 재미있는데?”

“그렇지요? 저도 어릴 때 얼마나 재미있게 들었는지 모릅니다. 정말 그때만 생각하면……”

운영은 호열의 재미있다는 말에 고개를 끄덕여 보였다. 어린 시절 아버지의 손을 꼭 잡고 가슴 졸이며 들었던 기억이 생생했던 것이다.

"아, 어서 빨리……."

호열은 운영이 얘기를 하지 않고 가만히 있자 운영의 소매를 잡으며 빨리 다음 얘기를 하라고 재촉했다. 운영의 얘기를 들으면서 간만에 호기심이 발동하는 것을 느낄 수 있었다. 지금까지 강호란 세계가 있다는 것조차 모르고 지내던 호열이 아니던가? 그러니 강호에 대한 얘기가 나오자 궁금한 것이 그렇게도 많았던 것이다.

"아, 예, 음… 그래, 그게 있었지. 형님, 지금 하는 얘기는 중요한 것이니 잘 들으세요. 아까 이걸 먼저 얘기했어야 하는 것인데 제가 지금에서야 생각이 나서요."

"아, 그런 것에 신경 쓰지 말고 어서 생각난 것이나 말해 봐라."

"예, 그럼 말씀드릴게요. 아버지께선 아까 처음에 말했던 그런 무공들을 연마한 무인들 중 고수라는 소리를 듣는 사람은 많지 않다고 합니다."

"음, 그렇겠지. 그런 사람이 많으면 어떻게 우리 같은 사람들이 마음 편히 살아갈 수 있겠냐? 그렇지, 암."

호열은 운영의 설명을 들으면서 고개를 끄덕여 보였다. 호열이 생각하기에도 그런 사람들이 많이 있었다면 자신처럼 평범한 사람들은 편안하게 살 곳이 없을 것이란 생각이 들었던 것이다.

"예, 당연하지요. 음, 우선 보통의 대다수 무인들은 삼류니 이류니 하며 분류하는데 모두 내공이 일 갑자에도 못 미치는 사람들을 두고 하는 말이라고 합니다."

"그래? 하긴 뭐, 모두 다 잘난 사람들만 있을 수는 없으니까……."

"예?"

"아니다, 계속해 보거라."

호열은 운영의 얘기에 자신을 빗대어 생각해 보고 있었다. 세상에 자신보다 뛰어난 사람이 많다면 그땐 자신이 어떻게 그들을 피해 고개를 들고 살아갈까 하는 생각까지 하게 된 것이다.

"예, 또한 일류고수(一流高手)는 내공이 일 갑자를 넘는 사람을 가리키고, 절정고수(絶頂高手)는 이 갑자를, 최절정고수(最絶頂高手)는 거의 내공이 삼 갑자에 도달한 사람을 말한답니다. 내공이 삼 갑자에 달하면 손과 발의 경맥에 있는 혈들 중 큰 혈들을 모두 타통하는 것은 물론 임독양맥의 혈들을 다소나마 뚫을 수 있다고 합니다. 또한 초절정고수(超絶頂高手)는 인간의 한계로 알려져 있는, 내공이 사 갑자에서 오 갑자에 도달한 고수로 생사현관인 임독양맥은 물론 손과 발의 모든 혈들을 뚫고 인간의 탈을 벗어 반인반선(半人半仙)의 경지, 즉 연정화기(煉精化氣) · 연기화신(煉氣化神) · 연신환허(煉神還虛)에 다다라 궁극(窮極)에 가서는 연허합도(煉虛合道)에 이른 사람을 말한다고 합니다."

운영은 자신이 알고 있는 사실을 하나도 빼놓지 않고 호열에게 설명을 해주었다.

"허, 뭐가 그렇게 거창하냐? 음, 그럼 이것도 아저씨가 너에게 말해 준 것이냐?"

"예, 아버님께서 여기 이 마을에 들어오시기 전에 홀로 강호를 주유하시면서 만났던 무사에게서 들은 말로 거의 대부분 사실일 겁니다."

"음, 그렇구나. 참, 그럼 너도 거… 뭐라고 그랬더라? 음… 그래, 초절정고수, 너의 말대로라면 너도 초절정고수겠네?"

호열은 운영을 보는 눈을 달리하며 마치 놀랍다는 듯 눈을 크게 뜨고 손가락으로 운영을 가리키며 큰 목소리로 소리를 질렀다.

"아, 그렇군요. 정말 그러네요? 이럴 수가! 내가 그 말로만 듣던 초절정고수라니! 형님, 이게 다 형님 덕분입니다. 정말 이 은혜 죽을 때까지 잊지 않고 꼭 보답하겠습니다."

운영은 호열의 말을 듣고서야 자신이 초절정고수에 버금가는 내공을 가지게 되었다는 것을 깨달을 수 있었다.

고수라는 말이 그렇듯 딱히 그 경지가 정확히 내공에 의해서 가려진다고는 할 수 없는 것이다. 내공도 중요하지만 무엇보다 초식이나 무공의 운용, 임기응변(臨機應變) 같은 것이 중요하게 작용하는 것이었다. 그러하기에 강호 사람들은 실력은 일 푼, 경험은 구 푼이라 말하고 있었다. 그렇듯 그 사람의 실력도 중요하지만 경험을 높게 생각하고 있었던 것이다. 하지만 호열과 운영은 이런 미묘한 차이를 모르고 있었기에 서슴없이 사 갑자의 내공을 지니고 있는 운영을 초절정고수로 인정한 것이었다.

"하하하, 보답은 무슨……."

'그래, 암, 당연하지. 누구 때문에 그렇게 된 것인데…….'

호열은 운영의 말을 들으며 겉으로는 내색하지 않으려고 많은 노력을 하며 내심으로는 당연하다는 듯 고개를 끄덕이고 있었다.

"아참, 너, 전에 내 말대로 부모님껜 그 일을 비밀로 했겠지?"

"옛? 아, 예, 아버님과 어머님껜 죄송하지만 형님 말씀대로 그 일은 말씀드리지 않았습니다. 하지만 형님, 부모님께선 제 상태를 아시면 형님께 더욱 고마워하실 텐데 왜 굳이 그런 사실을 숨기려고 하십니까?"

운영은 호열을 이해할 수가 없었다. 만약 자신이었다면 마을에 소문이라도 자자하게 내고 다닐 것이기 때문이었다.

“그건, 음… 그래, 너도 나중에 알게 되겠지만 세상을 살다 보면 알아서 득이 되는 것이 있고 몰라서 득이 되는 일이 있단다. 지금과 같은 경우는 후자의 경우로 넌 그 사실을 무덤에까지 가지고 가야 한다.”

“옛? 무덤까지요?”

호열의 말은 운영에게 그때의 그 일을 영원히 기억에서 완전하게 지우라는 것이었다. 운영이 죽은 후에라도 아무도 모르게…….

“그래, 또한 너는 지금부터라도 내 말을 새겨듣고 항상 자신을 낮추면서 실력을 삼 푼, 아니, 절반 정도는 감추며 살도록 하거라. 왜, 이런 말도 있지 않느냐? 익은 벼가 고개를 숙인다고. 이건 아닌가? 흠흠, 어쨌든 넌 앞으로도 내가 이런 일을 했다는 걸 너의 부모님은 물론 세상 사람 어느 누구에게도 말해선 안 된다. 아니, 너의 기억에서도 완전히 지워 버려라. 알겠지?”

“예, 잘 알겠습니다. 형님 말씀대로 제가 죽을 때까지 그 사실은 영원히 비밀로 하겠습니다.”

운영은 호열의 말에 따르기로 했다. 호열의 말을 듣고 보니 자신도 그렇게 하는 것이 좋겠다는 생각이 들었던 것이다.

“그래, 그 말 꼭 명심하거라.”

‘휴, 이렇게 해서 귀찮은 일은 앞으로 없겠구나. 만약 그 사실이 알려지고 소문이라도 나면 얼마나 내 인생이 힘들어질까? 이 새파란 호열의 인생 완전 황 되는 거지. 아니면 뭐, 사람들을 피하면서 산중에만 처박혀 살아야 될지도 모르지. 휴, 앞으로 다시는, 다시는 그런 짓 안 할 거야. 암.’

호열은 그 역사적인 운영의 날 이후 며칠 동안 기분이 찜찜했었는데 당사자인 운영의 입을 막음으로써 일이 잘 마무리된 것 같아 기분이 좋아졌다.

"예……."

'아, 정말 형님은 존경할 만한 분이구나. 저렇게 자신을 낮추시니, 아… 내가 전생에 무슨 복이 있어 저렇게 귀하신 분을 형님으로 모시게 되었을까? 조상님, 정말 감사합니다.'

운영은 호열은 만나게 된 것이 그렇게 고마울 수가 없었다. 지금 운영의 놀라운 성취가 모두 호열에 의한 것이기에 그러한 마음이 든 것은 아니었다. 운영은 호열의 겸허함에 절로 존경하는 마음이 생기게 되었던 것이다. 호열의 말은 '왼손이 하는 일을 오른손이 모르게 하라' 는 말과 같은 것이기에 운영은 호열의 말을 있는 그대로 받아들였던 것이다.

하지만 운영도 호열에게 나쁜 습관이 있다는 것을 한 집에서 생활하며 알고 있었다. 자신에게 귀찮은 것을 너무나 싫어하는 것이다. 그것이 아침이라면 더욱더. 아침에는 정말 깨우기가 힘이 들었다. 하지만 운영은 이런 호열의 나쁜 습관이나 성격도 가볍게 여기고 있었다. 자신에게 크나큰 은혜를 준 사람이라고 생각하니 운영은 자신이 호열의 수발을 들면 되는 것이라고 생각한 때문이었다. 또한 어머니의 위급한 병을 낫게 해주었으며 자신이나 자신의 가문에 무한한 광영의 길을 열어주기까지 했으니…….

"자, 그럼 너는 그만 가서 더욱 열심히 수련이나 하도록 해라."

"예, 형님. 그럼……."

운영은 호열에게 조금 더 쉬라고 하면서 수련장으로 돌아갔다. 운영은 돌아가자마자 넘어져 있는 나무들을 손질하기 시작했다. 예전에는 나무를 도끼로 쓰러뜨리고 톱이나 낫으로 다듬었는데 삼 일 전부터 그 일을 모두 검으로 대신하고 있었다.

운영이 수련장에 가서 나무를 다듬는 동안 호열은 그러한 것에는 신경 쓰지 않고 한동안 멍하게 하늘만 바라보고 있었다. 그렇게 한참 동안을…….

'음… 운영의 말이 사실이라면 그럼… 난 도대체 뭐지? 운영이 같은 초절정고수를 뚝딱 하고 순식간에 만들어낼 수 있는 난? 그럼 난 어느 정도지? 허, 이거 참, 운영의 말이 정말 사실이라면, 아니, 반만 사실이라고 해도 그럼 난? 음… 완전히 세상 사람들이 보기엔, 허, 괴물이네, 괴물…….'

호열은 운영의 입을 통해 유명해지고 싶다는 생각도 해보지 않은 것은 아니었다. 하지만 호열이 운영에게 한 일은 보통 사람들로서는 생각지도 못하는 그런 것이었다. 유명해지는 것도 좋았지만 자칫 다른 사람들의 오해를 사서 괴물이라는 취급을 받을지 모른다는 생각까지 하게 되자 오금이 저려왔던 것이다.

호열은 혼자서 살아가는 것이 싫었다. 어머니와 아버지를 차례로 여의고 난 후 열다섯 살의 나이에 일가친척 하나 없는 고아가 되어 세상을 혼자 떠돌아다녔다. 또한 십오 년이란 긴 세월을 칙칙한 동굴에서 살아남기 위해 처절히 몸부림쳤으니…….

그렇기에 호열은 세상에 나가 사람들과 더불어 살기를 바랐다. 또한 얼마 있지 않으면 그런 소박한 꿈이 이루어지게 될 것이기에 더욱 간절했다.

'허허, 이보시오. 하늘에 농땡이만 치고 있을 삼황. 도대체 날 어떻게 만든 거요? 흠, 아니지. 그래, 이건 모두 고난과 역경을 이기고 살아난 이 천재의 노력 아니겠어? 하하하, 난 역시 천재였어. 타고난 천재

성과 어떠한 시련에도 굴하지 않는 투혼. 그래, 투혼이었어. 아자! 하면 된다, 하면 돼. 하하하.'

쿵, 콰광, 쾅! 쾅!! 쿠르르르!

호열이 두 주먹을 불끈 쥐고 하늘을 향해 치켜들자, 갑자기 하늘에서 천둥이 치기 시작했다. 마른하늘에서…….

'헉, 이런. 나도 모르게 기를 진동시켰구나. 이거 너무 신경이 쓰여. 휴, 앞으로 살아갈 날이 구만리 같은데 이렇게 거슬리는 것이 많다니…….'

호열은 하늘에서 자신을 내려다보고 있을 삼황의 얼굴이 아련하게 다가왔다. 인자한 빙황, 불같은 성격 때문에 많이 힘들었지만 속내는 더없이 좋았던 화황, 그리고 뇌황은… 호열에게 뇌황은 인자한 면과 매정함이 함께 기억되는 사람이었다. 그러하기에 빙황이나 화황보다는 기억 속에 그다지 많이 남아 있지 않는 존재였다.

호열은 삼황에 대한 기억을 하나하나 떠올려 보고는 이내 고개를 휘휘 저었다. 그리곤 자신의 심정처럼 붉게 물들어가는 노을을 하염없이 바라보았다.

제 6 장

완성도를 높여라

◆ 제6장 완성도를 높여라

　어느덧 그토록 기다리던 꽃 피는 춘삼월이 다가오고 있었다. 아직까지 멀리 보이는 장백산 봉우리는 하얀 눈으로 덮여 있었지만, 운영이네 마을은 사방이 깊은 산으로 둘러싸인 곳으로 꼭 분지의 모양을 연상시키는 곳이라 다른 곳보다도 먼저 봄이 찾아온 것 같았다. 호열 혼자만의 생각이었지만.

　운영은 호열과 강호에 대해서 깊은 대화를 했었던 며칠 전 이후로 검법뿐만 아니라 신법에도 괄목할 만한 성장을 했다. 그러면서 운영은 초식을 사용하는 것이 어느 정도의 경지에 오르자 예전에 호열이 얘기한 바 있었던 심법의 문제를 몸으로 알게 되었다.

　사실 유운이란 책을 만들었던 추윤이라는 사람도 그 당시에는 내공이 이 갑자에도 못 미쳤었다. 다만 말년에 검에 대해 크게 심득을 얻을 수 있었으며, 그 깨달음을 나름대로 정리하여 책으로 옮겨놓을 수 있었던 것이다. 하지만 미리 말했듯 그것은 검법에만 국한된 얘기였고 검법을 받쳐 주어야 하는 심법은 젊은 시절 강호를 주유하기 전 전진파의 중양 진인 왕중양에게 배웠던 것을 수련을 거치면서 조금 수정했던 그대로였다. 그러니 검법에 비해 한참 떨어지는 건 어쩔 수 없는 당연한 것이었다.

운영은 검법에 비해 현저히 떨어지는 심법을 보완하며 자신이 가지고 있는 사 갑자의 내공에 알맞게 수정해 나가기 시작했다. 공격력과 수비력을 한층 보안한 심법으로. 하지만 다른 무공 기서들을 한 번도 보지 못한 운영으로서는 요원한 일이었다. 유운심법에 무엇이 필요한지는 알고 있었지만, 정작 그것을 보완할 정도로 많을 지식을 가지고 있지 못했기 때문이다. 하지만 운영은 열심히, 정말 보는 사람이 기분 좋을 정도로 열심히 수련했다.

호열은 요즘 강호라는 새로운 세계에 조금씩 마음이 쏠리는 것을 느끼고 있었다. 운영에게 강호란 세계가 황법과는 별개의 세계라는 것을 들었을 때부터였다. 무림인들도 그들 나름대로 어느 정도는 법과 질서가 있겠지만, 호열은 그들의 자유로움을 운영을 통해 간접적으로나마 느낄 수 있는 시간이었다.

하지만 호열은 운영에게서 강호란 세계에 대해 자유라는 좋은 것만 들은 것이 아니라 힘의 논리라는 좋지 않은 것도 함께 들었다. 어디나 마찬가지겠지만 적자생존(適者生存), 강자들만의 세계, 힘의 논리가 다른 어떠한 것보다 우선시되는 세계가 바로 강호였던 것이다.

호열은 이 말을 들으면서 입 안이 씁쓸해지는 것을 느껴야만 했다. 강호란 곳에서 자유를 한번 느껴보았으면 좋겠다는 생각이 한순간에 확 사라져 버린 것이다.

"아아, 그런 것에 신경 쓰지 말고 내 일이나 하자. 이제 얼마 후면 삼월인데……."

호열은 어지럽게 머리 속을 헤집고 다니는 생각들을 뒤로하고 한쪽에서 열심히 땀을 흘리며 묵묵히 수련하는 운영을 보면서 입가에 흐뭇한 미소를 지었다.

'녀석, 정말 열심히 하네. 음… 자, 그럼 나도 힘을 내야겠지. 그나저나 유운이란 책을 지은 사람은 무슨 생각으로 그런 이름을 지었을까? 아무리 생각해도 유운이란 이름과 무공과는 도저히 연관지어지질 않는데? 뭐 아무거나 갖다가 붙이면 어떠냐, 만든 사람 마음이지…….'

호열은 강호에 대해 알게 된 그날 이후, 운영을 보면서 선의의 경쟁을 하는 마음으로 어의심공과 어의공령를 더욱 정교하게 다듬는 작업을 계속해 왔다.

"그래, 이제 어느 정도는 내 실력을 인정할 수 있는 단계까지 수련한 것 같다. 역시 노력해서 안 되는 것이 없다니까."

호열은 끈질긴 노력으로 주변의 기를 끌어들여 마음대로 어의공력을 사용하는 것에 이미 숙달되어 있었다. 그동안 얼마나 많은 반복 연습을 했는지 이제는 거의 호열이 원하는 대로 힘을 조절할 수 있게 되었던 것이다. 정말 많은 시간과 아낌없는 노력이 투자되어 이루어진 결과였다.

하지만 그게 어디인가? 이제 어의심법과 어의공령을 제대로 조절할 수 있게 되었는데… 그 무지막지한 힘을…….

"응? 가만? 그렇구나. 허."

호열은 어의공령의 힘을 완벽하게 조절할 수 있게 되자 이제 자신이 할 일은 모두 끝났다는 생각에 수련장에서 열심히 검을 휘두르고 있는 운영을 바라보았다. 그동안 알게 모르게 호열을 짓누르고 있던 압박감 같은 것이 사라져서 그런지 운영을 바라보는 그 느낌이 조금은 다르게 느껴졌다.

호열은 운영의 모습에서 지금의 자신과 다른 점을 발견할 수 있었다. 운영은 호열과 완전히 다른 공력의 운용을 하고 있었던 것이다. 아니, 생각해 보니 호열이 운영과는 정반대의 운용을 지금까지 해왔던 것이다.

'음, 운영 녀석을 보니 지금까지 하단전만 사용하는구나. 음… 그래, 원래 유운심법 자체가 하단전만을 사용하는 심법인지도 모르겠지만, 그래도 그건 운영이 본인의 내공이라서 그런지 나처럼 힘들게 주위의 기를 끌어 모으는 일은 없구나. 그래, 자기 몸에 있는 기를 사용하니까 저렇게 쉽게 자기 마음대로 사용할 수 있구나. 부럽다. 아무런 생각 없이 펼칠 수 있다니… 부럽다, 정말 부러워. 음……'

호열은 수련장에서 열심히 수련하고 있는 운영을 보면서 부러운 마음이 드는 것을 느꼈다. 호열은 한 번을 사용하더라도 머리가 복잡하고 힘이 드는데 운영은 그런 일을 아무렇지도 않게 하고 있었으니…….

'응? 그렇지. 그게 아니지. 음… 그래, 그렇지. 어쩌면 그 방법이 가능할지도…….'

호열은 운영을 보면서 자신과 겹쳐 생각해 보았다. 따로따로 생각해 볼 때는 몰랐지만 서로를 결부시켜 생각하니 그동안 호열은 자신이 잊어버리고 있었던 부분이 눈에 보이는 것이었다.

"그래, 나도 내 기가 있잖아? 어의심기, 나만의 기가. 왜 진작에 이

걸 생각하지 못했을까? 이 바보. 아, 여태까지 괜히 사서 고생했잖아? 이젠 다 끝난 줄 알았는데.'

호열은 두 손으로 자신의 머리를 쥐어짜며 한참을 한탄했다. 호열이 일찍 이러한 문제점을 해결했다면, 그랬다면 지금까지 머리를 감싸며 고생하지 않아도 되었을 것이다.

'음, 아니지. 그래, 방법을 알았으니 이제라도 빨리 완성한 후 중원으로 들어가도록 하자. 조금 있으면 멀리 타지로 떠나는데, 어느 곳에서 또 어떤 봉변을 당할지 모르니 철저히 준비해야지. 그렇지, 이런 기회에 내 한 몸 지킬 정도는 만들고 가야지.'

호열은 자신도 모르게 두 손을 꼭 말아 쥐었다. 또한 먼 하늘을 바라보면서 힘들었던 과거를 생각해 보았다. 호열이 하는 생각이란 것은 다른 것이 아니었다. 지금까지의 상황이 있게 만들었던 것은 모두 자신에게 힘이 없었기 때문이란 결론을 내리게 하는 그러한 생각이었다.

호열이 스스로의 안위를 지킬 정도의 힘이 예전에 있었다면 이미 십오 년 전에 압록강을 무사히 건넜을 것이고, 그렇다면 장백산에서 삼황을 만나 죽을 고생을 하지 않아도 되었을 것이란, 이미 지나갔지만 아쉬운 시간들을 생각하였던 것이다.

"아, 지금 생각해도 너무나 돌아왔구나. 음… 하지만 지금부터 시작이다. 나에겐 앞으로의 삶이 중요하니까."

호열은 얼마 남지 않은 겨울을 상기하며 떠나기 전까지 남은 시간을 충분히 활용해서 자신이 생각한 것을 완성하기로 마음먹었다.

호열은 처음 자신이 해오던 수련 방법대로 자신의 어의심기를 사용하여 어의공령에 날카로움을 주기 위해서 힘의 분배와 정확성 위주로 연마했다.

"하하, 이거 정말 하면 되네? 오히려 생각했던 것보다 더욱 쉬운 것 같은데? 허, 진작에 이렇게 할 걸."

호열이 처음 생각했던 방식으로 수련을 할 때는 우려하는 마음이 적지 않았다. 하지만 그런 우려를 깨끗이 청산할 정도로 수련의 성과는 빠르게 나타났다.

처음 호열은 자신의 거대한 힘에 적응을 하기가 어려웠다. 자신에게 그러한 힘이 있을 것이라고는 생각해 보지 않았기에 호열의 놀라움은 더욱 컸다. 주변에서 힘들게 끌어 모으는 것하고는 차원을 달리하는 힘이었다.

"휴, 내가 생각해도 내 자신에게 놀라움을 감출 수 없는데, 만약 다른 사람들이 이러한 사실을 알게 된다면 어떤 표정을 지을까? 아, 정말 세상 살기가 만만치 않구나."

호열은 어느 정도 자신의 힘을 통제할 수 있을 정도가 되자 쉽게 나무껍질만 따로 떼어낼 수 있을 정도의 정확성도 기를 수 있었다. 그동안의 노력에 비해 단숨에 이룬 쾌거였다.

처음엔 나뭇가지를 조금씩 자르는 것으로 시작해서 하나씩 하나씩… 그렇게 스스로 하면 된다라는 말을 속으로 되새기면서 땀방울을 흘렸다. 태어나서 처음으로 스스로의 굳은 신념 아래 열성을 가지고 연마하였던 것이다. 그렇게 나뭇가지를 가지고 수련을 하다가 나중에는 바람에 나부끼는 나뭇잎을 겨냥해서 정확성을 길렀다. 그냥 나뭇가지에 가만히 매달려 있는 나뭇잎도 겨냥하기 힘이 드는 수련이었다. 그런데 가만히 있는 것도 아닌 바람에 떨어져 하늘로 정처없이 나부끼는 잎들을 맞추는 수련에 성공하자 호열은 하늘을 훨훨 날아갈 것 같은 기분을 느낄 수 있었다.

"하하하, 해냈다, 해냈어……."

호열은 수련을 시작하면서 전에 없었던 활력을 찾을 수 있었다. 스스로의 안위를 위해 하는 수련이었지만 기대하지도 않은 성과를 보이자 흥이 절로 났던 것이다. 그에 크게 고무되어 자신감을 얻은 호열은 그 다음엔 날카로움이 아닌 뚫는 것을 연마하기 시작했다. 호열이 연마했던 것은 기에 힘을 주어 사물을 뚫는, 소위 일반 사람들이 말하는 쇄(碎)라고 하는 그런 종류의 기술을 연마한 것이지만, 파괴력은 거의 붕(崩)이라고 불릴 만할 정도였다. 그렇게 진보에 진보를 거듭하자 다음은 더욱 어려운 파(破)를 위주로 연마에 도전하였고, 그런 후 마지막엔 멸(滅)이라고 스스로 이름을 지을 정도로 무지막지한 어의공령을 만들기 위해 다듬질에 들어갔다.

"음… 내가 이런 걸 만들어도 나중에 사용할 수 있을까? 아마 사용할 일이 없을 것 같은데……. 음… 그래, 얼른 이것을 끝내고 나도 운영 녀석처럼 조금은 멋있게 움직이는 것을 생각해 보아야겠다."

호열은 처음 어의공령을 펼칠 때 아무런 동작 없이 손가락만을 사용해서 펼쳤으나 운영이 유운검법을 펼치는 모습이 너무도 멋있게 보여 나중엔 호열도 손을 크게 움직이며 펼치기로 했다.

'그래, 그냥 가만히 손가락만을 사용하기보단 두 손을 모두 사용하면 더 멋있겠다. 또 폼도 나고.'

그후 호열은 그냥 펼쳐도 되는 어의공령을 힘들게 두 손을 사용해서 펼치기 시작했다. 온갖 폼이란 폼은 다 잡으면서. 한때 옆에서 수련에 열중하던 운영이 대체 호열이 무엇을 하는지 유심히 살필 정도로 손을 이리저리 흔들면서 열심히 수련하였다. 그렇게 호열의 노력에 많은 성과가 있었지만, 호열은 손으로 하는 것도 성에 안 찼는지 주위에 있던 나무를 잘라 목검을 만들어서 휘둘러 보았다. 대신 목검으로 어의공령을 수련하는 것이 아니라 '자신의 어떠한 자세가 더욱 멋있게 보일까?'를 정비하는 작업이었다.

호열은 그렇게 폼을 잡느라 아까운 시간을 많이, 정말 많이 허비했다. 그렇지만 나름대로 심혈을 다한 끝에 제법 나름대로 멋있는 폼을 잡을 수 있게 되었다. 그 자신만의 생각이었지만.

"아, 이제 뭐 하나? 내가 할 건 다 한 것 같은데……. 참, 신법이 있었지. 허, 역시 끝난 것이 아니었군. 음……."

호열은 어의심기와 어의공령을 완전히 자기 것으로 만들었다. 완전한 자신의 것이라고 하기는 뭐하지만, 여하튼 호열은 자신의 힘을 의지대로 사용할 수 있게 된 것이다. 그러면서 목검으로 자신이 멋있다고 생각되는 폼도 잡을 수 있게 되었고. 하지만 모든 것이 끝난 것은 아니었다. 처음 수련할 때 생각했던 것처럼 신법이 남아 있었던 것이다.

호열은 신법에 대해 아는 것이라고는 운영이 수련하고 있는 유운신법밖에는 없었다. 그러나 호열은 유운신법을 익힐 수가 없었다. 아니, 익히고 싶지 않았다. 자신의 것이 아니라는 생각이 머리 속에 자리하고 있기도 했지만 운영이가 땀방울을 흘리며 열심히 수련하는 모습에서 경건함마저 느꼈기 때문이기도 했다.

가문의 부흥을 위해 열심히 수련하는 것보다도 가문의 보물을 서슴없이 다른 사람에게 보여주었다는 것에 고마움을 가졌던 것이다. 그것은 운영이 호열을 그만큼 믿는다는 말이 되기도 했다. 여하튼 운영이 어떻게 생각하는지는 모르지만 호열은 그러한 생각을 가지고 있었다.

호열은 신법에 대해 고심하면서 옆에서 열심히 수련하는 운영이 힘들게 이리 갔다 저리 갔다 하는 것을 볼 수 있었다.

'음, 왜지? 왜 저렇게 힘들게 뛰어다니는 거지? 꼭 저렇게 해야만 익힐 수 있는 것인가?'

신법을 수련하고 있는 운영의 모습을 주의 깊게 보니 운영의 그림자가 하나, 둘… 그리고 셋……. 그렇게 자꾸만 늘어갔다. 정확히 서른여섯 개로.

"운영아, 왜 그렇게 힘들게 뛰어다니는 거냐? 신법을 익힐 때 꼭 그렇게 변화를 주면서 연마를 해야만 하느냐?"

호열은 운영의 움직임이 멈추자 기다렸다는 듯이 다가가서 유운신법에 대해 물어보았다.

"아, 형님. 신법은 공격할 때 상대보다 빨리 움직이기 위한 것도 있지만 다른 한편으로는 상대방이 자신을 찾아 공격하지 못하도록 변화를 주는 것입니다. 참, 형님도 유운신법을 보셨으니 지금 제가 익히고 있는 것이 무엇이라는 것을 잘 아시잖아요?"

"아, 그렇지. 하지만 말이다, 내가 하고 싶은 말은 왜 그런 힘든 신법을 만들었을까 하는 말이다. 그렇게 되면 자칫 상대방보다 자신이 먼저 지치지 않을까?"

"옛? 아, 그럴 수도 있겠지요. 하지만 공력이 높으면 그런 체력은 뒷받침이 되잖아요. 그리고 상대가 나를 못 찾아야 공격하지 못하지요."

"허, 그렇다고 그렇게 분주하게 움직여? 그냥 상대보다 더 빨리 움직여 공격하든가, 아니면 상대방이 아무리 공격해도 다 막아주면 되지. 그것도 안 되면 멀리 도망가면 되는 거고. 안 그러냐?"

호열은 운영에게 유운신법의 움직임에 대해 말하는 것 같지만 사실은 자신이 신법에 대하여 생각하고 있었던 것을 말하였던 것이다.

"아, 예, 듣고 보니 형님 말씀이 맞는 것 같습니다. 하지만 형님, 만약 나중에 저와 상대하게 될 사람이 저보다 빠르고 강할 수도 있으니 저는 그 만약의 사태를 대비해서 연마해야지요. 저야 형님처럼 빠르지 못하잖아요."

운영은 호열을 바라보며 머리를 긁적였다.

"응? 내가 빠르다는 걸 네가 어떻게 아느냐?"

"옛? 그건… 형님, 그냥 그렇다는 것이지요. 절 이렇게 만들어주신 형님께서 저보다 느리시겠어요? 안 그래요?"

"하긴 그렇다. 그래, 그럼 열심히 수련해라."

"예, 그럼……."

호열은 운영의 말을 뒤로하고 자신이 매일 앉아 있던 자리로 돌아갔다. 뒤로 들리는 '획획' 거리는 소리가 운영의 목검이 다시 움직이고 있다는 것을 알게 해주었다.

"그래, 운영의 말처럼 그런 상황이 닥칠 수도 있겠지만 난 운영이 녀석처럼 힘들게 하기는 싫으니. 음… 그래, 내가 누구보다 빠르면 되잖아. 그러면 되지. 그러면 되는 거잖아."

그 후 호열은 새로 만들어지는 신법에 자신만의 목표를 정해서 다듬어갔다. 그 목표라는 것이 '보다 빠르게, 보다 멀리, 보다 힘차게, 보다 강하게, 보다 높이' 라는 것으로 신법의 기초 이론이 되었다.

'음… 역시 저렇게 정신없이 움직이기보단 빨리 움직여 도망이라도 가는 것이 낫겠다. 아니면 강하게 밀어붙이든가. 역시 꼭 저렇게 땀까지 흘려가면서 고생할 필요는 없지.'

호열은 이따금씩 운영을 보면서 강하게 자신만의 신념으로 완벽하게 무장할 수 있었다. 그렇게 완성한 신법이니 따로 설명할 것 뭐가 있겠는가? 설명이 필요없이 무식하게 빠른, 무식하게 강한, 그런 어이없는 신법이 금방 호열에 의해서 만들어졌다.

"아, 이제는 아무런 눈치 보지 않고 움직여도 되겠구나. 진작 이걸 먼저 만들 것을……."

호열이 마지막으로 만든 신법은 그동안 남의 이목을 피하며 다녀야만 했던 처절한 아픔이 있어서인지 더욱 신경을 썼다. 신법의 기초 이론을 바탕으로 작업이 진행되어 기어이 완성에 이른 것이었다. 다만 잔머리를 조금 써서 공간이동을 허공에서도 자유자재로 할 수 있게 다듬어서 활용도를 높인 것이 큰 성과라면 성과였다.

그렇게 일주일, 이 주일… 한 달이 훌쩍 지나갔다. 그동안 열심히 노력하는 운영 못지 않게 호열도 많은 성과를 거둘 수 있었다. 너무나 가슴을 졸이며 많은 세월을 고생한 것에 비하면 얼마 안 되는 시간에 큰 성과를 만들었던 것이다.

어느덧 호열이 그토록 기다리던 삼월이 지나고 또 열흘이 더 지났다. 사실 호열은 어떻게 하든 삼월이 되기 전까지 모든 것을 완성하고 마을을 떠나 중원으로 들어가기로 마음먹었었다. 하지만 그것이 생각처럼 잘되지 않아 열흘이 지난 지금에 이른 것이다. 그 이유는 호열의 게으른 성격도 어느 정도 있었지만 더 큰 이유는 수련에 있었다.

호열은 무엇을 생각하고 있는지 항상 앉아 있던 자리에서 일어나 멍하니 하늘만 바라보고 있었고, 운영은 오랜만에 자리에 앉아 유운심법을 수련하면서 그동안의 수련으로 얻은 것들을 정리하고 있었다. 그렇게 호열과 운영은 삼월의 들판에 있었다. 북쪽 지방이라 아직 삼월의 따뜻한 기운은 없었지만.

"아, 이제 완성했어. 완성한 거야. 하하하, 그래, 이제 그 지루하기만 하던 모든 것이 끝났구나. 끝난 거야. 하하하.”

　거의 무아지경에 들어 명상을 하고 있던 운영은 갑자기 들려온 호열의 웃음소리에 깜짝 놀라 눈을 휘둥그렇게 떴다. 그만 무아지경에 들어 있었던 명상이 깨진 것이다. 너무나 갑자기 깨진 명상인지라 가슴이 울렁거리고 귀가 멍한 것이 주화입마의 조짐이 있는 것 같았다. 운영은 깜짝 놀라며 호열을 바라보았다. 운영의 눈에 보이는 것은 호열이 하늘을 향해 두 팔을 벌리고선 통쾌하게 웃는 모습이었다. 얼마나 통쾌하게 웃는지 명상이 깨져 혼란스러운 운영의 가슴이 다 시원해질 정도였다.

　‘음, 뭐가 그리 좋으시기에 저리 웃으시나? 저렇게 웃는 모습은 본 적이 없는 것 같은데…….’

　운영은 몇 개월을 호열과 함께 생활했지만 지금처럼 활짝 웃는 호열의 모습을 본 적이 없었다. 기껏해야 입가에 웃음이 보일 정도였을 뿐, 아니, 호열이 활짝 웃는 일도 있기는 있었다.

　운영이 생각하기에는 그 횟수가 얼마 되지는 않았지만 기억 속에 남기에는 충분했다. 호열이 활짝 웃음을 보이는 것은 하루 일과를 마치고 집으로 돌아가서 따뜻한 밥상 앞에 앉아 있을 때와 며칠 전 아침에 운영이 깨우러 오지 않아 오후까지 잠을 잤던 때였다. 그리고 지금…….

　“형님, 뭐가 그리 기분이 좋으십니까?”

　“어? 기분이 좋기는, 그냥… 그래, 그냥 웃음이 나와서…….”

　호열은 운영의 갑작스러운 질문에 당황해서 할 말이 생각나지 않았다. 왜 그런지는 모르지만 운영에게 자신이 지금까지 몰래 무공을 수련하고 있었다는 것을 숨기고 싶었다.

"아, 예. 저는 또 기분 좋은 일이 있으신가 했지요. 형님, 날도 저물어가는 것 같은데 그만 집으로 가시지요."

"그래, 그래야 할 것 같구나."

운영은 호열의 말이 떨어지자 수련을 하기 위해 가지고 왔던 목검을 챙겨 들고 앞장서서 산길을 내려가기 시작했다. 호열은 그런 운영의 뒤를 묵묵히 따라갔고.

'허, 왜 내가 운영에게 사실을 말하지 않았을까? 내가 동생으로서 아끼기는 하지만 친동생이 아니라서 그런가? 음, 그것이 아니라면 내가 지금까지 몰래 수련한 것이 마음에 걸리나? 그럴지도……'

호열은 운영의 뒤를 따라가면서 자신이 아까 왜 운영에게 말하지 않았는지에 대해 생각해 보았다. 딱히 뭐라고 결론을 내리지는 못했지만 운영에게 자신도 모르는 감정이 있는 것은 확인할 수 있었다.

호열은 모르겠지만 자신도 모르게 무의식적으로 아픈 과거를 다른 사람에게 보이기가 싫었던 것이다. 호열이 지금까지 운영 몰래 수련을 했었다는 것을 말했다면, 다는 아니더라도 삼황과의 일에 대한 얼마간의 사정을 얘기해야 할 것이었기에 입술이 떨어지지 않았던 것이다. 호열이 이러한 사정을 깨달은 것은 저녁 무렵 집에 도착했을 때였다.

호열에게도 남모르는 비밀이 하나 생겼다. 이제 더 이상은 따로 수련을 안 해도 되는 것이다. 그 지겨운 수련을, 자그마치 십육 년이나 해온 자기 방어적인, 하고 싶지 않았지만 어쩔 수없이 해야만 했던 수동적인 수련에서 해방된 것이다.

옛 성현들의 말에 따르면 '사람은 한 번 태어나면 자신이 원하든 원하지 않든 죽을 때까지 배우고 연마하며 살아간다' 라는 말이 있다. 그러나 이 말은 호열이에게는 해당이 없는 듯했다.

호열은 자신이 생각했던 모든 것을 완성한 후 자신의 공부는, 아니, 더 이상의 수련은 않겠다고 다짐했다. 어의심기를 바탕으로 한 어의공령을 완성했으므로. 거기다 그토록 가지고 싶었던 자신만의 신법도 만들었으니……

그 후 호열은 자신이 만든 어의공령을 하나하나 정리하면서 따로 세분화하여 이름 짓는 작업에 고심하였다.

그렇게 호열이 삼황에게 배웠던 무공과 새롭게 다듬은 무공은 다음과 같았다.

어의심공(於意心功)―어의심기(於意心氣).

어의공령(於意空靈)―어의공령검(於意空靈劍).
제일초 어의광(於意光).
제이초 어의망(於意網).
제삼초 어의붕(於意崩).
제사초 어의파(於意破).
제오초 어의멸(於意滅).

어의신법(於意身法).

어의보법(於意步法)―어의신보(於意神步).

어의경신술(於意輕身術).

제일장 어의섬(於意閃)―무식하게 빠르기만 한 신법.

제이장 어의붕(於意崩)―무뎃포 돌파를 위한 신법.

제삼장 어의공(於意空)―최후의 보루 공간이동(空間移動).

이렇게 모든 것이 완성되자 호열은 그동안 가슴을 짓누르던 모든 것을 훌훌 털어버릴 수 있었다. 그동안 자신을 괴롭혔던 많은 것들로부터 이제야 정말로 진정한 자유를 얻은 것 같았다.

삼황이 처음 호열에게 가르쳐 주었던 모든 것들을 호열 스스로의 힘으로 완벽하게 다듬고, 또한 나름대로 변형시켜 자신만의 것으로 만들었다는 것에 호열은 지금에서야 삼황에게서 완전하게 해방된 기분을 느낄 수 있었다. 비록 호열이 원해서 얻은 것들은 아니었지만 지금은 이미 호열의 소중한 벗이 되어버린 것들이었다. 이제는 따로 떼어내려 해도 떼어낼 수 없는.

'그래, 이제 다 끝났다. 모든 것이 완벽하게 끝났어. 이제 저 중원으로 가자. 저 꿈의 대륙으로. 중원으로 가서 그동안 꿈꿔왔던 모든 것을 이룰 것이다. 아버지, 하늘에서나마 이 소자를 지켜봐 주십시오. 이 아들, 꼭 중원에 가서 성공하겠습니다. 기필코 성공해서 돈 많이 벌어 고향에 돌아가 아들, 딸 많이 낳아 남 보란 듯이 떵떵거리며 한번 살아보겠습니다. 그러니 아버지, 하늘에 계시더라도 이 아들 걱정하지 마시고 어머님과 즐거운 시간 보내세요.'

구름 사이로 태양이 보이는 모습이 마치 푸르른 하늘 위에서 자신을 내려다보고 있는 아버지와 어머니의 모습처럼 호열의 눈에 비쳤다.

'음… 돈을 벌기 위해선 뭐부터 먼저 해야 하나? 중원에 가서 좋은 취직 자리를 알아봐야 하나? 후후후, 그건 차차 시간이 지나면서 생각해도 되겠지. 그나저나 빙황의 말대로 중원에 가면 볼 것부터 봐둬야 겠구나. 그래야 나중에 만나도 할 말이 있지.'

호열은 이제껏 타인에 의해서 그동안 미뤄왔던 자신의 원대한 꿈을 펼칠 날만 기다리게 되었다. 중원 최고의 거상(巨商)이 되어서 고향으 로 돌아가는 꿈을 다시 기대할 수 있게 된 것이다.

그 꿈을 위해서 호열이 얼마나 피눈물나는 역경을 헤쳐 나왔던가. 얼마나 그 시간을 목이 메이게 기다리고 또한 그리워했던가? 호열은 그런 자신을 가만히 고찰(考察)해 보더니 입가에 살짝 미소가 번져 갔 다.

지금은 이렇게 자신의 모습이 보잘것없지만 앞으로 열심히 노력한 다면 지금보다 더욱 편안한 삶을 누릴 수 있을 거란 기대를 가졌다. 그 러자 하늘하늘 불어오는 바람에 이제는 마른 나뭇가지에 살며시 새싹 이 올라오기 시작한 나무들의 모습에서 자신의 현 모습과 미래의 한층 욱일승천(旭日昇天)한 자신의 모습이 아련하게 겹쳐 보이는 것이었다. 아련하게…….

제7장

호읍, 중원(中原)으로

 호열, 중원(中原)으로

꽃이 피기 시작한다는 춘삼월을 훌쩍 넘긴 지도 며칠이 되었다. 매서운 바람은 아니지만 그래도 아직 쌀쌀한 기운이 느껴지는 바람이 멀리 하늘과 대지가 서로 손을 잡고 있는 듯한, 아니, 대지가 하늘로 손을 뻗고 있는 듯 그렇게 높고 높은 장백산 줄기를 굽이굽이 헤치며 불고 있었다. 그러나 호열에게 그런 바람은 마치 산들산들 불어 낮잠을 자고 있는 자신의 귀에 사랑스러운 연인의 입술이 닿는 것처럼 사랑스럽게 다가왔다.

사월 초하루, 호열이 마을을 떠날 날짜였다. 이미 호열은 떠날 날짜를 미리 생각하고 있었던 것이다. 호열이 마을에 머문 지도 어느덧 오 개월이 지나고 있었으며, 떠나기로 마음먹었던 날의 하루 전이었다. 호열은 처음 모든 것을 완성한 후 바로 떠날 생각이었으나, 그동안 지내면서 정도 들었고 마무리 정리를 하면서 새로운 각오를 다지는 시간을 가지는 것이 좋겠다는 생각이 들어 일주일 정도 더 머무른 후 떠나게 된 것이다.

마지막으로 수련장을 둘러보기 위해 산으로 오르기 전, 호열은 미리 기별을 넣어 아저씨와 아주머니가 놀라지 않도록 하려고 하였다. 하지만 갑자기 떠난다는 호열의 말에 놀라는 모습이었다. 그러나 두 내외는 이미 호열이 떠날 날이 가까워졌다는 것을 알고 있었기에 크게 상심하는 모습을 보이지는 않았지만, 아쉬운 마음을 애써 감추는 표정이 역력했다. 호열은 운영에게도 미리 말을 하고 싶었는데 어찌 된 일인지 하루 종일 그 모습을 볼 수가 없었다.

"휴, 녀석. 어딜 갔기에 오늘은 얼굴 볼 수가 없냐? 난 오늘도 여기에 있을 줄 알았는데……."

호열은 언뜻 비치는 따사로운 햇빛에 눈이 부시는지 손으로 눈을 가리면서 하늘을 바라보며 누웠다. 그렇게 누워 있는 동안 많은 생각을 했다. 삼황과의 일들, 힘겨웠던 투쟁의 나날들, 그리고 그 죽음의 공간에서 탈출하던 날 운영을 처음 만나게 된 일, 처음으로 사람들에게 공자란 호칭으로 불리게 되면서 즐거웠던 날들……. 호열에게 이 마을은 영원히 기억 속에 남아 있게 될 것이다. 또 다른 고향(故鄉)으로서…….

그렇게 아쉬운 하루가 지나갔다. 사월의 아침, 영원히 오지 않을 것만 같았던 시간이 드디어 온 것이다. 역사적인 날이, 그렇게도 기다리고 기다리던 호열의 꿈이 있는 중원으로 떠나는 날인 것이다.

이날도 어김없이 태양은 떠올랐다. 아니, 벌써 떠올라 그 자태를 마음껏 뽐내고 있었다. 호열의 앞날을 밝히듯 그렇게 한껏 광휘로운 빛을 사방에 뿌리며 상쾌한 아침 햇살을 만들고 있었던 것이다.

　이른 아침, 날이 밝자마자 매일 늦잠만 자던 호열이 어찌 된 일인지 일찍 일어나서는 어제 운영의 부모님께 말했던 대로 조용히 떠날 준비를 했다. 조용히…….

　"아니, 공자? 아직 떠나지 않았습니까?"

　"옛? 아, 지금 떠나려고요. 너무 이른 것 같아……."

　"허허허, 농담입니다. 제가 설마 진담으로 공자에게 그런 말을 하겠습니까? 허허, 음… 그나저나 좀 이른 감이 있지요?"

　호열의 말대로 이른 감은 있었다. 그것이 호열의 관점에서 본 것이라면. 하지만 다른 사람들에게는 벌써 아침을 먹고 일하러 나가야 하는 시간이었다. 호열은 가만히 생각해 보니 자신이 한 말에 어폐가 있었다는 것을 알 수 있었다.

　"예, 날씨가 참 싸늘하네요. 하하하."

　"허허허, 그럼 아침이나 먹고 가는 것이 어떻겠습니까?"

　"아침이요? 글쎄요. 좀 늦었지만, 하하, 그럼 그렇게 하지요 뭐……."

　'이거 마지막까지 내 체면이 말이 아니구나. 하지만 내겐 이른 아침이니…….'

　호열은 얼굴을 철판으로 무장하였다. 뻔히 무슨 말을 하는지 알았지만 신경 쓰지 않고 넘기기로 했다.

　"그래요? 허허, 공자가 그렇다니 그런가 봅니다. 음, 그런데 공자, 정말 늦지 않았습니까? 어제 제게 한 말로는……."

　"하하하, 늦기는요, 아직 이른 아침인걸요. 시간 많습니다. 험험."

　호열은 짓궂은 아저씨의 말을 잘 받아넘기기는 하였지만 얼굴이 붉게 물들기 시작하자 하늘을 바라보며 머쓱해했다.

"허허허, 알았습니다. 그만 하지요. 하긴 아직 아침이긴 하지요. 공자, 그럼 아침이나 먹고 떠나도록 하십시오. 저는 잠시 밖에 나갔다가 오겠습니다."

'허, 정들만 하니 떠나는구면, 좀 더 있다가 가지. 무심한 사람 하고는……'

"예, 그렇게 하겠습니다."

운영의 아버지가 서운한 마음을 뒤로하고 대장간을 지나 밖으로 나가자 마치 기다렸다는 듯이 아주머니가 밥상을 들고 부엌에서 나오고 있었다.

"자, 여기 아침 차려놨어요. 어서 든든하게 아침이나 먹고 출발하세요."

"아, 정말 고맙습니다. 전 아침도 못 먹고 가나 했지요. 하하하."

호열은 얼른 자리에 앉아 식사를 하기 시작했다. 그런 호열의 모습을 본 아주머니는 눈에 눈물이 살짝 고였다. 호열과 같이 생활한 날들은 얼마 안 되지만 소중하게 아주머니 기억 속에 자리 잡게 되었던 것이다.

"아주머니, 오늘은 웬일로 이렇게 반찬이 많아요? 완전 진수성찬(珍羞盛饌)이네요."

밥상을 보니 나물들을 잘 버무려 놓은 것들뿐만 아니라 오랜만에 고기가 올라와 있어 푸짐해 보였다.

"그런가요? 호호호, 많이 먹고 가요. 객지에 나가면 고생이라는데……"

"예, 그렇게 하겠습니다. 참, 운영은 어디 나갔나요.? 어제부터 보이지 않던데? 제가 막상 이렇게 떠나게 됐는데 한마디 말도 없이 떠날 수가 없어서요."

"운영이요? 가긴 어딜 가겠어요. 저기서 공자가 다 먹길 기다리면서 장작을 패고 있잖아요."

"응? 그렇네요."

'허, 이렇게 이른 아침부터 웬 장작이람? 벌써 나무가 떨어졌나? 그렇다고 저렇게 많이 할 필요는 없을 것 같은데?'

호열이 정신없이 자고 있던 이른 새벽, 운영은 일찍 잠자리에서 일어났다. 그리곤 바로 산에 올라가 한 아름이나 되는 나무를 해와서 지금까지 장작을 패고 있었다.

호열이 알기로는 지금 뒷마당엔 운영이 수련을 하면서 해온 장작만으로도 더 이상 올 겨울은 신경 쓰지 않고 충분히 지내고도 남을 분량이 있었다. 그러나 지금은 먹는 것이 우선인지라 그런 쓸데없는 생각은 뒤로하고 열심히 먹는 것에 무서운 집중을 보이고 있었다.

"아, 잘 먹었다. 아주머니, 정말 맛있게 잘 먹었습니다. 아니고 배야, 오늘은 아침부터 포식했네. 음, 아주머니, 제가 오늘 떠난다고 이렇게 많이 준비한 거지요? 그렇게 하지 않으셔도 되는데……."

호열은 자신의 배를 두드리며 상을 물렀다. 고기가 입 안으로 들어가니 그렇게 좋을 수가 없었다.

"아니에요. 이렇게 막상 공자가 떠난다고 하는데 이것도 못해주겠어요? 그러니 더 먹고 가요."

"아닙니다. 정말 배부르게 잘 먹었습니다. 이거 보세요. 들어갈 공간이 없을 정도잖아요."

호열은 아주머니에게 자신의 배를 내보이며 잘 먹었다는 표현을 했다. 때로는 말보다 행동으로 보여주는 것이 빨리 이해시키는 데 더욱

효과적이라는 것을 알기에.

"그런가요? 맛있게 먹었다면 다행이고……."

"예, 그럼 전 운영에게 가보겠습니다."

"그렇게 하도록 해요. 아마 운영도 공자를 기다리고 있는 것 같으니……."

"예, 그럼 전 이만……."

운영은 이미 일을 마치고 쉬면서 호열이 식사를 다 끝마치기를 기다리고 있었다. 얼마나 장작을 팼는지 호열은 운영의 옆에 있는 산만한 크기의 장작더미를 볼 수 있었다.

"와! 운영아, 뭘 이렇게 많이 했냐? 장작이 다 떨어졌냐?"

"아니에요."

"그럼? 아, 내다 팔려고 그러는구나? 아무리 그래도 그렇지. 허."

운영이 아침에 한 장작이 얼마나 많았는지 넓은 뒷뜰을 다 차지하고도 모자라서 담 너머에까지 장작들이 차곡차곡 쌓여져 있었다. 이 정도면 모르긴 몰라도 아마 이 마을 사람들이 내년 겨울까진 땔감 걱정을 안 해도 될 정도였다.

"그래. 아침에 고생했겠다. 날씨도 쌀쌀했을 텐데……."

"고생은요. 형님, 아침은 잘 드셨나요?"

"응? 아주머니 덕분에 잘 먹었다. 너도 아침 먹었지?"

"예, 아까 먹었습니다."

사실 호열에게 이른 아침이지 운영이네 식구들은 이미 오래전에 아침 조반을 다 마친 상태였다. 그러니 당연하게 호열만 먹으면 되는 상황이었고.

"그래. 참, 운영아, 나 말이다. 나, 음… 오늘 떠난다."

‘이거 생각보다 말하기가 힘드네.’

호열은 앉아서 쉬고 있는 운영의 눈을 보면서 얘기를 할 수가 없자 엄한 땅바닥을 차면서 힘들게 말을 꺼냈다.

“예, 어젯밤 부모님께 말씀 들었습니다.”

“그러냐? 그래, 좀 서운한 마음이 들지만 어쩌겠냐, 인생사 만남이 있으면 헤어짐도 있는 것이지.”

“예, 그렇지요.”

“그래, 네가 크게 서운하게 생각하지 않아서 다행이다. 난 좀 걱정했었는데…….”

“서운하게 생각하기는요, 저도 알 건 다 아는 나이인걸요.”

“그러냐? 하하하, 그렇구나. 너도 이제 스물여섯이니… 그래, 너도 이제 장가가야 할 나이구나. 어서 빨리 장가가서 아저씨와 아주머니께 떡두꺼비 같은 손자를 안겨 드려야지.”

“예, 형님도요.”

“나? 그래, 나도 가야지. 음…….”

호열은 운영하고 대화를 하면서 평소와는 다른 분위기를 느꼈다. 조금은 어색한 기분이 들었던 것이다. 하지만 그건 어쩔 수 없는 것이기에 애써 홀가분하게 생각하기로 마음먹었다. 그렇게 운영과의 아쉽지만 짧은 인사를 끝낸 호열은 방으로 들어가서 짐을 챙기기 시작했다. 하지만 가져갈 짐을 찾아보니 어디에도 가져갈 것은 없었다.

“그래, 당연히 아무것도 없겠지. 올 때도 빈손으로 왔는데 갈 때도 빈손으로 가야지. 그래도 그렇지, 어떻게 내 것이 하나도 없냐? 음…….”

호열은 그동안 생활했던 방을 한번 둘러본 후, 운영의 어머니가 지어준 옷을 챙겨 입고서 천천히 방을 나설 준비를 했다. 그러나 막상 정이 많이 들었던 방을 나가려고 하니, 항상 웃음을 지어 보이던 아저씨와 아주머니의 얼굴이 눈앞에 생생했다. 또한 엉터리 의원인 자신에게 치료를 받았던 마을 사람들도 기억 속에서 하나둘 떠올랐다. 그리고 무엇보다 가장 기억에 남는 것은 운영이었다. 비가 줄기차게 내리던 날, 처음 만났던 그날부터 오늘 아침까지 정말 무엇 하나 생생하게 떠오르지 않는 것이 없었다.

"그래, 이제는 출발해야겠구나. 아쉽지만 어쩔 수 없지."

호열은 문고리를 잡고 한참을 멍하니 서서 회상에 젖어 있다가, 자신이 생각보다 많이 늦게 출발한다는 것을 깨닫고는 얼른 마음을 추스르고 방을 나섰다. 생각지도 않게 아침을 먹고 출발하게 된 호열은 오후가 되어서야 집을 나서게 된 것이다.

호열은 하루 일과가 바쁜 마을 사람들에게 자신이 떠나는 것을 알리지 않고 홀쩍 떠날 생각이었다. 괜히 바쁜 사람들에게 그러한 얘기를 해봐야 불편함만을 줄 것 같았기 때문이었다. 그렇게 소리 소문 없이 떠나려는 호열의 앞에 언제 모였는지 많은 사람들이 모여 있었다.

어떻게 알게 되었는지 마을 사람들 모두 집 밖에서 아쉬운 표정으로 호열을 기다리고 있었는데, 밖으로 나오는 호열을 보자 너도나도 다가와 손을 잡아주었다.

"어? 어떻게? 다들 바쁘실 텐데?"

"바쁘긴, 공자가 마을을 떠난다는데 나와봐야 하지 않겠습니까?"

"그렇지, 암. 공자, 잘 가시오. 그동안 너무 고마웠소이다."

"예, 방씨 아저씨도 잘 지내시고요. 황씨 아저씨도요."

호열이 모인 사람들의 면면을 살펴보니 마을 사람들 모두 모인 것 같았다. 촌장을 비롯하여 나이가 많아 거동이 불편했던 사람들과 멀리 떨어져 있던 사람들까지 모두 자리를 함께하고 있었던 것이다.

"그래, 다른 곳에 가서도 우리들 모두 잊지 말고, 또 몸 건강하고……."

"예, 고맙습니다. 여러분 모두 몸 건강히 잘 지내세요."

"그래, 잘 가시게. 다른 곳에 가서 자리 잡거든 연락하고, 꼭……."

"하하하. 예, 그렇게 하겠습니다. 그리고 제겐 여기가 마치 고향처럼 느껴집니다. 그러니 너무 서운하게 생각하지 마세요. 나중에 꼭 다시 들르겠습니다. 꼭이요."

호열은 자신이 떠나는 것을 보기 위해 이 정도로 많은 사람들이 오리라고는 생각지도 못했다. 고향을 떠나 유랑 생활을 할 때도 이렇게 아쉬워해 주는 사람들은 없었기 때문이다. 정말 고향 사람들로부터 멀리 타지로 떠나는 기분이었다.

"허허, 그러면 우리는 공자를 기다리겠네. 그러니 아무 탈 없이 오게나."

"예, 그렇게 하겠습니다. 그럼……. 참, 아저씨, 운영은 어딜 갔기에 보이질 않나요? 아까까지도 있었는데?"

'허, 녀석. 그렇게 서운했나? 마지막 인사도 못하고 이렇게 가게 될 줄은 몰랐네. 못난 녀석, 이런 걸 가지고 서운하게 생각하다니…….'

"아저씨, 운영인 아침에 보았으니 아쉽지만 이제 가보겠습니다. 운영이한텐 아저씨가 잘 좀 말해 주세요. 기다리다가 떠났다고."

"아, 저, 운영인……."

"아저씨, 아주머니, 그동안 고마웠습니다. 여러분, 모두 몸 건강하게 지내세요. 그럼 전 이만."

"아버지, 어머니, 준비 다 했어요. 저, 그럼 가보겠습니다. 형님, 같이 가요."

호열이 모든 사람들에게 작별 인사를 한 후 뒤로 돌아서려고 할 때, 그동안 어디에 있다가 나타났는지 갑자기 운영이 부모님께 절을 하고서 호열을 따라가겠다고 나선 것이다.

"그래, 잘 가거라. 몸 건강히 하고……."

"예, 그럼……."

"응? 뭐라고?"

호열은 갑자기 들려온 이상한 소리에 놀라 자신도 모르게 고개가 '확' 하고 돌아갔다.

"형님, 저도 같이 가자고요."

"운영아, 그게 무슨 말이냐? 같이 가자니?"

"예? 형님이 가시는데 저도 가야지요. 저도 떠날 준비 다 했어요."

운영은 자신의 등에 메고 있는 봇짐을 호열에게 보여주었다. 그런 운영의 모습을 보면서 호열은 기가 차다는 얼굴이었다.

"안 돼, 안 돼. 아무리 그래도 그렇지, 거기가 어디라고 네가 간단 말이냐?"

"왜요? 전 가면 안 되나요?"

"안 된다고 하기보다는, 음… 운영아, 중원은 험난한 곳이란다. 이곳하고는 완전히 달라. 창칼이 난무하는 그런 무서운 곳이란다. 그러니……."

"형님, 형님도 아직 한 번도 가보시지 않고서 어떻게 알아요?"

호열은 지레 겁을 먹고 운영의 입에서 안 가겠다는 말이 나오기를 기대했는데, 오히려 그런 호열의 생각에 찬물을 끼얹는 대답을 들어야만 했다.

"아, 그건, 여하튼 안 돼. 그래, 갈려면 아저씨와 아주머니께 허락을 받아와라. 그럼 한번 생각해 볼게."

'아니지. 아까 운영이 아저씨와 아주머니께 나를 따라간다고 하면서 인사를 했잖아?'

"정말요? 아버지, 어머니, 저 다녀오겠습니다."

"잉? 뭐, 뭐야? 이게, 허……."

운영은 호열의 말이 끝나기 무섭게 뒤돌아서서 부모님께 큰절을 하였다.

호열은 볼 수 있었다. 호열을 따라 험한 중원으로 떠나려는 철없는 아들을 걱정스러운 눈빛으로 바라보고 있었지만, 아무런 말 없이 그저 바라만 보는 아저씨와 아주머니의 모습을…….

"그래, 그러니 어서 가거라. 호열 공자를 따라다니면서 잘 보필하고……."

"예, 걱정 마세요."

"음……."

호열은 할 말을 잃었다. 같이는 못 간다고, 정말 안 된다고 그렇게 극구 말렸지만, 웬일인지 정작 자신보다 먼저 두 손 들고 말려야 하는 운영의 부모들이 가만히 있으니…….

"형님, 이제는 됐지요?"

"허, 그래, 그런 것 같구나."

운영의 작별 인사에 부모님이 고개를 끄덕여 보이며 허락을 하자 호열은 어리벙벙한 심정이 되었다. 그렇게 한동안 서 있으면서 궁리를 해보았지만 적당한 생각이 떠오르지 않자 하는 수 없이 운영과 함께 동행하는 것을 허락했다.

"음, 그럼 전 이만 가보겠습니다. 여러분들도 들어가세요."

"아버지, 어머니, 저 다녀오겠습니다. 돌아올 때까지 건강하게 지내세요."

호열은 자신을 배웅하러 온 마을 사람들을 뒤로하고 산을 내려가기 시작했다. 그 뒤를 운영도 따라갔고.

그렇게 장백산 깊고 깊은 기슭에 자리한 오지의 마을, 인정 많고 따뜻한 심성을 지닌 그들은 호열과 운영이 멀리 사라지자 아쉬워하는 마음과 걱정하는 마음을 뒤로하고 하나둘 자기의 일자리로 돌아가기 시작했다.

"부인, 이제 그만 우리도 들어갑시다. 아직 날이 차가우니……."

"예, 그렇게 해야지요. 하지만 여보, 우리 운영이 무사히 돌아올까요?"

"허, 무사히 돌아와야지. 그렇게 돼야지."

"그렇지만 운영은, 혹……."

"허, 벌써 오래전부터 이렇게 되리라는 것을 알고 있지 않았소. 그러니 너무 서운해하지 말구려."

운영의 아버진 아주머니가 지금까지 참고 있었던 눈물을 흘리자 손을 꼭 잡아주었다.

"예, 하지만 걱정이 되어서 그래요. 객지에 나가서 고생이나 하지 않을지……."

"음, 하긴……. 그러나 다 큰 놈이 자기의 일도 제대로 처리하지 못하려고? 그러니 너무 걱정하지 말구려. 자, 어서 들어갑시다."

"예……."

　운영의 아버지는 흐느끼는 부인의 손을 꼭 잡아주면서 말은 좋은 쪽으로 했지만, 그 자신조차도 집으로 향하는 발걸음은 무겁기만 했다. 마음은 그러면 안 된다고 계속 소리치고 있었는데 고개는 자꾸만 뒤를 향하고 있었던 것이다. 두 눈 가득 걱정스러운 눈빛을 담고서…….

　마을 사람들의 열화와 같은 배웅을 받으며 길을 떠난 호열과 운영은 태양이 중천에 걸려서야 장백산 줄기를 내려와 마을로 향하는 큰길을 볼 수 있었다. 거의 한 시진 반 정도가 걸린 것이다.

　호열은 이따금씩 뒤에 따라오는 운영을 보면서 걱정이 태산 같았다. 중원에 가면 호열은 자신의 몸조차 편안하게 위탁할 수 없는 형편이었는데, 운영의 안전까지 생각하려니 여간 걱정이 떠나지 않았다. 하지만 일은 이미 끝난 상황이니…….

　"휴, 운영아, 어차피 같이 동행하게 되었으니 우리 서두르도록 하자."

　"옛? 예, 형님. 열심히 할게요. 그러니 너무 걱정하지 마세요."

　운영은 호열이 자신이 따라가는 것을 허락하는 말을 하자 중원에 갈 수 있겠다는 생각에 미묘한 흥분을 느끼게 되었고, 또한 얼굴 가득 기쁨을 감추지 못하는 것이 역력했다.

　'허, 그렇게도 좋을까? 나는 걱정이 태산 같은데. 휴, 만약 운영이 잘못되기라도 한다면? 아, 그런 일이 있어서는 안 되지. 암.'

　"그래, 그럼 어서 가자꾸나. 조금 있으면 점심때가 되겠다."

　호열은 자신의 말에 굳어 있던 얼굴이 확 펴지는 운영을 보면서 남몰래 한숨을 쉬었다.

　"예, 경공을 사용해도 족히 두 시진은 가야 큰 마을이 있습니다. 그러니 형님께서 마을에 도착하더라도 제시간에 점심을 드시기는 어려울 것 같습니다. 그렇더라도 빨리 가야겠지요.”

“그래? 음… 그럼 어서 가야지. 자, 가자.”

“어? 형, 형님!”

“응? 뭐야? 허……”

호열은 운영에게 가자는 말과 동시에 어의경신술의 제일장 어의섬을 펼쳐 앞으로 흰 선을 그리며 사라져 버렸다.

운영은 한순간에 눈앞에서 호열이 사라지자 깜짝 놀라 앞쪽을 쳐다보았다. 호열은 벌써 오십여 장을 넘어 멀리 보이는 소로 끝을 지나고 있었다. 이에 깜짝 놀란 운영이 황당한 나머지 재빨리 소리를 지르자 자신을 부르는 소리에 무슨 일인지 몰라 그 자리에 멈추어 서서 뒤를 돌아본 호열은 황당한 표정이 되었다. 따라올 것이라고 생각했던 운영이 오지를 않고 그 자리에 서 있는 것이다.

“잉? 운영아, 빨리 오지 않고 거기서 뭐 하고 있냐? 어서 와라.”

호열은 팔짱을 끼고서 운영에게 어서 오라는 손짓을 했다. 하지만 무슨 일인지 따라올 기미가 보이지 않자 다시 돌아와서는 멍하니 서 있는 운영의 뒤통수를 살짝, 아주 살짝 쓰다듬어 주었다.

“아야, 형님!”

“야, 여기서 지금 뭐 하고 있냐? 마을에 도착하려면 멀었다면서 빨리 가야지.”

“휴, 예, 지금 갈 테니 형님도 좀 천천히 가요. 형님이 너무 빨리 가셔서 제가 놀랐잖아요.”

‘아, 형님의 경신술이 이렇게나 대단할 줄이야. 너무나 빠르구나. 어떻게 저런 속도가 인간의 몸에서 나오는 거지? 음… 이거 잘못하면

내가 형님의 발목을 잡는 건 아닌지 모르겠구나.'

운영은 자신보고 빨리 가자고 하는 호열의 말에 어이가 없었다. 호열은 지금 자기가 얼마나 황당한 일을 했는지 전혀 모르는 것 같기 때문이었다. 사람이 어떻게 그런 속력을 낼 수 있는지 운영은 호열을 보면서 고개를 절레절레 흔들지 않을 수 없었다.

"응? 이런, 알았다. 하지만 너도 좀 서두르거라. 그래도 어둡기 전에는 마을에 도착해야지. 흠흠."

'햐, 이거 되게 빠르네? 흠, 역시… 만든 사람이 천재라서 그런가? 굉장하군. 하하하.'

호열은 운영의 생각과는 달리 처음 펼치는 어의섬의 위력에 그 자신조차도 놀라고 있었다. 호열도 자신이 만든 것이 이렇게 굉장할 줄은 몰랐던 것이다. 하지만 옆에서 보고 있는 운영이 무슨 생각을 할 줄 몰랐기에 속으로만 생각할 뿐 얼굴 밖으로 내색하지는 않았다.

"예, 죄송합니다."

"그래, 어서 가자."

호열은 모든 것이 아무것도 아니라는 듯 당당하게 다시 앞으로 나아갔다.

호열은 자신이 만든 무공이 대단하다는 생각이 들어서 그런지 정말 마음껏 사용하고 싶어졌다. 그래서 조금씩 조금씩 더욱 속도를 높여 달렸는데 호열의 이런 유희는 얼마 못 가서 멈추고 말았다. 호열의 옆에서 따라오는 운영을 의식하면서 달렸어도 운영에겐 무리가 따랐기 때문이다.

"헉헉, 혀, 형님, 휴~ 음, 왜 멈추신 겁니까?"

"왜긴, 네가 늦게 오니까 그렇지."

“아, 죄송합니다. 다음엔 경공에 좀 더 신경을 쓰겠습니다.”

“그래, 그렇게 해라.”

운영은 호열의 말에 고개를 들지 못했다. 운영이 생각하기에도 경신술의 경지가 너무나 미천했던 것이다.

운영은 호열의 뒤를 따라가면서 여간 곤혹스러운 것이 아니었다. 호열의 뒤를 따라가면서 느낀 것이지만, 호열은 자신이 따라붙을 때쯤이면 속력을 빨리했다가 운영이 뒤처지면 다시 늦추고, 또 늦추어졌다 싶으면 더 빨라지고, 너무나 가늠하기 힘이 들었다. 그렇게… 운영은 호열이 속력을 늦추었다 싶으면 최고의 속력으로 따라갔고, 또 뒤로 처지면 그 속력을 늦출 수가 없어 더욱 공력을 북돋아야만 했던 것이다.

“그래, 좀 쉬었냐?”

호열은 운영이 어느 정도 숨을 고른 것 같아 보이자 앉아 있던 자리를 털고 일어나 다시 출발하려고 했다.

“옛? 예, 형님 덕분에 조금 숨을 고른 것 같습니다. 휴… 예, 이제 출발하셔도 됩니다.”

“아니, 운영아, 네가 먼저 앞장서거라.”

“왜요, 형님?”

“네가 앞장을 서야 그래도 좀 편하게 갈 것 아니겠냐? 어서 앞장이나 서거라.”

“아, 예, 알겠습니다. 그럼 제가…….”

‘음, 벌써부터 내가 형님의 발목을 잡는 것 같구나. 나도 최대한 빨리 경신술을 연마해야겠구나. 그래야 형님께서 더 이상 불편하시지 않지.’

운영은 호열의 말에 자신의 무력함을 절실히 느끼고서는 절치부심

(切齒腐心) 경신술의 단련에 매진하겠다는 결심을 하게 되었다. 하지만 이미 인간의 경지를 훌쩍 넘어버린 호열이었으니…….

"운영아, 뭐 하냐? 어서 빨리 가도록 하자."

"예, 그럼 먼저 출발하겠습니다."

"그래, 가자꾸나."

'휴, 계속 앞장을 섰다면 큰일날 뻔했네. 이거 내가 초행이니 길을 알아야 말이지. 음…….'

운영은 호열이 자신을 위해 기다려 주었다고 생각하면서 고마운 마음에 열심히 앞장서서 달렸다. 한 걸음에 사오 장을 쭈욱 하고 미끄러지듯이 혼신의 힘을 다하여 달리고 또 달리고 있었던 것이다. 자신을 기다려 주고 믿어준 고마운 호열을 위해서…….

아~ 내 알뜰이 심히 격정되는구나

이른 아침을 훌쩍 넘겨 버린 오후. 일찍 출발하려는 호열의 의도는
철저히 무산되어 버리고 아침나절이 지나서야 출발하게 되었지만, 운
영의 놀라운 길 안내로 호열과 운영은 한 시진 반 만에 제법 큰 마을
어귀에 도착할 수 있었다. 해가 중천에 뜬 늦은 아침에 출발하여 정오
가 조금 넘어 마을 입구에 도착한 것이다.

도착한 마을은 운영이 살던 마을에서 말을 타고 아무리 빨리 온다고
해도 삼 일은 족히 걸리는 거리에 있었다. 그런 거리를 호열과 운영은
도저히 믿을 수 없는 시간 내에 도착한 것이다.

그러나 호열은 그런 거리를 달려와서 힘들어하는 모습이 전혀 아니
었다. 마치 처음 세상에 나온 호기심 많은 어린아이의 표정이랄까? 마
을 어귀에 이른 이후에 호열은 한시도 가만히 있지 않고 이리저리 사
방을 구경하며 걷고 있었다. 지금 호열의 눈에 보이는 것은 산에서 내

려와 처음으로 보는 마을이었다. 사실 이 마을부터 진정한 중원 땅이라고 할 수 있었기에 호기심과 흥분된 마음이 뒤섞여 호열의 심장은 멈출 줄 모르는 소달구지마냥 두근거리고 있었다.

"아……."

'아, 여기부터가 그토록 꿈에 그리던 중원 땅이란 말인가? 이렇게 가까이 있는 것을 어찌 그 많은 시간이 지나서야 올 수 있었단 말인가? 음…….'

호열의 길 안내를 하던 운영은 호열과 이 장 정도의 거리를 유지하면서 뒤따르고 있었다. 운영은 마을 입구에 오는 동안 호열의 도움 아닌 도움으로 어렵지 않게 길 안내를 할 수 있었다. 하지만 옆에서 바짝 따라오는 호열을 위해 길 안내를 하면서도 계속 자신이 낼 수 있는 최고의 속도로 경공을 펼쳐야만 했다. 다리가 안 보일 정도로.

그러나 모든 어려움을 무릅쓰고 있는 힘껏 앞장서서 길 안내를 하던 운영도 지금은 호열의 행동에 고개를 저으며 멀리 떨어져서 따라갈 정도였으니.

"형님, 이곳은 우리 마을을 제외하고는 중원에서 가장 북동쪽에 위치해 있는 마을입니다. 딱히 지명(地名)이 있는 것은 아니지만 북쪽으로 물러간 원나라와 국경 지대에 접해 있고, 또 동쪽에서 오는 상인들이 많이 들르는 마을로 몇 년 전부터 새롭게 큰 시가를 형성한 마을입니다."

"그래? 허, 어쩐지 마을이 크다고 했지. 음……."

호열은 새삼스럽다는 듯이 다시 한 번 사방을 둘러보았다. 운영의 설명을 듣고 보니 새롭게 보였던 것이다.

"예, 우리 마을과는 다르게 정말 크지요?"

"그래, 정말 그렇구나. 그런데 이름이 없다고?"

"예, 아니요."

"응? 예면 예고, 아니면 아니지. 예, 아니요가 뭐냐?"

"아, 그건 이 마을 사람들은 스스로 장백촌이라 부르고 있습니다."

"야! 아까는 마을 이름이 없다고 그랬잖아?"

호열은 운영이 이랬다 저랬다 말을 바꾸자 도대체 무슨 소리냐는 표정이 되어 운영을 바라보았다.

"예, 그건… 저도 들은 얘기인데요, 지금의 황제가 이 마을에 용정(龍井)이라는 지명을 내렸다고 합니다. 하지만 사람들은 황제가 하사한 지명을 부르지 않고 있어서 그랬던 것입니다."

"그래? 황제가 직접 지어준 이름을 부르지 않고 있다고? 허, 왜 그럴까? 음……."

호열은 운영의 설명을 들으면서 더욱 고개를 저을 수밖에 없었다. 호열이 알기론 황제가 직접 마을에 이름을 지어 내려 보냈다는 것은, 어떻게 보면 이 마을에 크나큰 영광일 수도 있는 것이기 때문이었다.

"글쎄요. 저도 거기까지는……."

"허, 알 수 없는 일이군. 아, 그건 그렇고, 어서 가기나 하자. 배가 고프구나."

"예, 형님."

호열은 마을에 들어서자 변경 지대에 있는 마을답지 않게 거리에 생기가 넘치고 사람들의 얼굴에 활기가 넘치는 것을 볼 수 있었다. 마을에 대해 아무것도 모르고 들어온 호열이었지만 얼마 지나지 않아 그 이유를 알 수 있었다.

이곳은 변경답지 않게 정말 많은 상인들로 거리가 메어 넘쳐 나고

있었던 것이다. 서로 다른 지역, 나라에서 와 민족은 달랐지만 서로가
필요로 하는 물품들을 구매하고 계약하는 모습이 거리에 활기를 불어
넣어 주고 있었다.

호열은 거리를 구경하면서 사방이 시끌벅적한 것이 고향 동네의 장
에 온 것 같은 기분이었다. 사람들의 말과 모습은 달랐지만 행동하는
것은 비슷했기 때문이다.

'허, 여기나 고향이나 비슷한 구석도 있구나. 음, 그나저나 왜 이 마
을 사람들은 황제가 내린 용정이란 이름을 쓰지 않지? 그러면 반역이
아닌가?'

운영의 말대로 마을 사람들은 황제의 칙령에 의해 내려온 용정이란
마을 이름을 사용하지 않고 있었다. 아니, 더러 사용하는 사람들도 있
기는 했지만 그리 흔하지 않았다. 호열은 그러한 것이 궁금해서 민망
함을 무릅쓰고 한가로이 지나가는 몇몇 행인들에게 물어보기로 했다.
바쁘게 보이는 사람들에게 물어보아야 서로 좋을 것이 없다는 것을 잘
알기에 한가롭게 여행하는 사람을 골라 물어보기로 마음먹었던 것이
다.

호열은 주위를 둘러보다가 자신들처럼 한가롭게 거리를 구경하고
있는 세 명의 사람들을 볼 수 있었다.

"운영아, 잠깐만 여기에 있어라. 내 저 사람들에게 물어볼 것이 있어
서 그러니."

"예? 혀, 형님……."

호열은 뒤에서 다급히 부르는 운영을 내버려 두고 한창 주위를 둘러
보며 얘기를 나누고 있는 사십 대의 넉넉한 풍채를 지닌 사람들에게
다가갔다. 모두 지방의 유지로 보이는 사람들이었는데 인상이 좋아 보

였다.

"저… 실례 좀 하겠습니다. 제가 이곳이 처음이라 궁금한 것이 있어서요. 바쁘신 것 같은데 뭐 좀 물어보아도 괜찮으시겠습니까?"

"응?"

"음… 그래, 무엇을 물어보려고 그러는가, 젊은이?"

열심히 주위를 둘러보던 세 명의 사람들은 갑자기 호열이 다가와서 말을 걸자, 처음엔 경계하는 표정으로 바라보다가 이내 굳어 있던 얼굴이 살짝 펴지면서 웃음기있는 표정으로 되물었다.

"예, 다름이 아니라… 왜 이곳 사람들은 황제가 직접 내려준 용정이란 마을 이름을 쓰지 않고 있나요? 제가 타지에서 와서 그런지 이해가 잘 가지 않아서요."

호열은 운영에게 들었던 말을 그대로 옮겨서 물어보았다. 그러자 세 명의 사람들은 마치 그럴 줄 알았다는 듯이 서로 쳐다보며 고개를 끄덕여 보이며 웃음을 지었다.

"하하하, 그것이 그리도 궁금한가? 음… 그 얘기를 하자면 시간이 조금 걸리는데 괜찮겠는가?"

"예, 제가 일부러 이곳까지 왔는데 그 정도는 감수해야지요."

호열은 귀찮게 생각하지 않고 오히려 자신에게 알려주겠다는 사람들에게 고마움의 표시로 고개를 숙여 보였다.

"그럼 잘 듣게. 그 얘기를 하자면 복잡한 사연이 많지. 더욱이 그것은 이 마을에 사는 우리 같은 사람들에게는 더욱더 그러하고……."

"아, 많은 사연이 있나 보네요."

"그렇지. 그럼 먼저 용정이란 이름에 대해서부터 설명해야겠구먼. 음……."

　세 명의 사람들은 바쁘게 움직이는 사람들을 피해 길 가장자리에 서서 호열에게 마을에 대한 일반적인 사연들을 설명해 주기 시작했다. 그들도 매일같이 반복되는 한가로운 일상을 보내고 있다가 호열로 인해 얼마 안 되는 시간이지만 나름대로 즐겁게 보낼 수 있게 된 것에 만족한 얼굴이었다.

　"그럼 내가 설명해 주겠네. 그러니까… 그래, 원래 우리 마을 사람들은 이곳을 스스로 장백촌이라고 부르고 있네. 그건 예전부터 수많은 세월이 지나고 나라가 몇 번을 바뀌어도 변하지 않았던 것이지. 그러나 얼마 전……."

　옛 기억을 되살리기 위해 안간힘을 쓰며 설명을 시작하는 중년인의 모습에서 호열은 중년인과 일행들, 또한 마을 사람들에게서 어떤 알 수 없는 자부심 같은 것을 느낄 수 있었다. 묵묵히 계속되는 설명을 듣고 있는 호열 곁으로 어느새 다가왔는지 운영 역시 옆에 서서 길어지는 얘기에 귀를 기울이고 있었다.

　중년인의 설명은 이러했다. 그러니까 정확히 삼십오 년 전, 주원장(朱元璋)이라는 사람이 백련교도(白蓮敎徒)의 뒷받침으로 세력을 일으켜 양자강(揚子江) 하류의 곡창 지대를 점령한 후 중원의 여러 군웅을 포섭하고 수구한 역사를 간직한 금릉(金陵)에서 즉위하여 국호를 명, 연호를 홍무(洪武)라 하면서 나라를 일으켰다. 그후 주원장은 모인 국력을 바탕으로 중원의 남쪽에서 원나라를 물리친 후 원나라가 북경(北京) 쪽으로 물러가자 그에 만족하지 않고 바로 원나라의 수도인 북경으로 밀고 올라가서 함락한 후 영원히 원나라를 북쪽 만주(滿洲)로 몰아내 버렸다. 그러나 이에 머물지 않고 삼 년 후에는 사천(四川) 지방을 평정하여 원나라에게 내주었던 전 국토를 정복함으로써 역사상 처음으로 강남(江南)에서 일어나 전 국토를 통일한 최초의 왕조가 되었다.

하지만 십일 년 전, 당시 황태자였던 부친 의문태자(懿文太子)가 병사하여 황태손에 책봉되었던 혜제(惠帝)는 태조 홍무제가 죽은 오 년 전에 건문(建文)이라는 연호를 사용하며 십육 세의 나이로 황제의 자리에 즉위하였다.

건문제가 어린 나이에 황제의 자리에 올라서게 되자 그를 보좌하던 황자징(黃子澄)·방효유(方孝孺) 등의 획책에 따라 황제의 권위를 높이는 한편, 태조 주원장이 북쪽으로 물러난 원나라 잔존 세력의 발호를 막기 위해 북쪽 변방의 왕들에게 병권을 부여했던 것을 중앙 집권 강화책이란 명목 아래 주변 왕들의 세력을 감축하고 탄압하기 시작했다. 그러자 태조의 넷째 왕자였던 연왕(燕王)이 이에 굴하지 않고 반란, 즉 정난(靖難)의 변(變)을 일으켜 승리한 후 일 년 전에 즉위하였는데, 그가 성조(成祖) 영락제(永樂帝)이며 지금 명나라를 다스리고 있는 황제였다.

영락제는 황실의 권력 투쟁으로 황제의 자리에 올라서게 되자, 민심의 동요를 막기 위하여 민생 안정을 최우선으로 생각하였다. 그래서 민생 안정을 위해 인구가 과밀하게 밀집되어 있는 강남에서 황폐한 강북으로 농민을 이주시키고, 주변의 부유층을 수도로 불러들여 사 년간 정난의 변으로 피폐해져 있었던 나라의 경제 부흥에 주력하였다. 이로써 사상 최초로 남에서 북으로의 인구 이동 현상이 일어났으며 멀리 흑룡강(黑龍江)이나 운남(雲南), 귀주(貴州)와 안남(安南)을 병합하여 호구뿐만 아니라 총 인구도 증가하여 명실상부한 대제국을 건설하였다.

현재 영락제는 조카인 혜제로부터 제위를 찬탈한 후 전략상, 또한 전통적 적대 세력의 중심지인 금릉을 피해 북쪽에 있는 원나라의 옛 수도였던 북평(北平)을 북경이라 개칭하고 천도(遷都)하려는 작업을 한창 진행 중에 있었으며 이를 사람들에게 천명하였다. 한편, 경제적 중심지인 강남 지방과의 연결을 위해 대운하(大運河)를 개수하는 작업과 대규모 조운법(漕運法)을 수립하여 궁핍하였던 나라의 재정적 기반을 굳혀가고 있었다. 그리고 정치적으로는 정난의 변에 대한 논공행상에 따라 환관을 중용하여 밀정 정치를 시행하고 있었다.

그렇게 영락제는 황제의 자리에 즉위한 후에도 태조가 추구했던 중앙 집권 체제를 지향하여 왔으며, 얼마 되지는 않았지만 지금에 와서는 황제의 강력한 권력을 바탕으로 한 중앙 집권 체제가 확실히 자리를 잡았다고 할 수 있었다. 정치가 안정되면서 민심의 안정과 백성들의 생활고를 덜어줌은 물론 정부 통제 하에 이민족 회유책의 일환으로 무역을 장려하였기에, 동북쪽 끝에 위치한 이곳의 마을 이름을 용정이라 칭하고 다른 나라와의 무역을 활발하게 할 수 있도록 상권 활성화 정책을 취하고 있었다.

"아, 그렇군요. 그러나 기껏 아까운 시간을 들여 아저씨들의 설명을 들어보아도 용정이란 이름을 쓰지 않고 있는 이유를 모르겠는데요? 지금까지 하신 얘기는 제가 듣고 싶었던 얘기가 아니잖아요."

"허, 젊은 사람이 급하기는. 그것에 대해서 지금 얘기하려고 하는 참이네."

"그래, 자네는 왜 그렇게 젊은 사람이 성미가 급한가? 자네 옆에 있는 젊은이는 가만히 있는데."

"내가 보기엔 기골이 장대한 것이 꼭 내 젊었을 때의 모습 같구먼.

허허허.”

　중년인들은 호열에게 성미가 급하다며 한마디씩 핀잔을 주었다. 그러면서 호열의 옆에서 가만히 자신들의 얘기를 듣고 있던 운영의 얼굴을 한번 쳐다본 후 중년인들은 하던 설명을 계속 이어 나갔다.

　“험, 지금부터가 가장 중요한 대목이네. 그러니 잘 듣게. 음… 내가 어디까지 얘기를 했더라? 옳지. 음… 무엇보다 우리 마을이 발전하게 된 배경은 이곳이 고려는 물론 저기 보이는 바다 건너 왜(倭)나라에서 들어오는 상인들과 멀리 쫓겨난 원나라의 상인들도 이곳을 무역 거점으로 삼고 있기 때문이라네. 그래서 황제도 이곳을 주시하고 있지. 지금은 예전보다 마을도 꽤 넓고 커서 가구 수가 칠천여 가구가 넘고 있으며 상점이며 포목점, 주루나 객점은 물론 말 시장 등 없는 것이 없는 실정이지.”

　“예, 그건 아저씨의 설명이 없어도 딱 보면 알 수 있는 것들이잖아요. 그러니 빨리 알려달라고 한 것만 알려주세요.”

　호열은 자꾸만 얘기가 딴 곳으로 새고 시간만 낭비하는 것 같아 기분이 좋지 않았다. 비록 호열이 원해서 생긴 일이었지만, 지금은 이곳에서 계속 얘기를 들어야 하는지 의문이 생길 정도였다.

　“허, 정말 젊은 사람이 성미가 너무 급하구먼. 알았네. 그럼 자네의 말대로 그렇게 하지. 이보게, 저 젊은이가 원하는 것을 설명해 주고 우린 빨리 가세나.”

　“음, 그럼 그렇게 할까? 아쉽구먼. 좀 더 재미있는 얘기를 해주려고 했었는데…….”

　한창 얘기를 진행 중이던 중년인은 호열의 눈치를 살피며 아쉽다는 표정을 지어 보였다. 호열이 가만히 있었으면 좀 더 좋은 얘기를 해주었을 것이란 표정을 얼굴 가득 지으면서…….

  '재미있는 얘기는 무슨, 어떻게 하면 우리들을 붙잡고 자기들의 지루한 시간을 때우나 하는 생각이면서.'

  호열은 중년인들의 얼굴에서 아쉽다는 표정들이 역력하자 그 이유를 대번에 눈치 챌 수 있었다. 호열의 생각대로 중년인들은 호열과 운영을 잡고서 오랜만에 즐거운 시간을 보내려고 했던 것이다. 옆에 있던 운영도 이와 같은 상황을 눈치 채고 있었지만, 차마 중년인들이 보고 있는 상황에서 호열에게 말할 수 없어 묵묵히 자신의 자리에 서서 가만히 지켜보고 있던 중이었다.

  "자, 내가 지금부터 하는 얘기가 자네들이 원하는 대답이네. 우리 마을이 용정이란 지명을 쓰지 않는 이유는 저기 장백산에 자리 잡고 있는 장백검파 때문이라네."

  "장백검파요? 그게 무슨 말이에요? 장백검파 때문이라니?"

  "그렇지. 장백검파 때문이지. 그 이유는…….."

  호열은 이해할 수가 없었다. 기껏 황제가 내려준 지명을 거역하며 부르지 않는 이유가 하나의 문파 때문이었다니, 호열의 머리로는 도저히 납득이 가지 않는 것이었다. 잘못하면 역적으로 몰려 마을 전체가 떼 죽음을 당할 수도 있는 일이기 때문이다.

  장백검파는 구백여 년 전, 중원의 동쪽에 굳건히 자리를 잡고 있던 동이(東夷)족의 나라인 고구려가 이곳을 다스리고 있었을 때, 자허 진인(紫虛眞人)이란 도인이 장백산 천지에서 도를 닦던 중 하늘의 이치를 깨닫고 장백산의 정기가 흐르는 그곳에 지금의 장백검파를 세웠다고 전해진다. 지금 중원에서 북숭소림(北崇少林), 남존무당(南尊武當)이라

불리고 있는 소림사(少林寺)나 무당파(武當派) 중에, 중원무림의 발원지라 할 수 있는 소림사보다 크게 차이는 나지 않지만 오히려 역사가 오래되었던 것이다.

하지만 세월이 흐르면서 장백검파는 예전의 성세는 많이 퇴색이 되어 지금은 그때와 같은 성세는 찾을 수 없었다. 원나라의 탄압으로 중원의 모든 문파들이 겪었던 수많은 수난의 세월이 있었듯이 장백검파도 그 명맥을 유지하는 데 급급했던 것이다. 그렇지만 여전히 장백촌의 마을 사람들은 장백검파를 마음의 안식처로 여기는 듯 가슴속 깊이 간직하고 있었다.

또한 마을 사람들이 자부심을 가지고 있었던 것은 유일하게 이 마을을 통해야만 중원에서는 물론 멀리 서장이나 운남, 만주에까지 동방의 신비로운 문파로 잘 알려져 있는 장백검파가 있는 곳으로 들어갈 수 있다는 것이다. 그만큼 장백검파는 마을 사람들에게 수구한 세월 동안 하나의 신앙으로 굳게 자리 잡고 있었다.

그러니 당연하게 모든 마을 사람들의 가슴 깊이 가장 자랑으로 삼고 있는 것은 황제가 용정이란 마을 이름을 직접 하사하였다는 것이 아니라 장백검파가 있는 장백촌이란 지명이었다.

"자, 이제 이해가 가는가?"

"아~ 그렇군요. 얘기를 들어보니 이제야 이해가 갑니다. 그런 사연이 있었군요. 음……."

중년인이 사방으로 침을 튀기며 열변을 토하는 모습에서 호열과 운영은 마을 사람들의 생각을 어느 정도는 읽을 수 있었다. 또한 이해가 되는 부분이 적지 않은지라 고개를 끄덕이며 공감하게 되었다. 역시 아무리 황제의 칙령에 의해 내려온 지명이라지만, 오랜 세월 동안 사람들과 함께해 온 신앙과도 같은 것을 어떻게 잊을 수 있겠는가? 호열은 고개를 끄덕일 수밖에 없었다.

"허허허, 그리고 이건 여담이지만 장백검파를 처음 세우셨던 자허 진인께선 살아생전에 신선이 되셨다는 전설이 있다네. 지금 무당의 삼풍 진인(三豊眞人) 장삼봉(張三峰) 대협처럼 말이지."

그냥 가기가 아쉬웠는지, 아니면 호열에게 자허 진인의 얘기를 꼭 하고 싶었는지 중년인은 자허 진인에 대한 얘기를 할 때 목에 힘을 잔뜩 주었다. 역시 다른 일행도 자허 진인의 얘기가 나올 땐 같은 모습을 보였다.

'신선? 혹시 삼황들 같은? 아니겠지. 세상에 그런 괴물 같은 사람들이 또 있을까? 그 배신자들처럼……'

호열은 신선이란 말이 나오자 옆에 서 있던 운영이 느낄 수 있을 정도로 중년인들에게 민감한 반응을 보였다. 그동안 호열의 머리 속 한 쪽 구석에 처박혀서 어디 있는지조차 까맣게 잊어버리고 있던 삼황의 나쁜 기억들을 떠올리게 되었기에 자연적으로 나타난 현상이었다. 기억하고 싶지 않았던 좋지 않은 기억을 다시 끄집어냈으니…….

동굴에서 나온 지 거의 반 년 가까이 되어갔지만 아직까지도 그 어두웠던 동굴 속 선의 얼굴을 한 배신자들, 그런 삼황에 대한 기억은 죽어도 꺼내고 싶지 않았던 호열이다. 호열은 그 이유가 그들에 대한 일종의 배신감 때문이라는 것을 잘 알고 있었지만, 아니, 그들도 그때는 어찌해 볼 다른 방법이 없었다는 것도 잘 알고는 있었지만 그러한 것은 일절 생각하고 싶지도 않았다.

사실 호열은 삼황에 대해 생각할수록 그 자신조차 그들에 대한 이런 감정이 자신의 억지라는 것을 잘 알고 있었다. 호열의 생각이 틀렸다는 것도. 하지만 호열도 아직까지 마음을 어떻게 두어야 할지 결정을 못 내리고 있었다.

'허, 그래, 한때는 삼황이 그렇게나 밉고 싫었는데… 하지만, 하지만 지금은 오히려 그들이 보고 싶다는 생각이 들곤 하니. 음…….'

호열은 그런 자신을 보며 언뜻언뜻 실없는 웃음이 나왔다. 스스로도 이해할 수 없는 부분이기 때문이다.

"감사합니다. 이렇게 자세히 알려주시다니."

"아닐세. 타지에서 온 자네들 같은 사람이 본다면 이해가 안 되는 부분일 테지. 그리고 또한 자주 묻는 말들이니 신경 쓰지 말게나. 그럼 잘 구경하고 돌아가게. 우리는 이제 볼일이 있어서……."

"예, 감사했습니다. 그럼……."

호열과 운영은 중년인들에게 고맙다는 인사를 한 후 다시 거리로 나왔다. 나오는 길에 호열은 다시 한 번 중년인들에게 고맙다는 인사를 한 후 손을 흔들어 보이는 것을 잊지 않았다.

호열은 나름대로 궁금증을 해결해서 기분이 가뿐한 듯 얼굴 가득 생기가 넘쳐흘렀다.

"형님, 벌써 시간이 많이 지났어요. 이제 따로 할 일도 없으신 것 같으니 어디 가서 요기라도 하는 게 어떨까요? 아직 점심도 드시지 못하셨는데……."

점심때를 훌쩍 넘겨 마을에 도착했는지라 거리에서 간단한 요기라도 한 후 마을을 지나칠까 생각했다.

"그래, 그러고 보니 네가 점심을 거른 것을 깜빡 잊고 있었다. 많이 출출했나 보구나. 음, 많이 늦었지만 지금이라도 먹어야지. 암, 사람이 먹어야 살지."

"예? 하하하! 예, 그렇지요. 형님 말씀이 맞습니다."

운영은 호열의 엉뚱한 말에 웃음을 지어 보이며 고개를 끄덕였다.

"그렇지? 자, 그럼 어디로 가나? 어디 보자……."

운영의 말에 반가운 얼굴이 되어버린 호열은 사방을 둘러보며 '어디서 식사를 할 것인가?' 하는 표정으로 사람들이 많이 오고 가는 주점을 찾아보았다.

호열은 장백촌이란 마을에 발을 들여놓은 것이 처음이었으니 당연히 마을의 사정을 모르고 있었다. 그러나 호열에게는 그러한 것들은 아무런 장애가 되지 못했다.

'음, 그렇지, 이럴 경우에는 뭐니 뭐니 해도 사람들이 많이 모이는 곳으로 가야지. 역시 난…….'

호열이 열심히 머리를 굴려서 생각해 낸 것은 이러했다. 예전 호열이 유랑 생활을 하던 오래전의 경험으로 기억해 낸 것이었는데, 그것은 사람들이 많이 모이는 곳은 그만큼 잘 알려져 있을 것이고, 잘 알려져 있다는 것은 또한 음식 맛도 좋다는 일반 상식과도 같은 것이었다.

오랜만에 이렇게 활기가 넘치고 사람들이 북적거리는 큰 마을에 왔으니, 호열은 당연히는 아니지만 속으로 맛있는 음식을 먹었으면 하는 바람이 있었다. 운영의 어머니에게는 미안한 일이지만 그동안 산에서 나는 풀로만 끼니를 때우며 지내다 보니 자연스럽게 그런 기대를 가지게 되었던 것이다.

하지만 지금 호열은 자기 마음대로 운영을 이끌고 아무 음식점이나 들어갈 수가 없었다. 현재 금전적인 면에서 모든 결정권을 쥐고 있는 것은 운영이었기 때문이다. 안타깝고 원통한 일이지만 지금 호열에게는 만두 하나 살 만한 돈은 물론 다른 것들 역시 하나도 사지 못하는 형편이었다. 즉 호열의 수중엔 단 한 푼의 돈도 없었다.

"그래, 저기다. 운영아, 저기 보이는 객점으로 가는 것이 어떠냐? 내가 보기엔 괜찮은 곳 같은데……."

"예? 어디요?"

"저기 저쪽에 지금 사람들이 많이 들어가고 있잖아, 안 보이니?"

"아… 어? 형님, 지금 저기를 말씀하시는 것인가요?"

"그래, 이제야 봤구나. 어떠냐? 괜찮겠지?"

호열이 열심히 손가락으로 가리키고 있는 곳엔 큼지막한 현판이 자리하고 있었다. 멋있게 장령루(長榮樓)라는 이름을 용의 형상을 따서 금도금으로 장식한 현판이었다. 마을에 처음 와본 호열은 잘 모르겠지만, 몇 번씩 들른 적이 있는 운영은 장령루라는 현판을 보고 입을 다물지 못하였다.

장령루는 금으로 장식된 현판이 말해 주듯 장백촌에서도 가장 유명한 주점 겸 객점으로 크기도 크기이지만 그 음식 맛이 일품으로 이곳 일대는 물론 중원 남방 지방까지 소문이 자자하게 난 곳이었다. 그래서 마을을 지나는 고관대작이나 대부호들이 한 번씩은 꼭 거쳐 가는 곳이었으며, 또한 일부러 찾아오는 사람들도 많은 곳이었다. 그러하기에 장백촌에 자주 오지는 못하였지만 당연히 운영 또한 너무나도 잘 알고 있는 곳이기도 했다.

아무리 자신이 살고 있는 마을이 이곳과 멀리 떨어져 있다고는 하지만, 근처 가까운 곳에 이런 유명한 주루나 객점이 있다면 누가 모르겠는가? 그만큼 쫙 소문이 난 곳이라면.

운영은 호열이 가리키는 현판을 보고 한동안 말없이 서 있을 수밖에 없었다.

"저, 형님⋯⋯."

"응? 왜 그러냐?"

"저⋯⋯."

운영은 호열의 얼굴을 보며 장령루에 대해 말을 할 듯 말 듯 주저하기를 몇 번이나 했다.

"허, 무슨 할 말이 있느냐? 내게 할 말이 있더라도 우선 배가 고프니 우리 먼저 먹고 얘기를 하는 것이 어떻겠냐? 자, 빨리 들어가⋯⋯."

호열은 운영이 발걸음을 떼지 않고 멈칫거리자 고개를 갸웃거리고 있다가, 운영이 계속 얼이 빠진 얼굴로 아무런 말 없이 서 있기만 하자 어서 가자고 재촉을 하며 장령루 쪽으로 발걸음을 옮기려고 하였다. 자신이 걸어가면 당연히 운영도 따라 들어갈 것이라는 생각을 하면서.

호열은 오늘 기분도 기분이지만 중원 땅을 밟았다는 생각에 가슴이 탁 트이는 것처럼 활기가 넘치는 것은 물론, 자꾸만 마음이 들뜨는지라 스스로도 들뜬 마음을 진정시키려고 노력하였지만 잘되지 않고 있었다. 그만큼 세상 밖으로 나온 것이 즐거운 것이겠지만⋯⋯.

"저기, 잠시만요, 형님."

"응? 왜? 어? 운영아, 갑자기 왜 그렇게 얼굴에서 땀이 나냐? 어디 몸이라도 좋지 않은 것이냐? 그럴 리가 없는데⋯ 정말 배가 너무나 고픈 나머지 힘이 들어서 그러는 것이냐?"

호열은 아무런 이상이 없다가 갑자기 땀을 흘리는 운영을 보며 이상하다는 얼굴로 쳐다보았다. 운영은 공력이 높아진 후로는 더 이상 웬만한 더위나 추위에도 이상이 없다는 것을 알고 있었다. 그런데 그렇게 좀처럼 흘리지 않던 땀을 얼굴 가득 흘리고 있었기 때문에 호열은 운영을 더욱 이상하게 쳐다보았다.

"아닙니다. 배가 고파 힘든 것은 아니지만……."

"그럼 왜 그렇게 땀을 흘리는 것이냐? 정말 괜찮은 것이냐?"

"아… 형님, 실은……."

"그래, 내게 무슨 할 말이라도 있는 것이냐?"

"예, 저… 죄송한데요, 형님. 저곳은 안 되겠는데요……."

운영은 호열에게 미안한 감정이 들어 고개를 숙이며 조용한 목소리로 말하였다. 운영도 호열과 같이 마을을 나오면서 장백촌에 오면 호열에게 맛있는 식사를 대접하고 싶은 마음이 있었기 때문이다. 하지만… 하지만 지금 호열이 가려는 곳은 지금 운영의 주머니 형편으로는 도저히 들어갈 수 없는 곳이었다. 자신의 주머니 사정이, 그것이 못내 가슴 아픈 운영이었다.

"응? 그게 무슨 소리냐?"

"저, 그것이……."

"운영아, 빨리 말해 봐라. 뭣 때문에 그러냐?"

호열은 운영이 하는 말을 이해할 수가 없었다. 배가 고프다면서 밥을 먹으러 가지 않겠다니. 하지만 운영의 성격을 잘 알고 있는 호열이었기에, 그와 같은 말을 한 까닭이 있을 것이라고 판단한 호열은 차분히 운영의 다음 말을 기다렸다.

"예, 그것이, 저… 형님, 저곳은 사람들이 많은 곳입니다. 그래서……."

"아, 난 또 뭐라고. 그건 나도 알고 있단다."

"예, 그러니 다른 곳으로 가시는 것이 어떨까 하는데요……."

"하하하. 운영아, 그래서 내가 저곳으로 고른 것이다. 너도 잘 알아두라고. 모르는 곳에 가서 식사를 하려면 사람들이 모이는 곳으로 가야 하는 거야. 그래야 제대로 된 음식을 먹을 수 있단다. 너도 나중에 써먹어라. 알았지?"

호열은 운영의 말을 듣고서는 별일이 아니었다는 생각에 웃음을 지어 보였다.

"옛? 예, 형님……."

"그래, 그럼 어서 가자. 나도 지금 배가 많이 고프다."

호열은 운영의 어깨를 토닥여 주며 대답도 기다리지 않고 장령루로 운영을 이끌었다.

"저, 형님. 잠시만요."

"왜 또?"

호열은 가뜩이나 배가 고픈데 운영이 자꾸만 불러 세우자 신경질적인 반응을 보이며 운영의 얼굴을 날카로운 눈으로 보았다. 한두 번은 괜찮았지만 아무런 이유도 없이 계속 시간을 지체하고 있는 운영이 이상하게 생각되었던 것이다. 그렇게 알아듣기 좋게 설명을 했는데 무슨 이유 때문인지 운영이 자꾸만 장령루 쪽으로 가려는 것을 기피하는 모습을 보이고 있기 때문이다.

"형님, 저……."

"왜? 왜 그래, 왜? 왜!!"

호열은 운영의 미적거리는 태도에 짜증과 화가 섞인 음성으로 운영을 날카롭게 노려보았다.

"저, 실은 돈이……."

"돈이 뭐?"

호열은 갑자기 운영의 입에서 돈이라는 거치적거리는 단어가 나오자 가슴 한구석이 찔끔거리는 것을 느꼈다.

"그것이… 제게는 저곳에 형님을 모시고 갈 정도의 돈이 없습니다. 죄송합니다, 형님."

운영은 얘기를 하면서도 무엇이 그리 호열에게 미안한지 계속 고개를 숙이고 있었다.

"뭐? 돈이 없다고?"

"예…….."

"운영아, 집에서 날 따라 나오기 전에 아저씨와 아주머니께서 주신 은자는 어떻게 하고서 돈이 없다는 것이냐?"

호열은 운영의 말을 이해할 수가 없었다. 분명히 호열의 두 눈으로 아주머니가 운영의 손에 직접 은자가 든 주머니를 쥐어주는 것을 보았기 때문에 더욱 이해할 수가 없었던 것이다.

"예, 그것이… 제가 가지고 있는 정도로는 도저히…….."

"뭐야? 그럼 그 정도로 저곳이 비싼 곳이라는 말이냐?"

호열은 이제야 운영이 하려는 말이 무엇인지 조금은 알 수가 있었다. 그렇다고 이해하는 것은 아니었다. 음식 값이 얼마인지 정확히 모르는 호열로서는 당연한 것이다. 아무리 비싸다고는 하지만 어느 정도는 자신의 잣대로 짐작하고 있었기에 운영이 가지고 있는 돈이면 충분히 가능하다고 생각되었기 때문이다.

"예, 저 장령루는 중원에서도 소문이 자자한 곳이에요. 이 일대의 부호들은 물론, 저 멀리 강남에 사는 고관대작들이나 대부호들이 그 먼 길을 마다 않고 일부러 찾을 정도라고 합니다."

"그래? 그러면 잘됐네. 우리도 이번에 소문난 음식 맛을 볼 수 있겠다. 그렇지?"

호열은 오히려 잘되었다는 듯이 운영을 쳐다보았다. 하지만 운영은 호열의 반응에 더욱 고개를 숙이며 모기가 기어가는 소리로 말을 이어 갔다.

"형님, 아까도 말씀드렸지만 그만큼 저곳은 비싸기로 소문이 난 곳입니다. 우리 같은 일반 백성들은 감히 들어갈 엄두도 낼 수 없을 정도로요."

"응? 음… 그 정도냐?"

호열은 운영의 말이 믿어지지 않았다. 아무리 음식 값이 비싸다고는 하지만 그 정도라고는 생각하지 않았기 때문이다. 이에 호열은 운영의 말이 진심인지 재차 확인하는 차원에서 똑바로 운영이의 눈을 바라보았다. 대개 거짓을 말하는 사람들은 눈빛이 흔들린다는 말을 언뜻 들은 기억이 있기 때문이었다. 하지만 아무리 운영의 눈동자를 쳐다봐도 전혀 흔들림이 없었다.

"예. 죄송합니다, 형님."

"음… 뭐, 그렇다면 할 수 없는 일이지. 그리고 네가 내게 미안할 것이 무엇이 있겠느냐. 너의 주머니 사정도 모르는 내 잘못이지."

"형님, 정말로 죄송합니다."

"허허, 괜찮다. 내 너의 맘 잘 알았으니 그럼 다른 곳으로 갈 수밖에……."

"예."

호열은 더 이상 운영에게 장령루로 가자는 말을 할 수가 없었다. 호열의 수중에 돈이 조금이라도 있었으면 어떠했을지 모르겠지만 지금으로써는 운영의 말을 따르는 도리밖에는 없기 때문이었다. 그에 자연히 목소리에 힘이 빠지는 호열이었다.

운영은 호열의 풀 죽은 목소리에 자신이 조금만 돈이 많았더라면 하는 생각에 고개를 숙일 수밖에 없었다. 운영은 수중에 충분한 돈이 없기 때문에 호열에게 맛있는 음식을 사주지 못한다는 생각을 하니 가슴이 미어지는 것 같았다. 하지만 지금 당장은 어쩔 수 없었으니…….

호열과 운영은 장령루가 보이는 대로에서 벗어나 장백촌 뒷길, 시내 중심 거리에서 약간 외곽에 위치한 곳으로 자리를 옮겼다. 얼마 걷지 않았는데도 중심가와는 달리 주변이 한적한 곳이었다. 너무 한적해서 사월인데도 겨울처럼 썰렁할 정도였다. 하지만 운영은 호열을 이끌고 거리를 두리번거리며 간단히 식사할 곳을 찾아보았다. 그러나 좀처럼 마땅한 음식점을 찾을 수가 없었다. 운영도 장백촌에 몇 번은 와본 적이 있었지만 밥을 사 먹은 적은 한 번도 없었기에 이곳 지리에는 호열과 마찬가지로 더 나을 것이 없었다.

"형님, 저곳이 어떨까요? 조금 허름하지만 괜찮을 것 같은데……."

운영은 한참을 두리번거리다가 길 가장자리에 위치한 조그마한 객점을 발견할 수 있었다.

"찾았냐? 어디?"

호열은 운영이 손으로 가리키는 곳을 쳐다보았다.

"저기요. 저쪽이요."

"응? 설마 저기? 에이, 아니지? 그렇지?"

운영이 가리키는 곳을 보자 객점이 있기는 있었다. 하지만 어느 정도 기대를 가지고 있었던 호열은 도저히 가고 싶지 않은, 아니, 부정하고 싶은 곳이었다. 한눈에 보아도 다 쓰러져 가는 허름한 외관에서 오는 첫인상에 음식 맛도 별로일 것이라는 생각이 들기 때문이었다.

"맞는데요."

“뭐? 정말?”

“예.”

운영은 호열이 재차 물어보아도 매번 고개를 끄덕여 보였다.

“허, 알았다. 어서 가기나 하자.”

‘정말 할 말이 없구나. 그래도 조금은 기대를 했었는데… 그래도 그렇지, 어떻게 저런 곳이냐? 음…….’

“예.”

운영은 호열의 말에 안심이 됐다는 표정으로 주름졌던 얼굴을 펴며 객점으로 향했다. 하지만 호열은 운영의 뒤를 따라가면서도 속으로는 장령루에 대한 아쉬운 마음을 접을 수가 없었다. 한 번도 보지 못했던 음식을 먹어볼 기회를 놓쳤다는 생각에 자꾸만 뒤를 돌아보게 되었다.

그렇게 호열과 운영은 현판에 백운객점(白雲客店)이라 쓰여 있는 곳으로 들어갔다. 들어갈 때도 기분이 좋지 않았던 호열이었지만, 막상 들어가서는 더욱 인상을 찌푸리게 되었다.

‘이건 이름하고는 다르게 운치하고는 그냥 담을 쌓은 것이 아니라 아예 만리장성을 쌓았구만, 만리장성을.’

호열의 생각대로 정말 말이 객점이지, 밖에는 사람들이 넘쳐 나 한창 분주하게 움직이고 있었는데 이곳은 썰렁하다 못해 너무나 지저분해서 추운 날씨에도 파리가 돌아다닐 정도였다. 그래도 호열은 운영의 뒤를 따라 안으로 들어가서 자리를 잡았다.

호열과 운영은 텅 비어 있는 탁자에 앉아 주위를 두리번거렸다. 하지만 아무도 다가와서 반기는 사람이 없었다. 그렇게 얼마간의 시간이 지나자 호열은 조금은 짜증나는 듯이 자리에 앉아서 먼지가 쌓여 있는 탁자를 손가락으로 탁탁 소리가 나게 두드렸다.

‘정말, 으… 이곳은 내가 있던 동굴보다 더 지저분한 것 같구나. 이 먼지 좀 봐. 참나…….’

호열은 앉은 그대로 운영에게 보란 듯이 손가락으로 스윽 하고 먼지가 묻은 탁자를 훑어냈다.

“형님, 죄송합니다. 제가 별로 가지고 온 돈이 없어서 이런 곳밖에는…….”

운영은 마음 한구석에 호열에게 미안한 감정이 남아 있었기에 말끝을 분명하게 잇지 못하고 얼버무렸다.

“아니다. 뭐, 이곳도 이만하면 제법 운치있고 조용하니 밥 한 끼 정도 먹는 데는 괜찮을 것 같구나.”

호열은 애써 얼굴을 펴며 운영에게 괜찮다는 표시를 했다. 마음 한구석에는 아직도 좀 더 좋은 곳으로 가서 식사를 하고 싶어하는 생각이 있었지만, 마을을 떠나올 때부터 돈에 관한 주도권은 완전히 운영에게로 넘어가 있었기에 애써 그러한 생각을 접으려고 노력하는 중이었다. 그 가장 큰 이유는 역시 호열의 경제적 사정 때문이었지만.

“형님께서 그렇게 생각해 주시니 저로선 다행입니다. 전 형님께서 탐탁지 않게 생각하시면 어쩌나 했거든요.”

“내가? 내가 왜 그런 생각을 하겠느냐. 어서 음식이나 시키도록 하자.”

“예, 그럼…….”

“그래, 어서어서.”

호열은 얼른 아무 음식이나 시켜 먹고 나가자는 생각에 운영을 부추겼다.

‘참나, 어서 돈을 벌어야지 원…….’

사실 호열은 돈이 하나도 없었고 운영도 나올 때 겨우 은자 열 냥을 가지고 나왔다. 그러나 은자 열 냥이라고 해도 서민들은 그 돈으로 두 달 가량을 충분히 먹고 살 수 있는 돈이었다.

모든 사람들이 각자의 생각이 달라 은자 열 냥이 많다는 사람도 있고 적다는 사람도 있을 것이다. 또한 많다고 생각하는 사람들 중에는 충분히 장령루와 같은 큰 객점에 갈 수 있겠다고 생각하는 사람들도 있을 것이다.

호열과 운영도 많다고 생각하는 사람들 중에 끼었다. 하지만 둘의 생각이 조금 다른 것이 호열은 한 번도 그러한 큰돈을 수중에 만져 본 적이 없었기에 그러한 것이었고, 운영은 아무리 큰돈이라고는 하지만 부모님이 자신을 위해 어렵게 마련했다는 생각에 차마 한 끼 음식 값으로 쓰고 싶지가 않기 때문이었다. 아무리 호열을 위해 맛있는 음식을 대접하고는 싶어도 그 도가 너무나도 지나치다는 생각이 들었던 것이다.

그리고 가장 중요한 것은 쓸데없는 곳에 돈을 쓰며 움직이고 싶지 않아하는 운영의 마음이었다. 움직이면 다 돈이니까.

"어이쿠, 어서 오십시오. 이거 죄송합니다. 하도 오랜만에 손님을 받아서 제가 손님들이 오신 줄도 몰랐습니다. 정말 죄송합니다."

"아니오. 그나저나……."

탁! 탁! 탁!

호열은 주인이 보라는 듯이 검지손가락으로 먼지가 쌓여 있는 탁자를 소리 내어 치고 있었다.

"아, 죄송합니다. 잠시만. 예, 이쪽으로 앉으시지요, 손님."

주인은 호열의 행동을 보고 얼른 옆자리를 치운 후 다시 자리를 권했다. 주인도 호열이 앉아 있던 곳이 얼마나 먼지가 많은 곳인지 잘 알고 있었기에 다른 탁자를 권했던 것이다.

"여기요?"

"예, 치웠으니 깨끗할 겁니다."

호열과 운영은 주인의 말에 그래도 염치는 있는 사람이구나 하는 생각으로 얼굴을 조금 풀며 권하는 자리에 앉았다.

"자, 앉았소이다. 그럼 이제 무엇을 시킬까?"

"옛? 아, 예. 무엇으로 드릴까요, 손님?"

"음… 뭐, 마음대로. 아니지. 운영아, 네가 시키거라."

"예, 그럼. 주인장, 저기……."

운영은 호열의 말에 주인을 바라보며 생각해 놓았던 음식을 시키려고 하였다.

"아, 저, 죄송합니다만… 저희는 지금 소면밖에 없는데요."

주인은 운영의 입에서 말이 떨어지기 전에 미안한 표정으로 먼저 입을 열었다. 하지만 운영은 그렇다고 쳐도 호열은 주인의 말을 듣고선 자신의 두 귀가 잘못되지 않았나 싶을 정도였다. 그것이 호열의 생각에는 아무리 장사가 안 되는 곳이라도 음식점을 경영하는 주인의 입에서 나와서는 안 될 황당한 말이기 때문이었다. 도저히 있을 수 없는, 있어서는 안 되는…….

"음……."

"옛? 그게 무슨?"

호열은 한순간 멍한 얼굴이 되어 주인을 쳐다보았고, 운영은 그것이 무슨 말인지 정확한 해명을 바란다는 표정으로 주인을 바라보았다.

"예, 그게 실은… 저희 객점에 며칠 동안 하도 손님이 없어서 오늘 장사도 공치는 줄 알고… 허허, 변명 같지만 제가 그만 재료를 장만하지 못했습니다. 이거 정말 뭐라고 할 말이 없습니다. 죄송합니다."

주인은 아침에 꼭 장을 봐야 한다는 부인의 말을 흘려들었던 자신의 부주의를 속으로 탓할 수밖에 없었다. 하지만 주인의 속이야 어찌 되었든 겉으로는 황당한 얼굴로 바라보고 있는 호열과 운영에게 미안한 웃음을 보일 수밖에 없었다. 그것이 지금 주인의 입장에서 할 수 있는 최선의 방법이었으므로.

"그래요? 음, 저… 형님?"

운영은 미안해하는 주인의 얼굴이 너무나도 진지하자 더 이상 뭐라 할 수가 없었다. 그래서 어떻게 하면 좋겠냐는 듯이 겸연쩍은 표정으로 호열의 얼굴을 쳐다보았다.

"아, 괜찮아, 괜찮아. 그러니 나는 신경 쓰지 말아라."

호열은 운영을 바라보며 괜찮다고 두 손을 흔들어 보였다. 호열도 주인의 표정에서 진심을 읽을 수 있었기에 더 이상 할 말이 없었던 것이다. 또한 이곳에 들어오면서부터 크게 기대를 가지고 있지도 않았었기에 어서 빨리 소면이라도 간단하게 먹고 나가고 싶은 마음이었다.

"음, 그럼 이보시오, 주인장. 여기 소면 두 그릇만 주시오."

"예, 감사합니다. 그럼 조금만 기다리십시오."

운영의 주문으로 주인이 주방 안으로 들어가자 객점 안에는 다시 적막함이 감돌았다.

"형님, 정말 괜찮으시겠어요? 지금이라도……."

"하하하, 아니다. 괜찮다. 음, 네가 정 그렇게 마음이 쓰이면 여기서 간단하게 먹고 다른 마을에 가서 더 잘 먹으면 되지. 그렇지?"

호열은 자신은 정말, 정~말 괜찮다는 듯이 두 손을 펴서 운영에게 흔들어 보였다. 하지만 마음만은 씁쓸해서 뒷말에는 약간의 여운을 남겼다. 운영은 애써 웃음을 보이며 고개를 끄덕였다.

그렇게 호열과 운영은 주인이 음식을 만들어 나오기를 기다리며 시간을 보냈다. 주문을 받은 주인이 부랴부랴 주방으로 간 것을 보며 주인 혼자서 이 객점을 이끌어 나가고 있다는 것을 알 수 있었다.

'참나, 어쩌면 이렇게 손님이 없을까? 저렇게 밖에는 사람이 넘쳐나 미어지는데 이곳은… 허, 정말 알다가도 모르겠군. 이런 것을 두고 풍요 속에 빈곤이라고 하는 걸까? 그래, 풍요 속에 빈곤. 정말 어울리는 말이군.'

호열은 창밖으로 보이는 사람들의 모습에서 노력하지 않으면 도태되는 현실을 실감할 수 있었다. 어떠한 일을 하든 정말 많은 노력이 절실하다는 것을……．

"형님, 무얼 그리 깊게 생각하십니까?"

"응? 하하, 아니다. 흠흠. 그래, 운영아. 내가 아까도 말했지만 넌 꼭 나를 따라서 중원으로 가야만 하겠느냐?"

호열은 자의든 타의든 운영과 잠시 동안이라도 서로에 대해 진지하게 말할 시간을 가질 수 있게 되자 오전에 장백촌으로 오면서 생각해 두었던 말을 꺼냈다.

"예, 형님. 형님께서도 아시겠지만 제가 중원에 가서 무명(武名)을 얻어 유명해져야 집에 계신 부모님께서 저를 위해 그동안 고생하셨던 것들이 조금이나마 풀려지지 않겠습니까?"

"무명이라, 무명……. 그래, 너의 말도 일리가 있지만 그것은 꼭 중원에 가지 않아도 되는 것 아니냐?"

호열은 운영의 마음을 잘 알고는 있었지만 굳이 위험하게 중원에 갈 필요는 없다는 생각이었다. 호열이 아무리 생각을 해보아도 높은 무명을 얻어 유명해진다는 것은 충분히 장백산 근방에서도 가능하기에, 위험 부담을 안고 따라가지 않아도 되는 일이기 때문이다.

"예, 그건 형님 말씀이 맞습니다. 저도 그렇게 생각하고요."

운영도 호열의 말에 공감을 표했다. 조금의 시간이 더 걸릴지는 모르겠지만, 운영의 실력이 높다면 충분히 가능한 일이기 때문이었다. 또한 운영도 그렇게 생각하였고.

"그래? 그런데 왜?"

호열은 운영의 반응에 대해 더욱 알 수 없다는 얼굴이 되어버렸다. 운영의 얘기를 듣고 보니 그와 같은 사실을 알고 있으면서 위험을 무릅쓰고 따라나선 것에 대하여 더욱 이해할 수 없었던 것이다.

"예, 저도 그렇게 생각하지만… 하지만, 음… 형님, 이제야 말씀드리는 것이지만, 전 형님을 따라가고 싶었습니다. 부모님을 떠나 새로운 세상을 나가게 되었다는 것보다, 아니, 어쩌면 제가 영원히 돌아오지 못할지도 모를 위험이 기다리고 있다 하더라도 형님을 따라가고 싶었습니다."

운영은 호열에게 더 이상 자신의 감정을 숨기고 싶지 않았다. 운영이 호열을 따라나선 가장 큰 이유는 바로 호열이기 때문이었으니……

"응? 왜?"

'왜? 왜 그런 쓸데없는 짓을 서슴없이 저지른 것이냐, 이 구두쇠야……'

호열은 차마 불편한 속내를 드러낼 수 없는 상황이라 가만히 운영의 말을 들어보기로 했다. 지금 속으로는 별로 탐탁하게 생각하지 않아도 사실 호열도 운영의 도움이 필요했던 것이다. 정작 그 대상이 운영의 힘이 아니라 품에 있는 돈이었지만…….

"예, 그것이… 형님께 미리 제 생각을 말씀드렸어야 했는데 그만 말씀드리지 못했습니다. 얼마 전부터 보니 형님께서 곧 마을을 떠나실 것 같아 말씀드릴 기회를 기다리고 있었는데, 그것이 여의치 않아 죄송스럽게도 아버님과 어머님께 먼저 말씀드렸습니다. 세상 구경도 하고 또한 형님을 따라다니면서 많이 배우겠다고요. 그것이 형님께서 마을을 떠나신다고 부모님께 말씀드리기 전날입니다."

'뭐? 이게 무슨 말이냐? 나를 따라다니면서 세상을 배우겠다니? 허, 아무것도 모르는 나를 따라 무엇을 배우겠다는 것인지…….'

운영은 호열을 따라나서게 된 전말에 대하여 모두 말해 주었다. 하지만 호열은 이해할 수가 없었다.

"운영아, 너의 말을 듣고 보니 하나 틀린 것이 있다. 나를 따라다니면서 세상을 배우겠다는 것은 어딘지… 그래, 말이 좀 이상하다고 생각하지 않으냐? 그리고 나를 따라다니면 언제 다시 고향에 갈지 모르는 일인데……."

"그야 제가 형님을 따라다니면서 형님을 모셔야지요. 그러면서 세상 구경도 하고 그러면서 배우면 되는 것 아닙니까? 그리고 형님께서도 언젠가는 고향에 다시 가겠다고 하셨잖아요."

"음… 그래, 그건 그랬지. 하지만 말이다. 그건 내가 아주, 아주 먼… 그러니까 내가 성공한 다음에 간다는 것이었지. 허, 너는 그날이 언제가 될지 모르는데 무턱대고 아무런 기약도 없이 나를 따라나서면 어떻게 하냐?"

지나가는 말로 나중에 고향에 가겠다는 말을 한 것을 믿고 겁도 없이 따라나선 운영의 모습에서 할 말을 잃은 호열은 어이가 없었다.

"형님, 전 괜찮습니다. 그러니 염려 마십시오. 제가 그 문제에 대해서는 알아서 할게요. 그러니 너무 걱정하지 마세요."

"허, 이거 참……."

'괜찮긴 뭐가 괜찮다는 거야? 이놈이… 허, 아, 내 앞날이 심히 걱정되는구나. 음… 하지만 지금은 내가 아쉬운 판이니…….'

호열은 자신만을 바라보는 운영의 시선에서 부담감과 사명감을 느낄 수밖에 없었다. 아직 철모르는 어린아이를 세상에 데리고 나왔으니, 당연히 몸 성하게 부모에게 데려다 줄 의무감 같은 것이 생겼던 것이다.

제 9 장

이제는 고려가 아니라 조선이란 말이지. 휘……

 이제는 고려가 아니라 조선이란 말이지. 허…….

호열과 운영은 저녁 시간이 다 되어서야 주인이 정성스레 만들어온 소면을 먹을 수 있었다. 점심을 먹으러 들른 것인데 어떻게 된 일인지 식사를 한 시간은 조금만 지나면 저녁때였던 것이다.

호열은 운영의 말을 다시 한 번 되씹으면서 소면을 먹고 있었고, 운영은 마을을 나오면서 있었던 일을 생각하고 있었다.

'휴, 정말 힘들었어. 사 갑자 내공을 다 사용하여 최고로 경공을 펼쳤는데 그런 날 옆에서 따라오시면서 형님은 땀 한 방울 흘리지 않으셨으니……. 대체 아, 모르겠다. 형님이 어떤 사람인지…….'

운영은 호열의 실력을 생각하자 정말 모르겠다는 듯이 고개를 좌우로 흔들며 자신의 앞에 놓여 있는 소면을 들었다. 그래도 소면이 맛있어서 다행스러운 일이었다. 호열을 이런 곳으로 데리고 와서 줄곧 미안했었는데…….

'아, 그래도 다행이구나. 형님께서 저렇게 맛있게 드시니……'

"아, 잘먹었다. 이거 맛있네. 운영아, 이 집 이거 보기와는 달리 소면 하나는 맛있게 하는구나. 안 그러냐, 운영아?"

호열은 소면 한 그릇을 뚝딱 해치우면서 운영을 향해 맛있다는 표현을 확실하게 해주었다. 아무리 원해서 먹은 것은 아니었지만 유랑 시절 어려웠을 때는 이런 것도 마음대로 먹을 수 없었기에 운영에게 크게 서운한 감정은 없었지만, 주인의 음식 솜씨도 첫인상과는 달리 생각지 않게 일품이었기 때문이다. 호열은 인정할 것은 인정해 주어야 한다는 것을 알고 있었다. 그렇게 하는 것이 살아가면서 얼마나 많은 도움을 주는지 잘 알고 있었으므로.

"예, 그런 것 같네요. 저도 맛있게 먹었습니다."

"그래? 음, 이보시오, 주인장."

호열은 계산대에 앉아 있는 주인을 불렀다.

"옛? 예."

한쪽에서 오랜만에 맞아보는 손님이라 소면이라도 더 시키지 않나 줄곧 바라보고 있던 주인은 호열이 자신을 부르는 소리에 바로 대답하며 호열에게 다가갔다.

"예, 무슨? 아, 소면을 더 시키시려고요?"

"아, 그런 것이 아닙니다. 다른 것이 아니라……"

호열은 이렇게 솜씨있는 주인이 운영하는 객점에 왜 사람이 없는지 이해할 수가 없었다. 아무리 허술하다고 하더라도 음식이 맛있다고 소문이 나면 자연히 사람이 모이게 되어 있다는 것을 잘 알고 있었기에 그 사정이 궁금했던 것이다.

"예, 말씀하십시오."

“이곳은 매일 이렇게 손님이 없습니까?”

“옛? 아, 예. 그게 그러니까⋯ 허허, 손님이 보시는 것과 같이 워낙 이곳이 지저분한지라⋯⋯.”

주인의 생각과는 달리 호열이 엉뚱한 것을 물어보자 순간 당황한 주인은 할 말이 생각나지 않는지 얼버무리며 이마의 식은땀을 살짝 닦았다.

“아니, 주인장도 그걸 알고 계시면 깨끗이 청소도 하고 부서진 곳을 보수해서 장사를 하면 되잖습니까? 음식 솜씨도 좋으신데.”

“허허, 감사합니다. 제 솜씨를 칭찬해 주시다니. 음⋯ 그렇지요. 저도 손님 말씀처럼 그러고 싶었죠. 아니, 며칠 전만 해도 계속 그렇게 해왔습니다.”

“그런데요?”

호열은 주인이 정색을 하며 말하려고 하는 것 같아 보이자 무슨 사정이 있겠구나 하는 생각을 하며 들어보기로 했다. 호열도 중원에 들어가면 돈을 벌기 위해 장사를 할지도 모르는 일이었기에 주인에게는 미안한 일이지만 실패의 경험담을 들어보고 싶은 생각이었다. 다른 사람의 실패를 경험으로 삼으면 성공할 확률이 높을 것이기에.

“예, 하지만 막상 손을 대려고 하니 돈이 너무 많이 들어서요. 그리고 장령루라는 큰 객점이 들어서면서 이 일대의 객점들은 하나둘씩 문을 닫거나 장령루에 헐값으로 넘어가는 중이니⋯ 허허허, 그래서 그냥 포기하고 이렇게 손님들처럼 일부러 오시는 분들만 받으며 살고 있습니다. 하지만 그것도 요 며칠 동안 손님이 없다 보니 제가 그만 게을러져서⋯⋯.”

“허, 그래도 그렇지요. 음⋯ 그리고 도대체 얼마나 많은 비용이 들기에 수리를 안 하신 겁니까?"

호열은 주인의 말을 들으면서 이 일대 객점들의 어려움을 실감할 수 있었다. 하지만 아무리 어렵다고 하더라도 청소를 하지 않은 주인의 게으름을 먼저 탓하고 싶었다. 그리고 일찍 포기해 버린 것도.

하지만 호열은 주인에게 뭐라고 할 수 없었다. 호열 자신의 일이 아니었고, 또한 주인의 나이가 새로운 도전을 하기에는 너무 많다는 생각이 들었던 것이다. 그래서 호열은 가장 민감한 돈 문제에 대하여 물어보기로 했다. 십오 년이라는 공백도 있었지만 중원의 물정에 대해 아는 것이 아무것도 없었기에 물가에 대한 정보를 얻어볼 생각이었다.

예전 호열이 유랑 생활을 하던 중 우연히 만났던 사람들 중에 장사를 하던 상인들이 몇 있었다. 그 사람들의 말에 의하면 일반 물가는 모르더라도 큰돈이 오고 가는 것을 알려면 집의 가격을 알아보는 것이 가장 정확하다는 말을 했던 것이 기억난 것이다.

"아, 말도 마십시오. 글쎄, 내가 잘 아는 기술자에게 물어보니 은자 팔백 냥이나 달라고 하더라고요. 은자 팔백 냥, 미친놈이지. 내가 당장 그런 돈이 있으면 이 객점을 팔고 다른 곳으로 가서 장사를 하지. 안 그렇습니까?"

주인은 호열에게 말을 하면서도 그때의 일을 생각하자 어이가 없는지 얼굴이 상기되었다.

"은자 팔백 냥이요? 허, 그건 주인장 말이 맞습니다. 그 사람이 누군지는 몰라도 완전히 도둑놈이네요."

'은자 팔백 냥이라… 이거 생각보다 자리를 잡으려면 돈이 많이 들겠구나. 더구나 대도시는 더욱 비쌀 텐데, 음……'

호열은 주인의 말을 들으면서 은근히 걱정이 되었다. 새로 짓는 것도 아니고 그냥 수리를 하는 데 은자 팔백 냥이라면 호열에겐 너무나 큰돈이었기 때문이다.

"허허, 사정이 이러하니 그냥 이렇게 간신히 객점을 운영하며 끼니를 이어가는 형편이지요. 음…….."

주인은 오랜만에 자신의 처지를 상기하게 되어서 그런지 호열이 처음 볼 때와는 달리 조금은 어깨가 처진 모습으로 다시 계산대로 가서 힘겹게 앉았다. 그 모습이 호열의 눈에는 사업에 실패하고 화병으로 자리에 누워만 계셨던 아버지의 모습이 떠올라 남 같아 보이지가 않아 씁쓸한 마음이 들었다.

'역시 뭘 하든 돈이 있어야 돼, 돈. 그래야 고생을 안 하지. 그래, 나도 얼른 돈을 벌어서 보란듯이 살아보자. 아버지처럼 좌절하지 말고.'

호열은 주인의 이런저런 신세를 한탄하는 말을 듣고는 지금의 자신과 같은 심정이겠구나라는 생각이 들어 안쓰러웠다. 하지만 지금 호열도 무일푼인지라 도와주고 자시고 할 것 없이 먼저 도움을 바라는 형편이니…….

"자, 운영아, 우리 식사도 다 했으니 이제 나갈까?"

"예, 그러시지요."

"응? 허, 그래도 사람들이 오긴 오네?"

"하하하, 예. 그러게 말입니다."

호열은 막 나가려고 자리에서 일어서는데 객점 안으로 일단의 사람들이 들어오자 운영에게 조금 있다가 나가자고 했다. 도대체 어떤 사람들이 이런 허름하고 외진 곳으로 식사를 하러 오나 하는 생각에 잠시 그들을 살펴보고 싶었던 것이다. 호열이 들어오는 사람들의 면면을 살펴보니 여덟 명 정도 되었는데 복장이 왠지 중원 사람들 같지 않아 보였다. 어디서 많이 보았던, 기억 저편에 어디선가… 왠지 그리운…
가물가물하게 기억이 나는 그런 복장이었다.

‘어디서 보았더라? 음… 응? 가만, 저거… 저건 고려의 의복이잖아?
맞네. 그럼 저들이 고려 사람들이란 말인데… 허, 이런 곳에서 동포를
만나다니…….’

호열도 잘 알고 있는 사실이지만 장백촌에는 중원 내륙에서 온 상인
들뿐만 아니라, 원나라의 상인이나 왜나라의 상인들이 많이 오고 가는
곳이었다. 당연히 고려의 상인들도 그 대열에 있었다. 하지만 호열이
대로를 거닐면서 고려 의복을 한 상인들을 못 보았던 것은 그런 것에
신경을 쓰지 않았기 때문이었다. 거리를 거닐면서 이따금씩 옷깃을 마
주친 적이 있었는데도.

“운영아, 우리 조금 더 앉아 있다가 가면 안 될까?”

“예, 그러세요. 알겠습니다.”

운영은 호열의 모습에서 왜 그러는지 알 수가 있었다. 운영도 객점
안으로 들어온 사람들이 고려 사람들이라는 것을 알 수 있었기 때문이
다.

“그래, 그럼…….”

호열은 고려의 상인들로 보이는 사람들이 자리에 앉자 가만히 귀를
그쪽으로 갖다 댔다. 정말로 저들이 고려 사람들인지 확인하고 싶었기
때문이다.

‘역시 고려 사람들이구나. 정말 반가운데? 이거 얼마 만에 고향 사
람들을 보는 것인가? 더구나 이런 타지에서…….’

호열은 자신의 귀로 같은 동포임을 확인하자 감회가 새로웠다.

객점 안에 사람들이 들어온 후 조금 있으니 또다시 그 일행으로 보

이는 사람들이 열두 명 정도 더 안으로 들어오고 있었다.

"이보게, 아우. 이쪽이네."

"어? 예, 거기에 계셨군요."

먼저 들어온 사람들 중 나이가 들어 보이는 사람이 나중에 들어온 일행 중 한 사람을 부르자, 나중에 온 사람들은 모두 그쪽 자리에 가서 앉았다.

객점의 주인은 갑자기 많은 사람들이 들어오자 얼떨떨한 얼굴을 하고 있다가 모두 자리에 앉자 얼굴에 웃음이 한가득 자리했다. 근 오 년 동안 객점에 이렇게 많은 손님이 든 적이 없었던 것이다. 당연히 주인의 얼굴에 웃음이 가득 표출될 수밖에.

"어서 오십시오, 어서 오십시오. 자, 저쪽 자리로, 아니, 이쪽 자리로……."

주인은 한껏 얼굴에 웃음을 지어 보이면서 사람들을 일일이 자리로 안내하였다. 오랜만에 맞이하는 단체 손님이었기에 더욱 신경을 쓰려고 하는 모습이 역력했다.

"저… 손님, 무엇으로 드릴까요?"

"음, 주인장, 여긴 무슨 요리가 잘 되나?"

호열은 중년인의 물음에 어떤 표정을 지을지 반사적으로 주인의 얼굴을 쳐다보았다.

'무슨 요리가 되긴, 소면이지…….'

호열은 주인이 너무나 불쌍하게 보였다. 가는 날이 장날이라고 며칠 동안 한 명도 들어오는 사람이 없다가 갑자기 많은 사람들이 한꺼번에 들이닥치니…….

"예, 달리 잘하는 것은 없지만… 다만 시간을 조금 주시면 간단한 요리는 내올 수 있습니다."

'어라? 뭐야, 이거? 사람 차별하나? 아까 우리에겐 소면밖에 없다고 그랬으면서? 음……'

호열은 자신들을 차별했다는 생각에 주인에 대한 좋은 인상은 다 사라지고 얼굴에 가득 미소를 짓고 있는 주인이 간사하게 보여 한 대 패주고 싶어졌다. 하지만 그런 것이 세상의 일이고, 또한 장사를 하는 사람의 본모습이라 생각하니 어쩔 수 없다는 생각과 어쩌면 호열도 나중에 저렇게 될 수도 있겠다는 찜찜한 생각을 하게 되었기에 절로 한숨이 나왔다.

"그래요? 음… 주인장, 그럼 여기에 우리들이 모두 묵어갈 방이 있소이까?"

"옛? 예, 방은 남아돕니다. 그러니 걱정하지 마십시오."

"허허, 그럼 시간은 넉넉하게 줄 것이니 알아서 맛있게 잘 만들어주시구려. 그리고 먼저 여기 사람들이 간단히 요기를 할 수 있게 알아서 내오게. 죽엽청도 한 병 같이 내오고. 아니지, 아예 몇 병 내와서 사람들에게 나누어 주게."

"예, 예. 감사합니다. 그럼 잠시만 기다리십시오."

주인은 입이 귀에 걸릴 정도로 만면에 웃음을 지으면서 주방으로 향했다. 주방으로 향하면서도 뭐가 그리 좋은지 연신 중년인이 시킨 주문의 내용을 입으로 주절거리며 걸어갔다. 혹시라도 잊어버리지 않을까 하는 노파심에서 그렇게 하는 것이겠지만 호열은 여간 듣기가 거북했다.

주인이 주방으로 들어가 자취를 감추자 탁자의 중간에 주문을 했던 중년인이 나중에 일행을 이끌고 온 중년인에게 가까이 오라고 손짓을 했다.

“예, 형님. 부르셨습니까?”

“그래, 갔다 온 일은 잘되었는가?”

“형님의 기대에 미칠지는 모르겠지만 나름대로 좋은 성과를 올린 것 같습니다.”

“그래? 허, 잘되었군. 음…….”

“마침 중원에 있는 소림사란 무림 문파에서 군웅대회가 칠월 경에 있다고 합니다. 그래서 그곳에 출전하러 가는 사람들과 같이 동행할 수 있을 것 같습니다.”

중년인은 주위를 둘러보다가 같이 온 일행들 말고 한쪽에 호열과 운영이 자리를 하고 있는 것을 보았기에 고개를 숙이며 낮은 음성으로 말하였다.

“그래? 그거 잘됐네. 어차피 황제가 있는 금릉으로 가려면 소림사가 있는 하남을 지나가야 하니까. 음… 하남까지는 같이 갈 수 있겠군.”

중년인은 손으로 수염을 만지면서 혼자 중얼거리듯 조용히 말하였다. 역시 누군가를 의식한 행동인지 호열의 눈에 조금은 어색하게 보였다.

“음… 형님, 그건 그렇지 않습니다.”

“응? 왜 그러냐? 뭐가 잘못됐냐?”

“예, 형님께서 초행이라 잘 몰라서 그러실 것입니다. 우리는 소림사가 있는 하남 땅으로 가지 않고, 지금 한창 명나라 황제가 수도를 천도하려고 공사 중인 곳, 음… 그래, 북경을 지나 하북과 태산을 거쳐서 목적지인 금릉으로 가야 합니다.”

“음… 그게 사실인가, 이 사관?”

중년인은 동생의 말이 사실인지 확인하기 위해서 일행의 안내를 책임지고 있는 이 사관이란 사람을 쳐다보았다.

"예, 제가 알기로도 소림사가 있는 등봉현 숭산으로 향하는 길로는 갈 수 없습니다. 만약 그렇게 되면 우리는 멀리 돌아서 가게 되는 것입니다. 그래서 지금 박 부장님께서 말씀하셨듯이 그들과 같이 동행을 한다고 해도 얼마 지나지 않아 헤어지거나, 아니면 다른 일행들과 합류하기로 되어 있는 제남이나 태산까지일 것입니다. 아니, 오히려 거기까지 간다면 그들은 우리에게 최선을 다하는 것입니다."

'음, 그렇구나……'

이 사관이라 불리는 사람은 차분하게 자신의 생각을 말하였다. 누가 들어도 사리가 있고 조리있게 들렸기에, 호열은 이 사관이란 사람의 말을 들으면서 중원의 지리에 대해 아무것도 모르면서도 절로 고개가 끄덕여졌다.

"음, 그렇게 되면 그 다음은 우리들 스스로 가야만 한다는 얘기인데, 허."

중년인은 이 사관의 말을 들으면서 무슨 고민이 있는지 연신 수염을 매만지고 있었다. 그런 모습을 호열은 못마땅하게 쳐다보았다.

'참나, 무슨 고민인지는 모르겠지만 가만히 있는 수염을 왜 만지고 있어, 그냥 머리를 굴리면 되지.'

호열은 중년인이 수염을 만지는 모습을 보이자 짜증이 났다. 하지만 중년인이 자신의 수염을 만지는 것은 호열로서도 어쩔 수 없는 일이었으니……

"형님, 너무 심려 마십시오. 한 달 후 본 국에서 황하 유역을 통해 제남으로 사신을 보내기로 되어 있으니 그들 중에 무예에 능숙한 자들도 몇 있을 것입니다. 그러니 우리가 빨리 가서 그들을 기다렸다가 같이 가는 것이 어떻겠습니까?"

"제남이라… 제남……. 음……."

"예, 우리가 조금만 빨리 간다면 제남에서 조우할 수도 있을 것입니다."

옆에 있던 이 사관이 중년인의 말을 거들었다.

"글쎄, 내가 보기에 그들과 만나는 것은 크게 걱정할 문제는 아니다. 하지만 그들을 보호하며 따라올 정도로 뛰어난 무사들을 보낼 여유가 조정에 있을는지… 음……."

중년인은 이 사관의 말을 들으면서도 얼굴에 수심이 가득했다.

"형님, 이번에 제남으로 사신을 이끌고 오시는 분은 하륜(河崙) 공(公)이랍니다. 그러니 그분을 만나면 어떻게 잘되지 않겠습니까?"

"응? 정말이냐? 이 사관, 정말로 사신을 이끌고 오는 사람이 의정부 좌정 승판이조사(議政府左政 丞判吏曹事) 하륜 공이 맞느냐?"

중년인은 동생의 말에 얼굴이 밝아지며 이 사관이란 사람에게 재차 물어보았다.

"예, 저도 얼마 전에야 하륜 공께서 등극사(登極使)로 봉해지셨다는 것을 알았습니다."

"허, 그런데 왜 나에게 얘기하지 않았느냐? 그런 중요한 사항들은 바로 얘기했어야지."

중년인은 이 사관에게 조용한 목소리로 호통을 쳤다. 대개 호통을 칠 때는 큰 목소리가 나기 마련인데, 중년인은 옆 탁자에 앉아 있는 호열과 운영을 의식해서인지 이 사관을 바라보는 눈에 핏발이 보일 정도로 힘을 주었을 뿐 큰 소리로 호통 치지는 않았다.

“예, 장군. 저도 정확한 것이 아니었기에 미리 말씀드리지 못했습니다. 그 정보가 확실하다면 아마 며칠 후 전령에 의해 기별이 도착할 것이라고 생각했기에……”

이 사관은 장군이라 불리는 중년인의 눈을 차마 바라보지 못하고 자리에서 일어나더니 털썩 한쪽 무릎을 꿇고는 고개를 숙이며 변명하였다.

“그래, 이 사관의 말대로라면 그럴 수도 있겠지. 하지만 중요한 임무를 띠고 중원으로 가는 마당에 불확실하더라도 그런 얘기는 했어야 했다. 너는 다음부터라도 그런 정보가 있다면 내게 즉시 알리도록 해라. 알겠느냐?”

“옛, 장군. 그렇게 하겠습니다.”

“그래, 보는 눈이 있으니 그만 일어나거라. 음……”

“옛, 감사합니다.”

이 사관은 장군이란 중년인에게 고개를 숙여 보인 후 자리에서 일어나 자기 자리로 가서 앉았다.

“음, 만약 하륜 공이 온다면… 그렇다면 우리에겐 반가운 일이지. 자네들도 알겠지만 우리는 지금 명나라 황제를 알현하러 가는 중이네. 그 이유에 대해서는 내가 말 안 해도 자네들이 더욱 잘 알고 있겠지. 안 그런가?”

“옛, 알고 있습니다.”

중년 장군의 말에 객점 안에 있던 일행들은 조용히 고개를 끄덕이며 이구동성으로 대답하였다.

“그래, 지금 명나라에 의해 북쪽으로 밀려난 원나라가 쇠퇴하면서 더 이상 우리 조선도 원나라에 기댈 수 없게 된 것이지. 또한 명나라와의 관계도 불투명한 상황이고……."

"예, 그렇습니다. 명나라를 떠오르는 태양에 비유하자면 원나라는 가히 지고 있는 달이라 할 수 있습니다. 그러니 이번 우리의 행보가 더욱 중요한 것이지요. 그렇지 않습니까, 형님?"

중년인의 옆에 앉아 있던 동생은 이 사관의 일로 분위기가 싸늘하게 냉각된 것 같아 자신의 말 때문에 일어난 일처럼 느껴졌다. 더구나 말을 거들다가 이 사관이 호통을 들었기에 더욱 그러했다. 그래서 분위기를 바꿀 겸 해서 약간 은유적인 비유를 하면서 형님의 말을 거들었다.

"그렇지. 너의 비유가 참 적절하구나. 허허허."

"아닙니다, 형님. 제가 주제넘게 나섰나 봅니다."

"아니다. 그건 그렇고… 음식이 나오려면 아직 멀었나?"

"제가 한번 주방으로 가보겠습니다."

"그래, 그렇게 하거라. 음……."

이 사관이란 사람이 자리에서 일어나 고개를 조아린 후 주방으로 걸어갔다. 호열은 그간의 얘기들로 탁자에 앉아 있는 중년인이 고려의 장군이며 지금의 일행들을 이끌고 있는 수장이란 것을 알 수 있었다. 하지만 호열이 보기엔 왜 저렇게까지 자신을 낮추며 행동을 하나 하는 의아한 생각이 들었지만, 군인이라는 생각을 하자 어느 정도는 이해할 수 있었다.

"그래, 비록 우리 형제가 명나라에 바치는 공물을 운반하는 직책으로 가는 것이라고는 하지만, 그래도 당당히 사신으로 가는 것이니 더욱 우리의 임무가 막중하다고 할 수 있다. 더욱이 우리는 가면서 중원의 정세를 살펴 자세히 기록을 해야 하니 너는 더욱 각별히 신경 써야 할 것이다. 일정도 네가 직접 세세히 검토해 보고……."

"예, 형님. 여부가 있겠습니까? 그런 일은 제가 다 알아서 할 것이니 너무 신경 쓰지 마십시오."

"그래, 그럼 그 문제는 너만 믿겠다. 음……."

"장군, 주인의 말로는 거의 다 되었답니다. 이제 조금만 기다리시면 될 것 같습니다."

주방으로 들어갔던 이 사관이란 사람이 장군에게 다가와서 주인의 말을 전했다.

"그래, 잘했다."

"감사합니다, 장군."

이 사관은 장군의 대답에 조금 전의 일로 실추되었던 자신의 명예를 되찾기라도 한 것처럼 느꼈는지 얼굴이 금방 밝아졌다. 그에 동조하기라도 하듯 주변 사람들의 얼굴도 같이 밝아졌다. 다시 분위기가 화기애애해졌다. 중년의 장군도 일행들의 얼굴이 밝아진 것을 보고 고개를 끄덕였다.

'그래, 아직 많은 여정이 남아 있는데 밝게 웃으며 가는 것도 좋겠지.'

"모두 지금 내가 하는 말을 잘 듣거라. 지금 조정에선 우리에게 거는 기대가 크다. 이번에 명황제가 바뀌었으니 우리가 직접 황제를 알현해서 그동안 명나라의 사정으로 지체되었던 조선의 인가를 이번엔 기필코 받아가야만 한다. 그러니 모두들 각자의 책임이 막중하다는 것이다. 내 말 알겠느냐?"

"옛, 알겠습니다."

"예, 형님 말씀대로 그래야만 하겠지요."

"만약 이번에도 아무런 소득 없이 조정으로 돌아간다면 우리가 무슨 낯으로 전하의 용안을 뵈올 수 있겠는가? 또 우리는 어떻게 조정에서 얼굴을 들고 다니고. 음… 그만큼 우리들의 책임이 막중하니 아우는 물론 모두 각자들 알아서 몸 관리는 물론 모든 일에 최선을 다하도록 하라. 내 말 명심들하라."

중년인은 자신의 말에 모든 사람들이 다시 한 번 자신의 해이해져 있는 마음을 다잡아주기를 바라는 마음에서 정색하며 말했다.

"예, 형님."

"옛, 그렇게 하겠습니다."

"장군, 그래서 우리들과 함께 온 무장들이 있음에도 불구하고 이번에 장백검파에 사람을 부탁한 것 아닙니까?"

"맞습니다, 장군. 그러니 너무 심려 마십시오."

주변에 앉아 있던 사람들이 모두 같이 이구동성으로 말하였다.

"그래, 그럼 내 자네들만 믿겠다. 그럼 모두 그동안 여정에서 쌓였던 피로를 풀도록 하거라."

"옛, 감사합니다."

이때 중년인의 말이 끝나자 주방으로 들어가서 감감무소식이었던 주인이 두 손 한가득 음식들을 들고 나와 탁자에 내려놓았다.

"자, 음식이 다 되었습니다. 죄송합니다. 오래 기다리셨지요? 음식을 바로 하느라고 시간이 많이 지체되었습니다."

"아닐세. 어서 사람들에게 음식과 술을 내다 주게."

"예."

주인은 식당을 몇 번이나 왕복하면서 음식들을 날랐다. 그 와중에 중년인의 주변에 앉아 있던 일행들은 각자 친한 사람들끼리 자리를 바꾸어 앉아서 서로 간의 얘기를 하기 시작했다. 갑자기 주변이 시끌벅적해졌다.

"자, 그럼 그동안 오면서 피곤들했을 것이니 술이나 한잔하면서 피로를 풀도록 하세나. 자, 자네들도 한 잔씩 들고……."

중년인은 자신의 앞에 놓여져 있던 술잔을 치켜들고는 사람들을 보며 한 잔을 쭉 들이켰다.

"예, 잘 마시겠습니다."

사람들은 중년인이 먼저 술잔을 들이키자, 마치 기다렸다는 듯이 너도나도 할 것 없이 자신의 앞에 놓여 있던 술잔을 들이켰다. 사람들은 지친 모습으로 삼삼오오 짝을 이루어 서로 간에 간단한 대화를 나누더니 대화보다는 추운 몸을 녹이기 위해 따뜻한 술과 음식들을 들기 시작했다.

호열은 사람들의 대화와 행동으로 미루어 그간의 여정이 녹록치 않았다는 것을 알 수 있었다.

'음, 이상하네? 분명 우리 고려 사람들인데? 그런데 저들이 말하는 조선은 뭐지? 음… 그래, 이렇게 있을 것이 아니라 오랜만에 같은 동포를 만났으니 조선이란 것이 무엇인지 한번 물어나 봐야겠구나.'

옆에 앉아서 사람들을 가만히 지켜보던 호열은, 자신의 궁금함을 참지 못하고 결국 일어서서 사람들 중 가장 상석에 앉아 있는 중년인에게 다가갔다. 하지만 막상 다가가서 중년인을 직접 가까이 대하자 호리호리한 눈매와 풍채, 그와 더불어 사람들을 많이 다루어봄 직한 위엄이 느껴졌다. 이와 같은 위엄은 일반 백성들에게서는 없는, 세월의 모진 풍파를 이겨내면서 자신의 사람이든 아니든 밑에 많은 사람들을 두고 이끌어보았던 사람에게서나 느껴지는 것이었다. 이러한 느낌이 들자 순간 호열은 당황하지 않을 수 없었다. 언제 이와 같은 사람과 대화를 해볼 기회가 있었겠는가? 하지만 벌써 일은 벌여놓았으니……. 호열은 한순간의 호기심이 얼마나 곤란한 처지를 야기할 수 있는지 새삼 깨닫게 되었다.

"저, 실례 좀 하겠습니다. 식사를 하시는데 죄송하지만 잠깐 말씀 좀 물어봐도 되겠습니까?"

"응? 무슨 용무인가? 이런, 자네는?"

중년인은 평상시와 같이 익숙하게 들려오는 한어(韓語)에 거리낌없이 대답하다가 자신이 있는 곳이 중원 땅이란 사실을 깨닫고는 깜짝 놀랐다.

"그래, 젊은이. 나에게 알고 싶은 것이 무엇인가? 자네의 의복은 중원 복장인데 조선 말을 아주 잘하는구먼."

"아, 제가 입은 옷은 이래도 사실은 원래 고려 사람입니다. 그래서……."

"응? 그 말이 정말인가?"

"예, 저… 전, 음… 그렇습니다."

"응? 아, 허허허, 그렇군. 자네도 고려 사람이었어. 이거, 반갑네. 이런 타지에서 같은 민족을 만나다니……. 그래, 무슨 용무인가?"

중년인도 중원 땅에 발을 들여놓은 후 처음 있는 일이라 적지 않게 당황하는 모습이었지만 금방 자세를 바로잡고 호열이 온 목적을 물어보았다.

호열도 중년인을 바라보면서 조금은 당황하였기에 처음 무슨 말을 해야 할지 생각을 못하고 가만히 서 있기만 하다가, 곧 중년인이 하는 말의 의미를 깨닫고는 고개를 끄덕여 보였다.

"예, 다시 한 번 식사를 하시는데 죄송합니다. 아시겠지만 저 옆에서 식사를 하던 사람입니다. 그런데 제가 호기심에 옆에서 여러분들이 하시는 말씀을 듣게 되었습니다."

"응? 그런가? 음……."

중년인은 호열의 말을 들으면서 다시 한 번 주위를 둘러보았다. 또한 주위에 앉아 정답게 얘기를 나누던 다른 일행들도 먹는 것을 멈추고는 의심의 눈초리로 주위를 둘러보았다. 그러나 운영 말고는 아무도 없는 것 같기에 안심하며 모든 이목을 호열에게 집중했다. 중년인을 호위하던 무사들은 살며시 수중에 있는 검의 손잡이로 손을 가져갔다. 호열은 그러한 일련의 모습들을 알고 있었지만, 자신이 중년인에게 해를 입히기 위해 온 것이 아니었기에 크게 개의치 않았다.

"예, 죄송합니다. 실례가 되었다면 사과드리겠습니다."

호열은 중년인을 향해 죄송하다는 말과 함께 고개를 숙여 보였다.

"하하하, 아니네. 자네도 들으려고 해서 들은 것도 아닌데. 그래, 그럼 여기 온 용건이 자네의 호기심 때문인가?"

"예, 그것이 다른 것이 아니라… 제가 옆에서 여러분들이 하시는 말씀을 들어보니 간간이 말씀 중에 이해가 안 되는 부분이 있어서요. 그래서 이렇게 죄송함을 무릅쓰고 물어보게 되었습니다. 하하하, 제가 아직 젊어서 그런지 도저히 못 참겠더라고요. 죄송합니다."

"무엇이? 이놈! 이놈이 감히 이분이 누구신 줄 알고 그런 말을 하는 것이냐?!"

중년인의 곁에 앉아 있던 무사 한 사람이 검의 손잡이를 잡으면서 큰 소리로 호열을 위협했다.

"아니다. 됐다, 조 부장. 여기는 우리 조선도 아니니 그렇게 정색하지 않아도 된다. 그리고 여기 이 젊은이는 한동포가 아니냐?"

"하, 하지만 장군…….."

"어허, 됐다고 그러지 않느냐!"

"옛? 예, 알겠습니다."

중년인은 자신을 위해 나서려는 조 부장이란 사람을 나무라며 제지하였다. 호열 또한 운영이 자리에서 일어나 자신에게로 다가오려고 하자 뒤를 바라보며 오지 말라고 손을 저어 보였다.

중년인은 호열의 그러한 모습을 바라본 후 운영을 쳐다보며 고개를 끄덕여 보였다. 중년인도 무인이었기에 운영의 실력이 뛰어나다는 것을 한눈에 알아본 때문이다. 중년인은 헛기침을 한 후 호열을 바라보았다. 처음과는 달리 호열을 주위 깊게 살피기 위한 의도가 다분한 눈초리였다.

"허허, 내 사람을 잘못 보았구먼. 미안하네. 그래, 무엇을 알고 싶은가?"

"예, 그것이 다름이 아니라… 여러분들께서도 제가 보기에 고려 사람들로 보이는데 말끝마다 계속 조선, 조선 하시는데 그것이 무엇입니까?"

호열은 중년인에게 자신이 가졌던 의문에 대하여 말하였다.

"응? 허, 그것이었나? 음…….."

"예, 그것이 궁금하여 이렇게 실례를 했습니다."

"허…….."

중년인은 호열의 물음에 그만 맥이 빠졌다. 한껏 긴장을 하였는데 호열의 말을 듣고서는 어이가 없었던 것이다.

"그래, 그럼 내가 먼저 물어보겠네. 자네는 언제 이곳으로 왔나?"

"옛? 그것이… 아, 그게 그러니까 제가 스무 살 때니까… 한 십육 년 됐습니다."

호열은 중년인이 자신의 물음엔 대답하지 않고 오히려 물어오자 당황하였다. 그리고 더욱 당황스럽게 했던 것은 호열이 처음 중원에 들어왔던 때를 가르쳐 달라고 하는 중년인의 물음이었다. 그에 가만히 생각하니 호열이 중원에 처음 들어온 것은 바로 오늘이었다. 하지만 호열은 십육 년 전이라고 대답하였다. 원래는 그때 이후로 세상을 등졌으니…….

"응? 십육 년?"

"하하하! 예, 제가 좀 젊어 보이지요?"

호열은 항상 다른 사람에게 자신의 나이를 얘기할 때마다 쑥스러움을 느꼈다. 자기가 보기에도 한 십 년 정도는 젊어 보이기에 괜히 거짓말을 하는 것 같은 기분이 들기도 했고, 그래서 항상 나이 얘기를 하면 손으로 죄없는 머리를 긁곤 하였던 것이다. 지금도.

"허, 정말인가? 믿어지지가 않는구먼. 음… 그러면 자네의 나이가 지금… 아, 서른여섯 살이겠구먼. 맞나?"

"예, 정확히 올해로 서른여섯입니다."

"엇, 정말 당신이 서른여섯 살이… 나 됩니까?"

"헛, 정말입니까?"

중년인의 옆에 있던 이 사관과 조 부장이란 사람은 호열의 말을 믿지 못하겠다는 얼굴이었다. 그러한 것은 다른 일행들도 마찬가지였다.

"그렇다니까요. 제 모습이… 음… 저는 그런 것을 여러분들처럼 처음 만나는 사람들에게 거짓으로 말을 하지는 않습니다."

호열은 사람들이 자신의 말을 믿지 않는 것 같아 보이자 조금은 흥분된 본 모습을 보이다가, 이내 침착함을 되찾고 주변의 다른 사람들이 모두 들을 수 있도록 또박또박 말을 끊으면서 목소리에 힘을 주었다.

호열은 동굴에서 나온 후 운영의 마을에서 지내면서 행동에 많은 변화가 있었다. 다른 사람을 대할 때나 말을 할 때 차분하면서 간단하게 예의를 차리는 정도도, 호열의 자유 분방한 성격에 자신도 모르는 실수로 인한 어려움과 곤란한 점들도 많았었다. 또한 처음 예의라는 것을 직접 행동으로 옮기려 하다 보니, 마음은 그렇지 않았는데 행동에서 많은 어색함이 함께 나타나곤 해서 주변 사람들의 눈총을 받기도 했었다. 하지만 점점 나이가 많은 사람들을 대하다 보니 자연스레 자신을 낮추는 습관이 생겨나게 되었던 것이다.

"허, 그런가? 음, 정말 젊어 보이는구먼. 나도 나이보다 젊게 보인다고 하는데 자네는 더하는구먼. 허허."

"음……."

"하, 정말 젊어 보이는군요. 음……."

중년인은 어수선해진 주위의 분위기를 가라앉히기 위해서도 그렇지만, 하던 얘기를 계속 이어 나가기 위해 호열의 나이를 직접 인정한다는 말을 주위를 보며 했다. 그러자 주위에 있던 사람들도 중년인의 말에 수긍을 할 수밖에 없었다.

"자, 우리 이제 하던 얘기나 계속해 보세."

"예, 어르신. 아까 제가 물어보았던 것은……."

"이런, 어르신이라니?! 이놈이!"

"어허, 너는 가만히 있으라고 하지 않았느냐? 또다시 대화 중에 함부로 말을 자른다면 그땐 군령에 의해 벌을 주겠다.”

중년인은 또다시 조 부장에 의해 말이 잘리자 얼굴을 붉히며 강한 어조로 호통을 쳤다.

“옛? 예, 장군.”

조 부장은 중년인의 호통에 고개를 숙이며 조용히 뒤로 물러섰다. 중년인은 조 부장이 뒤로 물러서는 것을 보고 고개를 끄덕이며 다시 호열에게 시선을 돌렸다.

“그래, 아까 조선에 대해서 물어봤었나?”

“예, 제가 처음 들어보는 말인지라…….”

“하긴 자네 말대로 그렇게 오랫동안 고향을 떠나 이런 곳에 있었다면 모를 수도 있겠지. 하지만 내가 이해가 안 가는 건 이곳과는 지척이라고 할 수 있는데 자네가 그 사실을 모른다는 것이네.”

중년인은 조금 의아해하면서 호열을 바라보았다. 장백촌과 조선의 거리는 실상 얼마 되지 않았다. 그런데 한 나라가 바뀌는 그런 대변화를 모르고 있었다는 호열의 말이 언뜻 이해가 가지 않았던 것이다.

“아, 예, 그건 제가 줄곧 산에서 혼자 살면서 세월을 낭비했거든요.”

호열은 자신도 모르게 낭비했다는 말에 조금 힘을 주었다. 아직까지 삼황과의 일을 호열은 무의식 중에 세월의 낭비라 생각하고 있었던 것이다.

“허, 세월을 낭비하며 지냈다? 음… 그렇다면 내 얘기를 해주겠네. 참, 자네 계속 그렇게 서 있지 말고 이리로 와서 앉게나.”

중년인은 호열이 지금까지 서 있었다는 것을 상기하고는 자신의 옆자리를 가리키며 앉기를 권했다.

“아, 그러지 않으셔도 됩니다. 저는 그냥 서서 경청하겠습니다.”

"아아, 아니지. 그래도 타지에서 보는 동족인데… 어서 이리로 오
게."

"예, 그럼 잠시 실례하겠습니다."

"그러게. 어서 이리로……."

"예, 그럼……."

호열은 처음 중년인과 얘기를 하러 갈 때는 금방 끝날 것이라고 생
각했었는데 예상과 달리 중년인과의 얘기는 길게 이어졌다. 그래서 호
열은 중년인이 앉기를 권하자 잠시 망설였다. 서 있을 때보다 앉아 있
으면 중년인의 얘기가 더욱 길어지게 될 것이란 것을 알 수 있기 때문
이었다. 하지만 호열은 중년인의 계속되는 권유에 어쩔 수 없이 옆 자
리에 앉아서 대화를 하게 되었다.

"그래, 십육 년 전이라… 오래되었군. 그럼 내 얘기를 시작하지. 그
러니까 조선은, 아니, 고려부터 얘기를 해야겠군. 고려라는 나라는 그
러니까… 지금으로부터 십일 년 전에 고려라는 나라는 사라졌네. 아니
지. 조정이 썩어 스스로 멸망했다는 말이 어울리지. 그리고 지금은 그
자리에 조선이라는 새로운 국가가 세워졌네."

"옛? 고려가 망하다니요? 전 그런 말은 못 들었는데?"

"허허, 자네가 정말 산에서만 살았다면 그럴 수도 있겠지. 자네가 십
육 년 전에 중원으로 들어왔다면… 자네가 중원으로 들어간 후 오 년
이 지난 일이니까."

"아……."

호열은 중년인의 말을 통해서 세상이 많이 변했다는 것을 실감할 수
있었다. 자신이 세상에서 자취를 감춘 십육 년이란 세월이 정말로 길
게 느껴졌던 것이다.

“그래, 그때 나라가 온갖 부정부패와 정치적 불안으로 어지러워지
자, 고려의 마지막 국왕이었던 공양군(恭讓君) 요(瑤)가 당시 제일무장
이셨던 태조대왕(太祖大王)께 나라를 넘기시게 되었네. 부정부패를 참
다 못한 뜻있는 신하들이 국왕을 설득해 그렇게 된 것이었지. 그렇게
해서 지금의 조선이란 나라가 세워졌네.”

“아…….”

‘그래, 아버지나 할아버지도 조정에 돈을 대려다 여의치 않아 그렇
게 되었던 것이니 다른 사람들은 오죽했겠는가? 아마 더하면 더했지
못하지는 않았을 것이야. 음…….’

호열도 중년인의 말에 어느 정도 수긍할 수 있었다. 호열의 생각으
로도 조정의 부패는 그 도가 너무나 지나쳤던 것이다.

중년인의 얘기는 그 끝이 없어 보였다. 하지만 자신이 어렸을 때 살
았던 모국에 대한 이야기라 그런지 지루하다는 느낌보다는 호기심을
더 많이 가지며 들을 수 있었다.

“그렇게 되었지. 지금의 국왕께서는 조선을 세우신 태조대왕님의 다
섯째 아드님으로 조선의 세 번째 국왕의 자리에 오르신 분이네. 우리
는 그분을 가까이에서 모셨던 신하들이고…….”

“아, 그렇군요. 음…….”

‘아… 고려가 망하고 조선이라니…….”

호열은 중년인의 말을 들으면서 한동안 멍한 얼굴이 되었다.

“그래, 나라가 바뀐 지 얼마 안 돼서 자네처럼 세외로 나가 있는 사
람들은 거의 알지 못할 것이네. 자주 왕래가 있던 사람들 말고는.”

“예, 어르신의 말씀을 듣고 보니 그럴 것 같습니다. 저도 지척에 살
고 있으면서 이렇게 이제야 알게 되었으니… 정말 가깝고도 멀게 느껴

지는군요. 음…….”

호열은 고개를 끄덕였다. 사실 호열이 어디에 가서 이런 소식을 접할 수 있겠는가? 십오 년을 동굴에서 거의 감금 생활 비슷하게 지내다가 겨우 사 개월 전에 밖으로 나올 수 있었는데.

‘그렇지. 내가 세상에 나온 지 겨우 사 개월이 조금 넘었을 뿐이니 모르는 것은 당연하지. 허, 그렇다고는 하지만 한 나라가 바뀌었다니…….’

호열은 자칭 조선의 신하라 칭하는 중년인의 말을 듣고는 자신의 상황을 인식할 수 있었다.

“저, 그런데 한 가지 더 물어봐도 되겠습니까?”

“그래, 또 무엇이 궁금한가?”

“예, 다름이 아니라… 아까 명나라 황제를 만나서 그 뭐더라? 음… 그래, 조선의 인가를 받아야 된다고 하신 것 같은데 도대체 그게 무슨 말씀입니까?”

“응? 그건, 허… 자네, 그것까지 들었는가?”

중년인은 말하기가 거북한지 조금 불쾌한 얼굴이 되었다.

“예, 제 귀가 워낙 밝아서요. 죄송합니다.”

호열은 중년인의 얼굴을 보고는 말하기 거북한 화제를 꺼냈다는 것을 알 수 있었다.

“음, 아닐세. 내 자네에게 다 말해 주지. 하지만 그 이야기를 하자면 길어질 것 같은데?”

“괜찮습니다. 저도 지금은 따로 할 일도 없으니 신경 쓰지 마십시오.”

“허허허, 그런가? 그럼 얘기해 주지.”

"예, 감사합니다."

"그래, 그럼 잘 들어보게나."

중년인의 얼굴은 호열을 바라보며 설명하였지만 눈은 먼 옛날을 회상하듯 지그시 감고 있었다.

약 백 년 동안 원나라의 간섭을 받아온 고려 조정은 명나라가 건국을 선포한 삼십오 년 전 이후에도 조정에 남아 있던 원나라의 잔존 세력 때문에 친원·친명의 양파로 갈려 확고한 외교 정책을 펴지 못하고 있었으며, 이십 년 동안 대명 관계는 혼미에 혼미를 거듭하였다.

공민왕(恭愍王)은 즉위 초에 원나라의 쇠퇴한 기미를 알고 절치부심하여 자신의 몽골풍머리[剃頭髮]를 고치고, 재위 오 년 뒤에는 원나라 기 황후(奇皇后)의 오빠인 기철(奇轍) 등 원나라에 붙어 악행을 저지른 자들을 죽였다. 또한 북쪽으로 진격하여 원나라에게 빼앗겼던 북방의 실지 일부를 찾을 수 있었다. 그렇게 공민왕은 원나라의 연호를 폐지하는 등 진취적인 정책을 취하였으나 원나라의 압력을 받아 힘들게 폐지하였던 원나라의 연호를 다시 사용하기도 하였다.

그러나 재위 십팔 년, 명나라가 개국을 알리는 사신을 보내오자 이를 환영하고 성대하게 맞은 후 성준(成准) 등을 처음으로 명나라에 보내어 명나라 태조의 성절을 축하하였으며, 앞서 일시적으로 사용하고 있던 원나라의 연호를 다시 폐지하였다. 또한 일 년 뒤에는 명나라의 연호인 홍무를 쓰기로 결정하고, 이성계(李成桂)로 하여금 원의 동녕부(東寧府)를 치게 하여 원과 절교하기로 했다. 그러나 이러는 사이 북원에서도 꾸준히 고려에 사신을 보내 회유와 압력을 계속하였으며, 사 년 뒤에 공민왕이 시해되자 우왕(禑王)이 즉위한 뒤 정사를 돌보지 않고 환관 또는 악소배(惡少輩)들과 사냥이나 유희를 일삼았었다. 그러다 정권을 장악한 시중 이인임(李仁任)과 최영(崔瑩)은 고려에 왔다가 돌아가던 명나라 사신 채빈을 호송관 김의에게 살해하게 하는 등 친원으로 급변하였다. 또한 북원은 고려에 사신을 보내 왕을 책봉하는 등 고려와의 관계를 다시 회복하였다.

그러나 날로 강성해지는 명나라의 세력도 무시할 수 없어 고려는 명·북원에 등거리 외교로 대처하다가 재위 십일 년에 이르러 명나라 사신이 와서 고려와의 통교를 통고하고 우왕에게 시호를 하사하고 왕을 책봉하였다. 이년 뒤에는 원복을 폐지하고 명제로 바꾸는 등 두 나라 관계는 정착되는가 싶었으나 삼 년 뒤에 명나라에서 철령위(鐵嶺衛)의 설치를 일방적으로 통고하여 오자 크게 분개하여 이성계의 반대를 물리치고 최영의 주장에 따라 요동 정벌을 단행하였다. 그러나 우군도통사(右軍都統使) 이성계의 위화도회군(威化島回軍)으로 요동 정벌이 실현되지 못하였을 뿐 아니라, 이성계에 의하여 최영이 실각함과 동시에 우왕은 폐위되어 강화도로 안치되었다.

그렇게 많은 우여곡절 끝에 십일 년 전에 조선 왕조를 세운 이태조(李太祖)는 즉위 직후 명나라에 사신을 보내어 고려권지국사(高麗權知國事) 자격으로 새로운 왕조의 개창을 보고하여 승인을 받고 또 국호의 정정을 요청하였으나 국호와 국왕의 칭호는 허락되지 않았다. 그러나 태조는 일 년 뒤 말 구천팔백 필을 보내고 고려 때 명나라로부터 받았던 고려 국왕의 금인을 반환하였으나, 명나라는 여진족 및 세공 문제 등을 이유로 조선 국왕의 인신을 쉽사리 보내주지 않았다. 하지만 이성계의 다섯 번째 아들인 방원(芳遠)이 조선의 세 번째 국왕으로 즉위한 해에 명나라에 사신을 보내어 당시 명나라의 황제였던 건문제로부

터 고명과 인신을 받았으나, 건문제가 정난의 변으로 폐위되고 성조가
계위하자 이듬해 명나라로 성조의 등극을 축하하고 건문제가 주었던
고명과 인신을 개급하여 줄 것을 요청하기 위해 사신을 보내게 되었던
것이다.

　정말 기나긴 설명이었다. 호열은 중년인의 애기가 아무런 재미도 없
는 조정의 애기였는지라 지루한 감이 없지 않았지만, 또한 자신이 모르
고 있었던 사실들을 들을 수 있다는 것에 약간의 흥미가 생겨 끝까지
인내심을 갖고 들었다. 하지만 애기 중간중간에 너무 지루해서 하품이
나오는 것을 억지로 참아야만 했다.
　호열은 자신이 일부러 청해서 듣게 되었으니, 지루하더라도 힘들게
말하는 사람의 성의를 생각해서 꾹 참고 열심히 듣는 척 진지한 표정
을 해야만 했던 것이다. 그리고 어쩌다가 한 번씩 중년인과 눈이라도
마주치게 되면 열심히 듣고 있다는 것을 보여주기 위해서 고개를 끄덕
이는 수고스러움도 해야만 했다.
　“아～ 그렇군요.”
　호열은 중년인의 애기가 거의 끝났다는 것을 알고는 크게 고개를 끄
덕여 보였다.
　“그렇다네. 아, 정말 안타까운 일이지. 허허, 그래서 이렇게 다시 우
리가 전하(殿下)의 하명을 받고 명나라에 사신으로 가는 중이라네.”
　“예, 그렇군요.”
　“그렇다네. 아까 말했듯이 지금 우리는 명나라의 황제이신 성조를
알현하여 우리 전하의 뜻을 전하기 위해서 금릉으로 가는 중이라네.”
　중년인은 자신의 말을 다 했다는 것을 확인시키려는 듯 호열에게

재차 자신이 중원에 온 목적을 말하였다. 무슨 뜻을 담고 있는지는 모르지만 은근한 눈빛으로 호열과 아직 자리에 앉아 있는 운영을 바라보면서.

"예, 잘 알았습니다. 어르신의 말씀을 듣노라면 정치라는 것은 정말 복잡하군요."

"그런가? 허허, 하지만 세상일이 다 그렇지. 이런 일이 있으면 저런 일도 있기 마련이지. 안 그런가?"

"하하하, 그렇긴 하지요. 하지만 그래도 변하지 않는 건 작게는 개인이나 크게는 한 나라 역시 힘이 있어야 된다는 것이군요. 그래야 이런 굴욕을 당하지 않을 테니."

호열은 중년인의 말을 들으면서 고개를 끄덕였다. 하지만 새삼 힘이란 것에 대한 인식을 달리하지 않을 수 없었다. 그것이 개인의 힘이든 나라의 힘이든.

"허허, 자네의 말이 옳으이. 약육강식이란 어디에서나 존재하지. 그래, 이게 다 힘없는 나라의 설움이라네. 하지만 이것이 현실이니 신하 된 도리로써 최선을 다할 뿐 그 무엇이 더 있겠는가?"

중년인은 창밖으로 어두워지기 시작하는 먼 동쪽의 하늘을 바라보며 눈시울을 붉혔다. 애써 주위 사람들의 시선을 의식하지 않으려고 금방 고개를 돌렸지만 호열은 중년인의 충정을 조금이나마 볼 수 있었다.

"예, 어르신의 말씀이 맞습니다."

"허허허, 고맙네. 그런데 자네 한어(漢語)는 잘하는가? 참, 내가 실수를 했군. 중원에 들어와서 산 지 십육 년이나 지났으니 당연한 것을……."

“옛? 하하하, 아닙니다. 그냥 간단한 대화 정도만 할 줄 알 뿐입니다.”

호열은 애써 웃음을 보였다. 예전 삼황들에게 힘들게 어학 수업을 받았던 기억이 떠올랐던 것이다.

“그래? 음… 이거 물어보아도 될지 모르겠는데, 그럼 자네는 어디로 가는 길인가?”

“아… 예, 저와 저기 있는 제 의제는 지금 남쪽 절강성(浙江省)에 있는 항주(杭州)로 가려고 합니다.”

“항주? 항주라……. 내가 알기론 항주로 가려면 금릉을 거쳐서 가야만 하는 것으로 알고 있는데, 맞는가?”

“옛? 글쎄요. 저는 길을 잘 모릅니다. 저쪽에 앉아 있는 제 의제가 길을 아니까 전…….”

호열은 중년인의 물음에 얼버무릴 수밖에 없었다. 한 번도 중원 땅을 밟은 적이 없기에 얘기를 해주고 싶어도 할 수가 없었던 것이다.

“허허, 그런가? 음, 아마 내 말이 맞는다면 우리 같이 금릉까지 동행하지 않겠는가?”

“옛? 글쎄요. 음… 그것은 조금 힘들 것 같습니다. 저희도 개인적인 일이 있어서…….”

호열은 중년인의 동행하자는 말을 애써 거절했다. 속으로는 같이 가고 싶었지만 오늘 처음 만나는 사람들과 같이 가기에는 서먹서먹해 마음이 내키지 않았다.

“음, 그럼 어쩔 수 없겠지. 일이 있다니…….”

“예, 말씀은 고마우나 죄송하게 되었습니다.”

호열은 안타까워하는 중년인을 바라보며 재차 미안하다며 고개를 숙여 보았다.

"아니네. 나는 괜찮네. 참, 이거 언제 다시 만날지 모르는데 우리 통성명이나 하는 것이 어떻겠나? 그래야 나중에 다시 만나더라도 좋지 않겠는가?"

중년인은 왠지 호열과 운영을 다시 만나게 될 것 같다는 느낌이 들었다. 또한 무슨 이유 때문인지는 모르지만 마음 한구석에 아쉬운 마음이 들었던 것이다. 그래서 이름만이라도 알아둘 겸 호열의 이름을 가르쳐 달라고 했다. 그냥 지나가다 만나는 사람에게 이름을 가르쳐 달라고 하는 것은 예의가 아니었지만, 중년인은 그런 통념을 깨고 부드러운 얼굴로 호열을 쳐다보았다.

"예, 그렇게 하겠습니다. 제 이름은 임호열(任號熱)이라고 합니다."

"아, 임호열이라… 좋은 이름이군. 난 박윤수(朴崙髓)라 한다네. 그리고 이쪽은 내 동생인 윤승(崙陞), 저기 왼쪽에는 있는 사람은 무장인 윤승검(尹承劍)과 조재현(趙齋峴)이고, 저쪽은 그 밑에 있는 무사들이네. 또 저 사람은 이지성(李祉成) 사관으로 이번에 우리의 길 안내를 하고 있지."

박윤수라고 자신의 이름을 밝힌 중년인은 주위에 있던 일행들을 하나하나 손으로 가리키며 소개해 주었다. 호열은 중년인이 무엇 때문에 이렇게 사람들을 일일이 소개시켜 주는지 알 수 없었지만 개의치 않고 마주 보며 인사를 했다.

박 장군의 동생인 윤승이란 사람은 박 장군보다 풍채가 한 뼘 정도는 더 커 보였다. 나이도 장군에 비하여 십여 살 정도 어린 것 같아 보였고, 무장이라고 소개한 윤승검과 조재현은 무장답게 아주 날카로운 눈매를 가지고 있었다. 체격은 그리 크지 않았으나 당당하게 벌어진 어깨가 말해 주듯 한눈에 보아도 많은 전장을 다니며 어렵게 살았다는 것을 느낄 수 있었다. 그와는 반대로 이지성 사관이라는 사람은 학자 풍의 기질을 지니고 있는 사람이었다. 다만 아쉬운 것이 있다면 얼굴에서 간사한 느낌이 든다는 것이었다.

박 장군은 호열이 나름대로 자신이 거느리고 온 수하들을 살펴보고 있을 때 다른 곳을 보고 있었다. 처음 호열이 자신에게 말을 걸어올 때부터 한쪽에 앉아 있던 운영을 유심히 보고 있었던 것이다. 박 장군의 생각으로 호열은 모르겠고 운영에게선 많은 세월을 수련한 흔적이 엿보였던 것이다. 무사로서 박 장군은 운영에게 묘한 흥미를 느끼고 있었다.

"예, 저도 만나서 반갑습니다. 그럼, 운영아, 이리 오너라."

"예, 형님."

호열은 모두의 소개가 끝나자 한쪽에서 호열이 돌아오기만을 기다리고 있던 운영을 향해 손짓으로 자신이 앉아 있는 곳으로 오라고 불렀다. 가뜩이나 운영은 호열이 돌아오면 바로 나갈 생각으로 준비하고 있다가 호열이 부르자 이제 나가는구나 하는 생각으로 사람들이 모여 있는 곳으로 갔다.

"형님, 부르셨나요?"

"그래, 내가 불렀으니 네가 이렇게 왔지. 그렇지 않느냐?"

"옛? 예. 그럼 이제 나가시는 겁니까?"

"하하하, 아니다. 운영아, 여기 박 장군께 인사하거라. 그리고 다른 사람들에게도."

호열은 운영에게 박 장군 일행들에게 인사를 하라고 하였다.

"옛? 그게 무슨? 아, 예, 저는 정운영(鄭雲嶺)이라고 합니다."

운영은 호열의 눈치를 보며 자신의 이름을 말하였다.

"응? 이보게, 이 젊은이는?"

"옛? 아, 예. 운영은 우리 말을 할 줄 모릅니다. 이 아인 명나라 사람이거든요."

박 장군이 운영을 보고 의아한 얼굴을 하자 그것이 무엇 때문인지 금방 알아보고는 운영에 대해 설명해 주었다.

"아, 그런가? 허허, 자, 어서 이리로 앉으라고 하게."

"아닙니다. 우린 신경 쓰지 마시고 어서 드시던 식사나 하십시오. 우린 저곳에서 먼저 먹었습니다. 그리고 저희는 이만 일이 있어서 나가보아야겠습니다. 괜히 식사하시는 중에 끼어들어서 시간만 뺏은 것 같습니다."

"허허허, 아니네. 그럼 내 눈치 보지 않고 먹겠네."

"하하하, 눈치라니요. 어서 드십시오."

"그래, 그럼 그렇게 하지. 참, 이보게? 우린 내일 아침 이곳에서 장백검파 사람들을 만나 금릉으로 출발할 예정이네. 그러니 무슨 일인지는 모르지만 오늘 밤은 여기서 쉬도록 하고 내일 아침에 떠나는 것이 어떻겠는가? 이제 조금 있으면 날도 어두워질 텐데……."

박 장군은 호열에게 좀 더 있다가 가기를 권했다. 혹시 내일이면 호열의 마음이 바뀌지 않을까 하는 기대가 있었던 것이다.

"글쎄요. 운영아, 어떻게 하는 것이 좋겠냐?"

호열은 박 장군의 말대로 날이 어두워지기 시작하자 운영에게 박 장군의 말을 전했다.

"저야 형님께서 원하신다면 그렇게 하겠습니다."

"그래? 예, 그럼 그렇게 하지요. 내일 뵐 수 있을지 어떨지 모르겠지

만 그럼 편히 쉬도록 하십시오. 우리들은 잠시 저쪽 자리에 가 있겠습
니다."

"허허허, 알았네. 그럼……."

"예, 맛있게 드십시오."

호열과 운영이 자신들의 자리로 돌아간 후 박윤수, 박 장군이라는
중년인은 일행들과 천천히 식사를 마쳤다. 한쪽에서 오랜만에 들어올
금액을 계산하느라 바쁜 주인을 불러 차를 주문한 중년인은 호열과 운
영을 불러 다시 가벼운 이야기를 나누며 시간을 좀 더 보낸 다음 이층
객실로 자리를 옮겼다.

이렇게 예기치 않게 고향 사람들과 같이 객실에서 하루를 묵게 된
호열은, 날이 어두워지자 운영과 함께 박 장군에게 무사히 일을 마치고
돌아가기를 빌며 잠을 청하러 객실로 올라갔다. 비록 같은 마을에서
태어난 것은 아니지만 자신이 살았던 나라의 사람들을 만나자 기분이
좋았다.

지금은 고려가 아닌 조선이라 불리는 나라를 떠나오면서 호열은 그
나라 사람이라면 누구나 고향 사람으로 생각하기로 했던 것이다. 예상
치 않게 묵게 된 상황이지만 동포를 만나 고국의 일을 들었다는 것에
모든 일을 기분 좋게 받아들이기로 했다.

"형님, 저 사람들은 어떤 사람들일까요? 제가 보기엔……."

"왜? 너는 싫으냐?"

"아닙니다. 그런 것이 아니라, 음… 저 사람들의 의복을 보니 형님
말씀처럼 도무지 행색이 황제를 만나러 가는 것하고는……."

운영은 박 장군 일행들의 옷차림이 일반 상인들의 옷차림이란 것을
상기하고는 호열에게 의문을 제기했다.

"아, 그렇지? 나도 처음엔 그렇게 생각했었다. 음… 운영아, 너무 그렇게 신경 쓰지 말거라. 뭐, 정 궁금하면 내일 아침에 한번 물어보면 알겠지. 만날 수 있으면……. 그러니 너도 푹 자거라. 괜한 것에 신경 쓰지 말고, 너도 오늘 피곤했을 테니."

"예, 정말 피곤합니다. 형님 경신술이 너무 빨라서 제가 따라가느라 정말 혼났습니다."

"빠르긴, 네가 너무 느린 것이지. 후, 어서 자거라. 쓸데없는 생각 말고."

'내가 느리다고? 음, 그럴지도. 하지만 형님의 경공은 정말 빨랐어. 휴, 아마 모르긴 몰라도 내 생각으론 이 중원에 형님보다 빠른 사람은 없을 거야. 암.'

호열의 꾸지람을 들은 운영은 자신의 부족함을 탓하며 피곤한 몸을 자리에 눕히고 있었다. 거의 스스로 누웠다기보다는 스스르 감겨오는 피로로 자신도 모르게 침대에 누운 것이었지만.

"예, 그럼 안녕히 주무십시오."

"그래, 너도 잘 자거라."

"예."

'음… 이제는 고려가 아니라 조선이란 말이지. 허…….'

호열은 박 장군의 얘기를 생각하며 자리에 누워 잠을 청했다.

운영은 장백산에서 아무리 스스로 힘든 수련을 했다고는 하지만, 그동안 넘쳐 나는 사 갑자의 공력을 한 번도 마음껏 사용하지 못했다. 그러하다가 갑자기 모든 공력을 짜내며 최선을 다해서 호열의 길 안내를 하였으니, 오늘은 처음으로 경공을 마음껏 사용하면서 새롭게 공력의 운기를 온몸으로 경험한 하루가 되었던 것이다. 좋은 경험을…….

　　호열이 일부러 그러한 것은 아니었지만 운영에게는 정말 유익한 경
험이 된 것이다. 하지만 오늘은 운영의 앞날이 충분히 예견됨 직한 하
루였다. 호열의 변덕에 의해서 언제 어떻게 될지 모르는 일이었기에
그 앞날이 험난할지, 아니면 편안할지는 알 수 없는 일이다.

제10장

내가 그렇게 대단하게 보였나?

◆제10장 내가 그렇게 대단하게 보였나?

　마을을 내려와서 처음으로 맞이하는 아침이었다. 호열과 운영에게 모두 첫 번째로 맞이하는 뜻 깊은 날, 호열은 어김없이 늦잠을 자고 있다가 창을 통해 들어오는 아침 햇살에 간신히 부스스 눈을 뜨고선 창을 통해 들어오는 상쾌한 아침 공기를 한껏 들이마셨다.
　'아~ 정말 상쾌하다. 이렇게 상쾌한 기분은 정말 오랜만이구나.'
　호열은 자리를 정리한 후 창을 통해 들어오는 따뜻한 햇살에 몸을 맡겼다. 그리고는 한껏, 정말 호열은 자신이 들이마실 수 있는 한계까지 상쾌한 아침 공기를 들이마셨다 내뿜은 후 가뿐한 정신과 마음으로 주위를 둘러보고는 '이게 웬일이야?' 하는 표정이 되었다.
　"웅? 그리고 보니 운영이 아직 일어나지 않았구나. 일찍 일어나 나를 깨울 줄 알았는데 웬일이지? 별일이군. 어디, 해가 서쪽에서 떴나? 음, 그것도 아닌데? 허……."

어제 얼마나 피곤했는지, 아니면 잠자리가 바뀌어서 그런지 운영은 아직 일어나지 않고 있었다. 그도 그럴 것이, 어제 아침엔 언제 일어났는지 장작을 한 아름, 아니, 집채만하게 장만했었고 더구나 호열 때문에 처음으로 공력을 극한까지 운기하며 달렸으니 오죽하겠는가? 그러나 이런 사정을 까맣게 잊어버린 호열은 황당하다는, 아니, 세상에 이런 일이 있나 하는 표정이었다.

'음… 그나저나 어제 그 박 뭐라는 사람의 말을 들어보니 이제 고향에 돌아가도 많이 바뀌었겠구나, 나라가 바뀌었다고 하니. 음… 하기야, 나도 너무나 오래 고향을 떠나 있어서 이젠 고향에 돌아간다고 해도 알아보는 사람이 없을 테지만…….'

호열은 아직 잠에서 깨어나지 않은 운영을 바라보다가 창을 통해 멀리 보이는 장백산 산맥의 줄기를 바라보았다. 비록 고향의 전경은 보이지 않았지만 멀리서나마 고향의 전경을 상상하고 싶었던 것이다.

'아, 그리고 보니 이제는 아버지 얼굴도 기억이 가물가물하구나. 음…….'

호열은 고향을 생각하자 힘들게 살다가 돌아가신 아버지와 어머니가 떠올랐다. 그때는 너무나 어려 아무것도 모르고 유랑 생활을 하게 되었지만, 호열을 아껴주는 마을 사람들이 많이 있었다. 그래서 호열이 유랑 생활을 한다고 했을 때 많은 사람들이 만류하기도 했었지만 호열은 끝내 자신의 결심대로 마을을 떠났던 것이다. 그렇게 벌써 이십 년이란 세월이 흐른 것이다. 고향을 떠난 지…….

"그래, 차라리 잘된 건지도……. 어차피 난 일가친척 하나 없는 혼자가 아닌가? 이렇게 된 거… 그래, 차라리 나중에 고향으로 돌아가겠다는 생각을 버리고 중원에서 자수성가하는 데 온 힘을 쏟는 것이 나을지도 모르겠다. 그래, 그렇게 하는 것이 낫겠어. 이곳에서 내 꿈을 한번 멋지게 펼쳐 보는 것이, 이 넓은 중원에서…….'

호열은 상쾌한 아침 햇살을 받으며 오랜만에 장난기가 섞이지 않은 진지한 모습으로 미래에 대한 각오를 다졌다. 이제는 그렇게 편하지 않은 험난한 미래가 호열을 기다리고 있다는 것을 알기에 더욱 해이해져 있는 마음을 굳게 다잡아야겠다는 생각이 들었던 것이다. 두 주먹을 불끈 쥐고서.

"응, 뭐야? 벌써 준비를 하나? 허, 정말 부지런한 사람들이네?"

호열은 창을 통해 들려오는 소리에 상념에서 깨어나 창밖을 내다보았다. 어제 그 사람, 박 장군의 일행이었던 사람들이 열심히 자신들의 짐을 챙기고 있는 모습을 볼 수 있었다. 그러나 호열은 잠시 놀란 표정을 지었을 뿐 금방 시큰둥한 표정으로 바뀌었다. 그 이유는 사람들의 부지런함에 감탄은 했지만 정작 자신이 해야 하는 일이 아니었기에 마음으로 와 닿는 것이 없었다.

"아, 잘 잤다. 엇? 형님? 어떻게 벌써 일어나셨습니까?"

운영은 잠에서 일어나며 창을 통해 들어오는 눈부신 햇살을 보다가 햇살 속에 모습을 감추고 있는 호열을 볼 수 있었다.

"응? 그래, 이제 일어났냐?"

"아, 형님, 어떻게? 죄송합니다. 제가 많이 늦었지요?"

운영은 자신이 호열보다 늦잠을 잤다는 것이 믿어지지 않았다. 하지만 눈앞에 호열이 떡하니 버티고 서서 운영을 보고 있었으니…….

"그래, 아무리 눈치를 주던 아저씨와 아주머니가 없다고 첫날부터 그렇게 늘어지냐?"

"아……."

'그래, 오늘부터는 나 혼자구나. 음, 그럼 오늘이 이십육 년을 한결같이 보살펴 주시고 아껴주신 부모님으로부터 독립한 첫 아침이구나. 참, 부모님께선 아침을 잘 드셨나 모르겠구나. 그래, 잘 드셨겠지.'

운영은 이제 혼자 몸이 되었다는 것을 실감할 수 있었다. 항상 부모의 슬하에 있다가 단신으로 세상에 나왔다는 것을 상기하자, 운영은 새삼 봄 기운이 묻어나는 따뜻한 햇살이 여느 날과 다르게 느껴졌다.

'그래, 자, 이제부터 홀로 서기를 해야 하겠지. 비록 곁에는 호열 형님이 계시지만 언제까지 도움을 바랄 수는 없으니……. 아버지, 어머니, 조금만 기다려 주세요. 제가 우리 가문의 무공으로 큰 명성을 얻은 후에 꼭 돌아오겠습니다. 그때까지만 몸 건강히 지내세요.'

운영은 창밖으로 보이는 장백산을 보며 부모님에 대한 그리움을 달랬다. 또한 세상에 나가 해야 하는 일들이 무엇인지 하나하나 떠올려 보았다.

"응? 운영아, 너 지금 뭐 하나? 일어났으면 어서 세면을 하고 내려가야지."

"옛? 아… 예. 알겠습니다, 형님."

운영은 상념에서 깨어나 호열의 말대로 세면을 하기 위해 분주하게 움직였다.

"운영아, 내가 오랜만에 일찍 일어나서 그런지 배가 고프구나. 조금 빨리빨리 했으면 하는데……."

"형님, 잠시만 기다려 주세요. 금방 하겠습니다."

"그래, 빨리 해라. 나 많이는 안 기다릴 거다."

호열은 운영이 일어나자 재촉하여 일층으로 내려갔다. 벌써 사람들은 아침을 먹고 있었다.

“어? 이제 일어났는가? 어서 이리로 와서 같이 식사들하게.”

박 장군은 호열이 내려오는 것을 보자 자신의 옆 자리를 권하며 앉기를 청했다.

“하하하, 예. 일찍 일어나셨습니다. 정말 기력이 좋으신 것 같군요.”

“허허, 고맙구먼. 내 나이를 먹다 보니 언제부터인가 아침잠이 없어지더구먼. 자, 어서 들게나.”

“예, 그럼 감사히 먹겠습니다. 운영아, 우리도 먹자.”

“예, 그럼 감사히 먹겠습니다.”

호열은 박 장군이 권하는 자리에 앉아서 주인이 내다 주는 아침을 먹었다. 어제 먹었던 소면이 아니라 만두였지만 맛은 어제보다 더욱 좋은 것 같았다.

“응? 이보게, 지금 저 젊은이가 뭐라고 한 건가?”

“옛? 무슨?”

“아, 아니네. 어서 먹게.”

중원 대륙이 너무 넓다 보니 언어도 각 지방마다 약간씩 달라서 북방어·절강어·호남어·강서어·복주어·하문어·광동어 등과 같이 여러 종류가 있어 운영이 하는 말이 명나라 본토 말이라고는 할 수 없었다. 그러나 이와 같은 방언이라 해도 사람들 간에 대화하는 데는 그렇게 큰 지장을 주지는 않았지만, 박 장군은 운영의 말을 알아듣기 힘들었다.

사실 박 장군이 운영의 말을 못 알아들었던 건 호열의 간접적인 책임이라 할 수 있었다. 아니, 간접적이라 하기보다는 거의 직접적이지만……

운영은 아침에 늦게 일어난 것도 있었지만, 일어나자마자 호열의 재축에 어제 소진되었던 공력도 아직 제대로 운기하지 않아 피곤이 풀리지 않은 상태였다. 그래서 피로가 누적되어 비몽사몽 상태에서 박 장군에게 한 인사라 옆에 앉아 있던 호열도 알아듣기 어려울 정도로 힘이라고는 하나도 없는 기어가는 목소리로 대답했던 것이다.

아침을 다 먹고 난 박 장군 일행은 하나둘씩 자신들의 짐을 챙기러 이층으로 올라갔고, 박 장군은 호열을 마중하기 위해 계산을 마치고 밖으로 나갔다. 계산은 이 사관이란 사람이 했지만.

호열이 밖에 나가보니 언제 준비를 했는지 말이 이십여 마리 정도 준비가 되어 있었으며, 사람이 타고 갈 수 있는 마차 한 대와 짐을 실을 수 있는 마차 네 대가 준비되어 있었다.

"응? 이건?"

호열은 태어나서 마차를 처음 보았다. 아니, 일반 짐을 싣고 다니는 마차는 보았지만, 사람이 타고 다니게 만들어진 마차는 한 번도 본 적이 없었던 것이다.

"아, 이거 말인가? 마차라고 하는 것이네."

"예, 그건 알고 있습니다. 그런데 무슨 마차입니까?"

"허허허, 원래 우린 이곳에서부터 마차로 갈 예정이었네. 내가 아는 사람들 중 먼저 중원에 사신으로 다녀왔던 사람이 있는데, 그 사람이 내가 이번에 중원에 간다고 하니까 얘기해 주더구먼. 중원에선 장거리 여행을 할 때 마차를 자주 이용한다고 말이지. 자네도 잘 알겠지만 우리 조선에선 잘 사용하지 않는 것 아닌가? 안 그런가?"

"예, 그렇습니다."

호열은 박 장군의 말대로 고개를 끄덕였다. 박 장군의 말대로 호열은 짧지만 유랑 생활을 하면서 많을 것을 보고 들었다. 하지만 어디를

가든 처음부터 사람을 태우고 가게 만들어진 마차는 볼 수 없었다. 아
니, 사실은 사람들의 말을 통해 그런 것이 있다는 것을 들어본 적은 있
었지만, 그것은 왕실 사람들이 타는 전유물로 알고 있었지 이렇게 일반
백성들이 탈 수 있다는 것은 오늘 처음 알았다.

"하지만 저는 오늘 이런 마차를 처음 보았습니다."

"응? 정말인가? 어떻게 이와 같은 것을 모르고 있었나? 이곳에 살았
다면서."

"하하하, 어제도 말씀드렸듯이 전 산에서만 살았습니다. 그리고 실
은 저도 여행은 이번이 처음입니다."

"아, 그런가? 허허, 이거 참, 자넨 그럼 이곳에 얼마나 있었는가?"

박 장군은 호열에 대해서 자꾸만 마음이 끌렸다. 처음엔 타지에서
처음으로 만난 동포라 그런 줄로만 알았는데, 어제 방에 들어가서 곰곰
이 생각해 보니 그런 것 때문만은 아닌 것 같았다. 그렇게 숙고에 숙고
를 했어도 박 장군은 아직까지 그 이유를 정확히 모르고 있었다. 그래
서 자신을 답답하게 만드는 그 이유를 알기 위해 호열에 대해 알려고
하는 것이었다.

"아, 한 십육 년 정도요. 아마 그쯤 되었을 겁니다."

"허, 십육 년이라……. 그럼 자네는 어릴 적 국경을 넘어 계속 이곳
에 살았다는 것이구먼. 음……."   .

"예, 그렇습니다. 참, 제가 어제 물어본다고 한 것이 있었, 음……."

"응? 나에게 더 물어볼 것이 있는가?"

"하하하, 이거 어떻게 말해야 할지……. 음, 그냥 말씀드릴게요. 이
제야 말씀드리는 거지만 금릉으로 황제를 만나러 가신다면서 어르신과
같이 가는 사람들의 의관이……."

호열은 밤에 운영과 얘기하면서 궁금하게 생각했던 것을 물어보았다. 금방 헤어지게 되어서 알아도 아무 소용 없고, 일부러 물어볼 필요도 없는 것이었지만 갑자기 생각나서 무의식 중에 말이 먼저 나오게 된 것이었다.

"아~ 이 옷 말인가? 하하하, 이게 이상했던 모양이군."

"예, 그냥 어제 갑자기 생각이 나서……."

"음, 그건 다 이유가 있네. 이유가 있지……."

"이유요?"

호열은 박 장군이 가라앉은 목소리로 말하자 자신이 괜한 질문을 한 것이 아닌가 하는 생각이 들었다. 하지만 이미 입 밖으로 나온 말이었으니 다시 주워 담을 수 없는 입장이었다.

"그래, 자네도 알겠지만 여기 장백촌은 명나라 사람들뿐만 아니라 북원 사람들도 많이 왕래하는 곳이지 않는가?"

"예, 그렇… 겠지요."

호열은 어제 거리에서 만났던 중년인들의 얘기를 상기하며 고개를 끄덕였다.

"그래, 그러니 이런 곳에서 우리가 당당히 사신의 옷을 입고 다닌다는 것은… 그래, 그러니까 내 맘이 편치 않다네. 아니, 내 맘이 불편한 것이 아니라 모두 힘없는 나라의 설움이지."

"그게 무슨? 아… 그렇군요. 아무래도 저들이 곱게 보지는 않겠군요."

호열은 처음 박 장군의 말이 무슨 뜻인지 몰랐으나 박 장군의 침울한 얼굴을 보고는 금방 그 뜻을 이해할 수 있었다.

"그렇지. 그런 이유 때문이라네."

"음, 여기서는 모르겠지만 그들이 다른 마음을 품고 있어 일행이 마을을 벗어난다면……?"

"그렇다네. 아마도 그것 때문에 우리가 위험해질 수도 있겠지. 그래서 마을에 도착한 후 우리들은 조용히 사람들이 많이 모이지 않는 곳을 찾다 보니 이 백운객점에 오게 된 것이었고……."

"아……."

호열과 운영은 박 장군의 말이 무엇을 뜻하는지 알아들었다는 듯 똑같이 고개를 끄덕이고 있었다. 그리고 어제의 일도 이해할 수 있었다. 왜 박 장군 일행들이 좋은 곳으로 가지 않고 백운객점으로 오게 되었는지.

"허허허, 이제 이해가 되는가?"

"예, 괜히 제가 어려운 걸 물어보았나 싶습니다. 죄송합니다."

"하하하, 아니네. 그 일로 내 이렇게 자네 같은 고향 사람을 만나지 않았는가? 이것도 좋은 인연이지."

"하하, 인연이라니요. 제게 더 큰 복이지요."

호열과 박 장군은 서로의 의기가 투합한 듯 손을 맞잡으며 좀체 놓지를 않았다.

운영은 그런 호열과 박 장군의 모습을 옆에서 바라보면서 괜히 가슴이 찡해지는 것을 느꼈다. 비록 호열과 박 장군 사이에 오가는 말들을 전부 알아들을 수 없었지만 가슴으로 그들의 미묘한 정을 느낄 수 있었던 것이다. 타지에서 만나는 고향 사람에 대한 애틋한 감정을…….

"허허… 참, 내 정신 좀 보게. 나도 자네에게 뭐 좀 물어본다는 것이 있었는데 깜박할 뻔했군."

박 장군은 어젯밤에 미리 생각해 두었던 것이 있어 오늘 호열을 만나면 물어보아야겠다는 생각을 하고 있다가 그 기회만을 찾고 있었는데, 마침 분위기도 좋고 서로 오가는 대화도 그쪽인지라 기회를 잡았다는 듯 슬쩍 호열에게 질문을 던졌다. 마치 아무런 생각 없이 지금 생각이 난 것처럼……

“옛? 저에게요?”

“그렇다네. 이제 헤어지면 언제 만날지 기약할 수 없기에 지금 물어보려는 것이네.”

“하하하, 무엇을 물어보려고 그러십니까? 예, 물어보십시오. 제가 아는 건 뭐든 말씀드리겠습니다.”

“허, 고맙구먼. 그래, 이거 물어보아도 될지 모르겠지만 어제부터 계속 궁금하여 잠을 이루지 못하였는지라… 허허허, 내 성격이 그러니 이해하게. 그럼 내 단도직입적으로 묻겠네. 자네는 뭐 하는 사람인가?”

“옛? 뭐 하는 사람이라니요? 그게 무슨……?”

호열은 자신을 바라보는 박 장군의 얼굴에서 심상치 않은 기운을 느끼게 되자 절로 긴장이 되었다. 무슨 질문을 할지 몰랐지만 박 장군의 얼굴에는 호열에 대해 많은 것을 궁금하게 생각한다는 것을 알 수 있었다.

“아, 오해는 말게. 내 말은 그러니까… 자네는 무슨 일을 하면서 사느냐, 이 말일세.”

박 장군은 자신의 물음에 호열의 얼굴이 이상해지자 잘못하면 자신의 질문이 이상하게 받아들여질 수도 있겠다는 생각이 들어 얼른 질문의 요지에 덧붙여 설명했다.

“아~ 예. 저는, 음… 지금은 아무것도 안 하고 이렇게 어르신과 같이 얘기를 하고 있지 않습니까?”

“허허, 그렇지. 그렇군……”

“예, 하지만 나중엔 조그마한 장사나 한번 해볼까 합니다.”

호열은 예전부터 가지고 있던 대상이 되는 자신의 꿈을 얘기했다. 비록 그것이 지금은 실현 불가능했지만 언젠가는 이루고 싶은 꿈이었기에 호열은 서슴없이 얘기한 것이었다.

“그래? 음… 자네 동생은 품에 검을 차고 있는 걸 보니 무사 같은데?”

박 장군은 운영의 봇짐에 하얀 천으로 매어져 있는 기다란 검을 바라보았다.

“아, 하하하, 어르신께서도 보셨군요. 저건 그냥 호신용으로 가지고 다니는 겁니다. 운영의 아버님께서 대장간을 하시거든요. 그래서 저와 함께 이번에 밖으로 나가게 된 기념으로 손수 하나 만들어주신 것입니다.”

“아, 그런가? 허허허… 하긴 여행을 하다 보면 이런저런 험한 꼴 보기 일쑤니까. 음……”

박 장군은 운영에 대한 자신의 질문에 호열이 왠지 진실한 대답을 꺼려하는 것 같아 좀 더 자세히 물어볼 겸 이번엔 운영에게 직접 물어보았다.

“음, 이보게, 운……”

“장군님, 오전에 장백검파 사람들을 만나러 가시려면 지금 준비를 하셔야 할 것 같습니다.”

“알았다. 내 곧 들어가겠다. 자, 나는 이만 들어가 봐야 할 것 같네.”

어젯밤부터 어떻게 물어볼까 하는 생각으로 잠을 이루지 못하고 있다가 정말 어렵게 잡은 기회였는데, 박 장군은 자신의 명령을 받고 안으로 들어가는 조 부장을 곱지 않은 시선으로 바라보았다. 하지만 그런 시선을 아는지 모르는지 안으로 들어간 조 부장은 박 장군이 들어와 앉을 수 있도록 자리를 정리하느라 분주하게 움직이고 있었다. 그런 조 부장의 모습을 보자 박 장군은 속으로 한숨을 쉴 수밖에 없었다. 하지만 왠지 이런 황금 같은 기회를 아무렇지 않게 무산시켜 버린 것 같아 조 부장을 바라보는 시선은 곱지 않았다.

"예, 하하, 알겠습니다. 그럼 우리도 이만 길을 떠나야 할 것 같습니다."

호열은 그만 박 장군과의 대화를 접고 길을 떠날 생각이었다. 무슨 이유인지는 모르지만 박 장군이 계속 호열과 운영에 대하여 말하기 어려운 질문을 하는 바람에 대답하기가 여간 어려운 것이 아니었기에 호열이 일찍 떠날 결심을 하게 된 것이다. 원래는 조금 더 있다가 오후쯤에 떠날 생각이었는데 갑자기 생각이 바뀌게 된 것이다. 또한 조 부장 때문에 마음 편하게 떠날 기회를 잡을 수 있었고.

"허, 그런가? 그럼 나중에 기회가 되면 다시 한 번 보세나."

"예, 그렇게 하겠습니다. 그럼 편한 여행 되십시오"

호열은 박 장군의 배웅을 받으며 중원을 향해 길을 떠났다. 아직 초봄이라 아침 날씨는 싸늘했지만 그런 것은 호열과 운영에겐 크게 상관이 없었다.

"허, 꽤 오래 이곳에서 살았구면. 음… 그런데 왜 이렇게 마음이 찜찜할까? 나하고는 아무런 상관 없는 젊은이 같은데……. 음……."

박 장군은 호열을 보내고서도 여간 신경 쓰이는 것이 아니었다. 그 이유를 정확히 몰라 더욱 그런 것인지 모르겠지만.

호열과 운영은 밖까지 나와서 배웅하는 박 장군을 뒤로하고 백운객점을 나온 후, 지금은 장백촌이 한눈에 바라보이는 산기슭에 앉아 있었다. 아침엔 제법 쌀쌀한 바람이 불더니 어느새 지금은 봄의 기운이 완연한 따뜻한 바람이 불어 더욱 기분 좋게 길을 갈 수 있었다. 그러나 이제 장백산을 떠나면 언제 다시 올지 모르기에 운영을 배려하는 마음에서 호열은 장백산이 바라보이는 곳에 자리를 잡고 생각할 시간을 주기로 했다. 그것이 비록 짧은 시간일 뿐이지만……

"운영아, 어떠냐? 이제 떠나면 언제 다시 이 땅을 밟을 수 있을지 기약을 할 수 없으니 잘 봐두거라."

"예, 알겠습니다."

운영은 호열의 마음에 감사하며 멀리 하얀 모자를 쓴 것처럼 보이는 장백산을 바라보았다. 마치 그 모습을 하나하나 기억하기 위한 것처럼 장백산에서 한 번도 눈을 떼지 않았다.

"그래, 이제 괜찮겠느냐?"

"예, 이제는 아무리 멀리 떨어져 있어도 괜찮습니다. 이미 제 가슴속에 들어와 있으니까요."

운영은 자신의 가슴을 내보이며 호열에게 보란 듯이 당당하게 두들겨 보였다.

"하하하. 그래, 사내자식이 그 정도는 되어야지. 암."

호열은 운영의 모습이 대견해 보였다. 호열도 비록 어린 나이에 조실부모하고 유랑 생활을 하며 어렵게 살아왔지만, 살아 있는 부모를 남겨두고 고향을 떠나야 하는 운영의 심정을 어렴풋이 알 수 있었기에 더욱 대견해 보였던 것이다.

"자, 그럼 우리도 쉴 만큼 쉬었으니 출발할까?"

"옛, 저는 준비가 되었습니다."

호열은 옷에 묻은 먼지를 털며 자리에서 일어났다.

"하하하. 그래, 그럼 가… 응? 저건 뭐지?"

"옛? 뭐요?"

호열이 일어나자 덩달아 일어나던 운영은 호열의 말에 멀리 장백산을 바라보았다. 장백산에서 조금씩 먼지구름이 일어나기 시작하더니 점점 호열과 운영이 있는 곳으로 다가오는 것이 보였다.

두두두두두…….

호열은 멀리서 다가오는 먼지구름 속에 말발굽 소리가 들려오는 것을 들을 수 있었다. 그에 호기심이 들어 소리가 들려오는 곳으로 시선을 주었다.

호열이 먼지구름을 뚫고 자세히 바라보니, 어제 장백산에서 내려올 때 거쳐 왔던 산길 쪽에서 삼십여 명 정도의 경장의 무사 복장을 한 사람들이 말을 몰며 호열이 서 있는 곳으로 달려오고 있었다. 떠오르는 아침 햇살을 등 뒤로 받으며 힘차게 달리는 상황에도 한 점의 흐트러진 모습을 볼 수 없었다. 오히려 일렬로 열을 맞추어 늘어서며 지축을 울리고 달려오는 모습을 보자 호열은 절로 감탄하여 입을 다물지 못하였다. 한 번도 이와 같은 장관을 본 적이 없었기에 호열의 기억 속에 꽤나 오래도록 남을 장관이었다.

"음, 운영아, 아무래도 저들이 박 장군이 얘기했던 장백검파 사람들인 것 같구나. 허허, 정말 장관이구나."

"예, 제가 보기에도 그런 것 같습니다. 말을 타고 달리는 모습이 정말 멋있네요."

운영은 멀리서 장백검파 사람들을 바라보면서 자신이 멋진 말을 타는 상상을 하고 있었다. 꿈속에서 말을 타고 수많은 사람들을 위험에서 구하는 영웅을 그리고 있는 것이다.

호열은 옆에서 한참 상상의 세계에 빠져 있는 운영은 신경 쓰지 않고 다가오는 장백검파 사람들을 보고 있었다. 장백검파 사람들은 모두 머리 위에 도관(道冠)을 쓰고 도복(道服)을 입고 있었는데 그 빛깔이 하얀, 거의 투명하다고 할 정도의 하늘색 도복이었다.

'허, 정말 멋있구나. 어느 것이 하늘빛이고 어느 것이 도복 빛인지. 음……'

호열은 장백검파 사람들과 자신과의 비교를 통해서 확연히 알 수 있었다. 정말 어디서 염색을 하였는지 그 경지가 가히 신의 경지라 말할 수 있을 정도였다. 지금 호열이 입고 있는 의복과는 하늘과 땅 차이만큼이나 질이 다르다는 것을 느낄 수 있었기에 보면 볼수록 자꾸만 부러운 마음이 들었다.

'음, 아주머니, 이왕 해주시려면 좀 더 신경 써서 저렇게 폼나는 것으로 해주시지.'

호열과 운영이 입고 있는 옷도 꽤 정성이 들어 있는 옷이었으나, 장백검파 사람들이 입고 있는 의복은 이곳과 같은 큰 마을에서도 쉽게 구할 수 없는 옷감이었다. 그러기에 운영이 살던 작은 마을에서는 구하고 싶어도 쉽게 구할 수 없는 물건이었다.

호열은 점점 다가오는 장백검파 사람들을 피해 길 한쪽으로 물러났다. 괜히 먼지를 날리며 달려오는 말과 씨름할 필요성을 느끼지 못하였기에 먼저 자리를 양보한 것이었다. 그러면서도 호열은 장백검파 사람들에게 시선을 거두지 않았다.

호열이 자세히 보니 앞에서 일행들을 이끌고 있는 사람들을 볼 수 있었다. 모두 세 명이었는데 제일 왼쪽에는 흰 수염이 간간이 난 중년의 도인이 있었고, 중간엔 그보다 좀 더 나이가 들어 보이고 청수하게 생긴 도인이었는데 그 연배가 노인이라고 하기 뭐한 중년의 도인이었다. 또한 그 옆에는 운영의 나이 정도 되어 보이는 젊은 도인도 보였다.

"허, 젊은 사람도 있네?"

호열은 신기하다는 표정으로 바라보았다. 절에 승이 있듯 도를 가르치는 도장에 젊은 도인이 있다는 것이 신기한 일은 아니었지만, 젊은 나이에 서른 명이나 되는 일행들의 앞에 서서 이끈다는 것이 놀라웠던 것이다. 그것도 장백검파 같은 큰 문파에서.

어느새 장백검파 사람들은 호열의 앞을 지나가고 있었다. 호열에게 다행한 일인지 어떤지는 모르겠지만, 장백검파 사람들은 호열과 운영을 피하여 달리던 속력을 늦추며 천천히 지나쳤다.

'음, 예의는 있는 사람들이구나. 박 장군과의 약속 때문에 바쁠 텐데 우리들을 위해서 속력을 늦추다니…….'

호열은 장백검파 사람들을 달리 보게 되었다. 지금까지 보아오고 겪었던 상식에 비추어 보면, 말을 타고 달리던 사람들은 길에 누가 서 있든 그 사람이 권력자가 아닌 이상 무시하고 먼지를 풀풀 날리며 지나가는 것이 비일비재하였다. 또한 그런 것이 일반적인 일이었고.

호열은 장백검파 사람들이 모두 지나가자 운영에게 그만 떠나자는 표시를 하며 먼저 걸음을 떼었다. 운영도 이미 상상 속에서 깨어난 상태였기에 금방 알아보고는 짐을 정리하고 호열의 뒤를 따라갔다.

두두두두…….

"응? 뭐지?"

호열과 운영은 급하게 달려오는 말발굽 소리가 들려오자 뒤를 돌아보았다.

"이보시게, 잠시만 발걸음을 멈추어주시게."

"응? 우리보고 하는 말인가? 운영아, 지금 우리보고 하는 말이지?"

호열은 자신들을 부르는 것 같아 무의식 중에 바라보았다.

"예, 그런 것 같습니다."

"워, 워, 워……."

말을 탄 사람은 무엇이 그리 급했는지 도착하자마자 길게 말 울음소리를 내면서 멈추어 선 후 숨을 헐떡이며 가쁜 숨을 들이마셨다.

호열을 멈추어 세운 사람은 선두에 서서 일행들을 이끌었던 세 명의 사람들 중 가운데 있던 청수하게 생긴 중년 도인이었다.

"지금 도인께선 저희들보고 하신 말씀이십니까?"

호열은 자신의 앞에 말을 멈춘 후 급하게 뛰어내린 도인을 바라보며 의아한 표정이 되어 물어보았다.

"그렇소이다. 휴, 원시천존(元始天尊)……."

도인은 호열이 자리를 떠나지 않고 만나게 된 것이 기쁜지 호열의 얼굴을 보며 도호를 외웠다.

"도장께선 무슨 일이시기에 그러십니까?"

호열은 도장의 아래위를 훑어보며 자신들을 세운 이유를 물어보았다.

"그게 그러니까……."

"장문인, 가시던 길을 멈추고 왜 돌아오신 것입니까?"

두두두두…….

"사부님, 워, 워……."

도인의 뒤를 따라왔는지 도인의 뒤에는 말에서 내리며 호열의 곁으로 장백검파 사람들이 늘어서고 있었다. 호열이 보니 처음 도인을 불렀던 사람은 가장 왼쪽에서 말을 몰던 사람으로 얼굴에 흰 수염이 간간이 난 중년 도인과 젊은 도인이었다.

호열은 그들 중 중년 도인을 보는 눈이 그리 곱지 않았다. 중년 도인도 다른 사람이 본다면 첫인상이 그리 나쁜 것은 아니었지만 호열만의 자괴지심이랄까? 그렇다고 호열이 꼭 부러운 마음이 드는 것은 아니었지만, 자신에게 없는 것을 당당히 지니고 있는 사람을 보게 되자 첫인상이 좋지 않았던 것이다.

"음……."

'정말 멋있군. 아~ 난 왜 수염이 나질 않는 거지? 그래도 한때는 났었는데……. 더구나 머리털도 그때 이후로는 더 이상 자라지 않는 것 같으니. 아니지, 예전부터 있던 수염은 있어야 하는데 왜 없는 거지? 휴, 뭐가 어떻게 된 건지. 이거 혹시 무슨 부작용 아닐까? 아~ 모르겠다.'

호열도 이제 자신의 나이에 어느 정도 적응을 하고 있었다. 하지만 호열이 아무리 생각을 해보아도 자신의 나이에 어울리는 것이 너무나 없었던 것이다. 벌써 나이가 서른여섯인데도 보통 사람들이 가지는 서른여섯 살의 특징들, 아니, 나이를 먹으면서 가지는 중후한 품격의 상징들, 그 대표적인 것으로 호열은 얼굴에 수염이 하나도 없었던 것이다. 단 하나도…….

호열도 스무 살 때에는 조금이지만 가지고 있었다. 그런데 지금은 어디를 갔는지 그때 조금이나마 있었던 것들도 어디를 가고 없었으며, 또한 아예 나올 생각이 없는지 한 올도 나지 않는 것이었다.

운영이네 마을에서 겨울을 보낼 때 이따금씩 거울을 보면서 자신의 얼굴에 잔주름 하나 없다는 것에 흐뭇한 기분이 들었지만, 정말 멋있는 수염을 기르고 있는 사람을 이따금씩 보면 남모르게 부러움을 느끼게 되었다.

운영이네 마을 사람들 중에 멋있고 폼나지는 않았지만 얼굴에 수염이 있다는 것만으로도 남모르게 그 사람을 부러워하면서 지냈었는데, 그런데 지금 희끗희끗하지만 멋있게 보이는 수염을 기른 사람이 자신의 눈앞에 떡하니 내려서고 있었으니, 그것도 자신의 나이 또래로 보이는 사람이……

호열은 현운 장문인의 뒤에 멋있게 내려선 중년 도인의 얼굴을 한동안 바라보다가 다시 고개를 현운 장문인 쪽으로 돌렸다. 더 이상 수염 때문에 신경 쓰고 싶지 않았던 것이다.

'그래, 내 나중에 어떻게든 수염을 나게 하든가, 아니면 꼭 만들어서라도 붙여야겠다. 음, 이러다간 정말 수염만 보면 신경 쇠약에 걸리겠어. 허, 내가 어떻게 이 지경까지 왔는지. 음……'

호열은 생각이 극단으로까지 치닫자 절로 어이없는 한숨이 나왔다. 얼마간의 시간이 흘렀는지 모르겠지만, 호열은 장고 끝에 옆에 서 있던 운영에게도 들리지 않을 정도로 미약하게 한마디 긴 한탄을 한 후 상념에서 빠져나올 수 있었다. 자신에게 없는 것을 부러워하는 것이 얼마나 골치 아프고 쓸데없는 일인지 누구보다 잘 알고 있는 호열이었기에 얼른 마음을 가다듬고 깊은 상념에서 빠져나올 수 있었던 것이다.

"사제, 그리고 너희들은 잠시만 기다리거라. 음, 나는 장백검파의 현운이란 사람이라 합니다. 그런데 길을 가다가 우연히 공과 같은 뛰어난 사람을 보게 되어서 이렇게 통성명이나 하였으면 해서 무례를 무릅쓰고 자리를 청한 것이외다. 널리 양해하시길. 원시천존……."

자신을 현운이라 밝힌 장백검파의 장문인은 자신을 따라온 문인들에게 잠시 기다리라고 한 후 호열을 바라보며 불러 세운 경위를 밝혔다.

"아, 당치 않습니다. 뛰어난 사람이라니요."

호열은 처음 만나는 사람에게 칭찬을 듣게 되자 고개를 들 수가 없었다.

"허허허, 아니외다. 공같이 뛰어난 분은 여태껏 본 적이 없습니다. 내 이렇게 길을 나서게 된 것이 알고 보니 모두 공 같은 분을 뵈라고 원시천존께서 자리를 마련해 준 것 같습니다. 원시천존……."

현운 장문인은 무엇이 그리 좋은지 호열을 바라보며 웃음을 지어 보였다. 하지만 장백검파 사람들은 장문인의 행동을 이해할 수 없었다. 그들이 보기에는 호열에게 별다른 것을 느끼지 못하였던 것이다.

"아, 예, 저는 임호열이라 하고 이쪽은 제 의제인 정운영이라고 합니다."

호열은 현운 장문인의 넉넉한 웃음에 아무 생각 없이 자신과 운영을 소개했다.

"허, 그렇군요. 그래, 어디를 그리 가시는 것입니까? 바쁘시지 않으시면 저와 얘기를 하셨으면 하는데……."

'허, 내가 잘못 본 것이 아니라면 이 젊은이를 통해서 평생을 고심하던 것을 풀 수 있겠구나. 이건… 그래, 바로 자연의 기(氣)야. 내가 그렇게나 알고 싶었던 그 자연의 기…….'

현운 장문인은 호열을 바라보며 자신과 같이 동행을 하였으면 하는 의지가 가득 담긴 눈빛을 보냈다. 하지만 호열은 그런 현운 장문인의 눈빛이 부담스럽게 다가왔다. 또한 호열이 현운 장문인을 대하면서 받았던 첫인상은 청수한 느낌에 신비감마저 들었지만, 시간이 지나면서 왠지 모르게 자신을 관찰하고 있다는 깐깐한 느낌이 들어 눈을 맞추기가 괜히 거북하고 어색하다는 느낌을 받았다. 그렇게 많은 얘기가 오고 간 후 호열에겐 현운 장문인의 좋았던 첫인상은 모두 사라지고 지금은 오히려 쉽게 다가갈 수 없다는 느낌이 들었다.

"하하하, 말씀은 고맙지만 안 되겠습니다. 보아하니 도인께서는 급하게 장백촌으로 가시는 길인 것 같은데, 저희는 지금 그곳에서 나오는 길이랍니다."

"허, 그렇군요. 음, 그럼 임 도우(道友)께서는 어디로 가시는 길이신지……."

"옛? 하하, 도우라니요, 가당치 않습니다. 저희는 지금 항주로 가는 길이지만… 그건 왜 물어보시는지?"

'허, 도장이 생긴 것은 인자하고 너그러워 보여서 좋은데 무슨 호기심이 이렇게 많아? 별걸 다 물어보네. 그리고 왜 내가 이런 걸 모두 말해야 하는 거지? 또 난 왜 아무 생각 없이 알려주는 것이고. 아, 모르겠다.'

호열은 자신이 현운 장문인에게 아무 생각 없이 물어보는 족족 다 말하고 있다는 것을 깨닫고는 어이가 없었다.

"항주라… 우리도 곧 중원으로 들어가는데 그럼 가는 곳까지만이라도……."

"아닙니다. 우린 지금 바로 떠날 생각입니다. 죄송합니다. 저희도 도장의 말씀에 따르고 싶지만 급한 일이 있어서요."

'음, 이거 잘못하다가는 박 장군과 같이 갈 수도 있겠구나. 같이 움

직이면 편하긴 하지만 그럴 수는 없지. 일부러 동행하지 않은 것인데.'

그 후로도 호열은 박 장군의 제의를 거절했던 것처럼 현운 장문인의 제의를 거절하느라 많은 시간과 노력을 허비해야만 했다.

현운 장문인은 호열에게 알고 싶은 것이 있어 놓치고 싶지 않은 마음에 거의 매달리다시피 했지만, 오히려 호열은 그런 현운 장문인의 마음이 부담스럽게 다가와 역효과를 낸 것이다.

"음, 알겠습니다. 도우께서 그러시다면. 하지만 다음에 만나면 꼭 우리 서로 마음을 터놓고 좋은 얘기를 나누었으면 합니다. 어떻습니까?"

현운 장문인은 호열이 자신과의 동행을 거부하자 하늘이 무너지는 듯 아쉬운 마음이 들었지만, 어차피 세상에 나와 있다 보면 호열에 대한 소문이 날 것이고, 그러다 보면 언젠가는 다시 만날 것을 알기에 아쉬움을 애써 떨쳐 버리고 다음을 기약하기로 했다.

"예, 그럼 다음에 뵙겠습니다."

호열은 현운 장문인의 다음 말을 기다리지 않고 운영의 손을 잡으며 걸음을 재촉했다.

현운 장문인은 호열의 모습이 시야에서 사라질 때까지 아쉬운 마음으로 바라보았다.

"사형, 무엇 때문에 걸음을 멈추신 것입니까? 그리고 제가 보기에는 사형께서 말씀을 나누었던 젊은이보다 옆에 서 있던 젊은이가 더욱 뛰어나 보이던데……."

"허허허. 사제, 자네는 모르네. 내가 왜 이러는지. 음……."

'허, 내게 아직 인연이 없다는 말인가? 음, 정말 내가 살아 있을 때 다시 만날 수 있을까? 아~ 조사님, 부디 제 생각이 맞기를 간절히 부

탁드립니다. 그래야 우리 장백도문이 살아남을 수 있습니다. 음…….’

현운 장문인은 호열이 완전히 사라진 후에도 자리를 떠나지 않고 서 있다가 떨어지지 않는 발걸음을 간신히 옮겼다.

“정호(正號)야, 너는 날랜 제자 둘을 먼저 보내거라. 박 장군께서 기다리시겠구나.”

현운 장문인은 자신의 수제자를 불러 문하생 둘을 보내 박 장군에게 먼저 기별을 넣으라는 명을 내렸다.

“옛, 사부님. 그렇게 하겠습니다.”

두두두두.

정호의 명을 받았는지 문하생 둘이 현운 장문인의 곁을 스치듯이 지나가며 말을 몰고 앞으로 내달렸다.

“음…….”

현운 장문인은 자꾸만 뒤를 돌아보며 아쉬워했다. 호열을 그냥 보낸 것이 자꾸만 마음에 걸렸던 것이다. 아니, 너무나 쉽게 보낸 것이 마음에 걸린 것이었다.

짧은 만남이었지만 현운 장문인은 호열을 스치고 지나가면서 얼마나 놀랐는지 모른다. 하마터면 말에서 떨어질 정도로 놀란 심장을 진정시켜야만 했다. 하지만 이미 호열은 떠나갔고, 서로 각자의 일이 있었기에 지금은 어쩔 수 없다는 생각을 한 후 말의 배를 힘껏 차며 장백촌으로 향했다. 그 뒤로 장백검파 제자들이 힘껏 말을 몰며 따라갔다. 힘차게.

“형님, 오늘은 정말 이상한 날이네요. 박 장군도 그렇고, 또 현운 장문인도 그렇고… 모두 형님과 동행을 원하니 말이에요.”

“그러게나 말이다. 정말 알 수가 없구나. 허, 정말 이상한 사람들이야.”

“모두 형님을 알아보아서 그런 것이지요. 그렇잖아요.”

“글쎄, 그들이 날 얼마나 안다고⋯⋯.”

‘정말 운영의 말대로 그런 것일까? 허, 정말 세상 오래 살고 볼 일이야. 한 나라의 장군이나 무림 문파의 장문인이 나를 그렇게 잘 보다니⋯⋯. 내가 그렇게 대단하게 보였나? 어디가 대단하게 보였지? 정말 모르겠군. 뭐, 다시 만나면 알 수 있겠지.’

호열은 아무리 생각해도 자신의 어떤 점이 박 장군과 현운 장문인의 마음에 들었는지 알 수가 없었다. 그렇게 호열은 운영과 이런저런 얘기를 나누면서 이따금씩 고개를 끄덕이며 걸음을 재촉했다. 아직 갈 길이 멀기에 서둘러 다음 마을에 가려는 것이었다.

“운영아, 조금 속력을 내서 가자꾸나. 괜히 여기서 어물거리다가 뒤따라오면 내 체면이 말이 아니니⋯ 그래, 그렇게 하는 것이 좋겠다. 어서 따라오너라.”

“예, 그렇게 하는 것이 좋겠습니다.”

호열과 운영은 길을 걸어가다 한산해 보이는 길목에서 보는 사람이 없는 것을 확인하고는 경공을 사용하여 옆 산길로 들어갔다. 그냥 길로 가도 되지만 일부러 사람들의 주목을 끌고 싶지 않았기에 불편하더라도 그 길을 택한 것이었다.

제11장

차라리 한편 아이들을 모아 크게 한 건 할까?

◆ 제11장   차라리 한번 아이들을 모아 크게 한 건 할까?

화창한 봄 기운이 물씬 풍기는 날. 사람들이 따뜻한 봄 햇볕에 기분 좋게 하루를 시작하며 거리가 온통 시끌벅적해지기 시작할 때, 금릉으로 가는 사신 일행을 책임지고 있는 박 장군은 호열을 떠나보낸 뒤 백운객점에 남아 장백검파 사람들을 기다리고 있었다. 만날 장소가 백운객점이 아니라 어제 기별을 넣었기에 만날 시간을 기다리고 있는 것이다.

"장군님, 이제 출발하시면 시간이 맞을 것 같습니다."

사람들을 밖에 대기시키고 들어온 윤 무장은 안에서 기다리던 박 장군에게 떠날 시간이 되었다는 것을 알려주었다.

"그래, 준비는 다 되었는가?"

"옛, 차질없이 모든 준비를 마쳤습니다. 이제 나가시기만 하면 됩니다."

윤 무장은 시원시원한 목소리로 대답하였다.

박 부장은 윤 무장의 시원시원한 대답을 들으니 기분이 한층 가뿐한 것을 느꼈다. 사실 박 장군은 두 명의 무장들 중에 윤 무장을 더욱 아꼈다. 밑에 있는 부하들을 대할 때나 윗사람을 대할 때도 항상 성격이 밝고 시원한 것이, 꼭 젊었을 적 자신을 보는 것 같아 보기가 좋았던 것이다. 그러나 조 무장은 윤 무장처럼 시원하고 호탕한 기질이 아니라 무정하다고 할 정도로 무뚝뚝한 것이, 언제나 얼굴에 늘 싸늘한 찬바람이 부는 사람이었다. 처음 보는 사람이 쉽게 다가가지 못할 정도로. 하지만 조 무장의 성격이 딱히 나쁘다고 말할 수 없기도 하고, 또한 개인적인 대인 관계엔 모르지만 일하는 것은 오히려 뛰어났기에 박 장군은 애써 차별을 두지 않았다.

"그래, 수고했다. 자, 그럼 출발들하자. 윤승아, 나가자꾸나."

"예, 형님."

"옛, 바로 출발하겠습니다."

윤 무장은 바로 대답을 한 후 밖의 사람들에게 알려주기 위해 객점을 나갔다.

"안녕히 가십시오. 다음에 또 오십시오."

"하하하, 잘 쉬었다 갑니다. 다음에 또 봅시다."

박 장군은 밖까지 나와서 배웅을 하는 주인을 뒤로한 채 밖에서 기다리는 마차에 올랐다. 그 뒤를 이어 동생인 박 부장이 뒤를 따랐다.

"윤 무장과 조 무장, 너희들은 앞장서서 안내하도록 하라."

박 부장은 뒤따라 마차에 오르면서 떠날 것을 지시했다.

"옛. 모두 말에 올라타라. 그리고 뒤의 무사들은 짐을 둘러싸고 사방을 경계하며 따라오고."

"음……."

윤 무장은 조 무장이 뭐라고 하기 전에 먼저 뒤에 서 있는 무사들에게 지시를 내렸다. 그런 윤 무장을 보면서 조 무장은 아무런 말 없이 말에 올라탔다. 흔히 있었던 일인 것처럼 아무렇지 않은 표정으로.

"옛, 알겠습니다."

무사들은 일사불란하게 말에 오른 후 박 장군이 타고 있는 마차를 따라갔다. 인부들과 짐을 호위하면서.

하지만 마차는 얼마 가지 못하고 서야만 했다. 그 마차를 뒤따르던 일행들도. 마차는 장백촌을 빠져나가고 들어오는 입구에 자리를 잡고 섰다.

박 장군은 마을 입구에서 장백검파 사람들을 만나기로 어제 약속되었다는 보고를 들었기에 마차가 멈춰 섰어도 밖을 내다보지 않았다.

"음, 조금 기다려야 하나 봅니다. 아직 보이지 않는군요, 형님."

"그러냐? 허허, 어쩔 수 없는 일이지. 지금은 우리가 아쉬운 형편이니 딱히 뭐라 할 수 있겠느냐."

박 장군은 동생의 말에 고개를 끄덕이며 자조 섞인 대답을 하였다.

"예, 그건 형님 말씀이 맞습니다. 하지만 이렇게 너무 기다리게 한다는 것은……."

"허허허, 어쩔 수 없지. 너도 그렇게 신경 쓰지 말고 마음을 가라앉히도록 하거라. 이따가 실수하지 말고……."

"아, 알았습니다. 그렇게 하겠습니다."

박 부장은 형인 박 장군의 말에 따라 흥분을 진정시키기 위해 가슴을 쓸어 내렸다.

두두두두두…….

"장군님, 멀리 장백검파 사람들이 보입니다."

윤 무장은 멀리 먼지와 함께 말발굽 소리가 들리자 마차에 있는 박 장군에게 장백검파로 보이는 사람들이 오고 있다고 보고하였다.

"형님, 이제야 오나 봅니다. 지금 나가실 겁니까?"

"허허, 그럼 나가야지. 우리가 청했으니 당연히 나가야 하는 것 아니 겠느냐. 너도 어서 나를 따라 나오너라."

"형님, 하지만… 음……."

박 장군은 윤 무장의 보고를 받은 후 장백검파 사람들이 다 올 때까 지 기다리지 않고 마차 밖으로 나왔다. 그런 박 장군의 모습을 보고서 박 부장은 뭐라고 말하려다가 입을 다물어야만 했다. 이미 뭐라고 하 기 전에 박 장군은 마차에서 내리고 있었기 때문이다.

"아, 날씨 참 좋다. 그렇지 않느냐, 윤승아?"

"예, 날씨는 정말 좋은 것 같네요. 다만……."

"윤승아, 그만 했으면 되었다. 그러니 그 얘기는 잊어버리도록 하거 라. 앞으로 우리가 도움을 받을 사람들인데……."

"알겠습니다, 형님."

박 부장은 어쩔 수 없이 고개를 끄덕일 수밖에 없었다. 하지만 자신 들을 마냥 기다리게 한 장백검파 사람들에 대한 첫인상은 좋지 않았다.

"워, 워……. 음, 실례지만 어느 분이 박 장군이십니까?"

"이런, 너희들은 지금 뭘 하는 것인가?!"

두 명의 도인이 말에서 내리지도 않고 자신의 상관을 찾자, 윤 무장 이 얼굴을 붉히며 앞으로 나섰다.

"그만 하거라. 나를 찾았는가? 자네들이 찾는 사람은 난데 다른 사 람들은?"

박 장군은 장백검파 사람들과 처음부터 좋지 않은 만남이 되는 것을 막기 위해 윤 무장을 제지하며 앞으로 나섰다.

"아, 예. 저희들은 장문인의 명으로 먼저 오게 되었습니다. 그러나 잠시만 기다리시면 곧 도착하실 겁니다."

박 장군이 직접 앞으로 나서자 도인들은 자신들의 실수를 깨달았는지 말에서 내린 후 예를 갖추며 장문인의 말을 전했다.

"뭐라? 아니, 지금까지 기다리게 한 것도 모자라 더 기다리라고? 우리들을 어찌 보고 그런 말을 한단 말인가?"

"맞습니다, 부장님. 저들이 우리를 어찌 보고……."

"그렇습니다. 정말 너무하는 것 같습니다."

"어허, 너는 가만히 있지 못하겠느냐? 너희들도 조용히 있거라. 중간에 일이 생겨 조금 늦어질 수도 있는 일인데 어찌 그렇게 흥분을 하는 것이냐!"

박 장군은 동생에게서 시작한 소란이 윤 무장을 거쳐 주변으로 번지자 이를 제지하며 호통을 쳤다. 그에 시끌벅적하던 주변의 소란은 쥐 죽은 듯 잠잠해졌다.

"음, 그래. 그래야지. 허허, 미안하네. 그런데 젊은 도인은 우리 말을 할 줄 아는구먼?"

박 장군은 언제 또 터질지 모르는 어수선해진 분위기를 바꾸기 위해 다른 사람들이 도착할 동안 화제를 다른 방향으로 옮겨보기로 했다.

"예, 정말 죄송하게 되었습니다. 저희가 하도 급한 마음에 무례를 범했습니다. 죄송합니다."

장문인의 말을 미리 전하기 위해 온 두 명의 도인은 자신들로 인해 분위기가 어수선해지자 어찌할 줄 모르다가 박 장군의 도움으로 얼굴을 들 수가 있었다.

"허허, 됐네. 그런데 언제 우리 말을 배웠는가? 아직 젊어 보이는 데?"

"예, 실을 저도 고려, 아니, 조선 사람입니다, 장군."

"아, 그런가? 그런데 어찌……?"

박 장군은 같은 나라 사람이 어쩌다가 장백검파 같은 문파에 몸을 담았는지 물어보았다. 다른 화젯거리가 있었다면 물어보지 않았겠지만, 지금은 시간도 때울 겸해서 물어본 것이었다. 젊은 도인도 박 장군의 마음을 알았는지 웃으며 대답했다.

"사실 우리 장백검파 문인들은 우리 고, 아니, 조선 사람들이 절반을 넘습니다. 모두 예전에 이 지역으로 넘어오게 된 사람들이 자리를 잡으면서 그렇게 된 것입니다."

"아~ 그런가? 음……."

박 장군은 새로운 사실을 알게 되었기에 더욱 호기심을 느꼈다. 문인들 중 절반을 넘는 사람들이 조선 사람이라면 그럼 지금의 장백검파를 이끌고 있는 장문인도 어쩌면 조선 사람일지 모르는 일이었기에, 박 장군은 호기심이 일어 말이 나온 김에 물어보기로 했다. 하지만 말이 나오기 전에 먼저 말을 하는 사람이 있었으니…….

"장군님, 저기 다른 사람들이 오고 있습니다."

"음……."

박 장군은 자신의 앞에 다음 명을 기다리며 고개를 숙이고 있는 윤 무장을 바라보았다. 그렇게 얼마 동안을 바라보다가 한숨을 내쉬며 고개를 저었다.

'응? 내가 뭘 잘못했나? 어찌 분위기가 이상하네? 음…….'

윤 무장은 자신이 말을 한 후 분위기가 이상해지자 섣불리 일어나지 못하고 고개를 더욱 숙이며 박 장군의 다음 명을 기다렸다. 오랜 경험으로 이럴 경우 섣불리 움직이면 해가 되지만 가만히 있으면 득은 없어도 상관이 알아서 한다는 것을 알고 있었기에 윤 무장은 어떠한 미동도 없이 처음의 자세를 그대로 유지하였다.

"휴~ 그래, 알았다. 그만 일어나거라."

"옛, 장군. 그럼……."

윤 무장은 무슨 일이 있었느냐는 표정으로 당당히 일어나서 자신의 위치로 갔다.

'허, 저 녀석은 너무 영리하단 말이야. 다른 것은 다 좋은데 눈치가 너무 빠른 것이 흠이야.'

박 장군은 윤 무장을 보며 고개를 흔들었다. 왠지 자신이 농락당한 것 같은 기분이 들었던 것이다. 하지만 지금은 그런 것을 따질 여유가 없었으니…….

"워, 워, 워……."

어느새 박 장군의 곁으로 많은 도인들이 다가와 있었던 것이다. 처음 두 도인이 도착한 후 약간의 시간이 지나자, 메마른 땅이라서 그런지 먼지를 날리며 일행으로 보이는 무사들이 서른 명 정도 더 도착하였다. 그런데 그들은 도착하자마자 최대한 조용하게 처음 도착했던 두 중년 도인의 뒤로 열을 맞추어 도열하는 것이었다. 일사불란하게 열을 맞추는 모습이 마치 잘 훈련된 한 나라의 군대를 연상시킬 정도였다.

조금 먼저 도착한 중년 도인은 뒤에 일행들의 도착함을 알았는지 입가에 엷은 미소를 지으며 뒤를 한 번 돌아본 후, 하얀 수염을 날리며 말에서 내려 박 장군 앞에 내려섰다.

"음, 정수(正水)야, 그래, 어느 분이 박 장군이시냐?"

현운 장문인은 말에서 내린 후 먼저 와 있던 도인 중 한 명의 도호를 불렀다.

"예, 장문인. 이분이 박 장군이십니다."

"그래? 알았다. 처음 뵙겠습니다. 저는 장백검파를 책임지고 있는 현운이라는 사람입니다. 그리고 이쪽은 제 사제인 현검(玄劍)입니다. 원시천존……."

"아, 예, 처음 뵙겠습니다. 이렇게 말로만 듣던 분을 직접 만나뵙게 되니 참으로 반갑습니다. 저는 조선의 박윤수라고 합니다. 이번에 장백검파에서 직접 우리들을 금릉까지 동행하여 준다 하셨다니 정말 감사할 따름입니다."

박 장군은 자신의 앞에 내려선 도인을 바라보며 고개를 끄덕였다. 한눈에 보기에도 범상치 않아 보이는 도인이었기 때문이다. 또한 소문으로 익히 들어서 알고 있었기에 더욱 그러했다. 소문과는 달리 거의 같은 연배로 보였다. 하지만 무공을 익힌 무인들은 보여지는 외관으로 나이를 짐작할 수 없다는 것을 잘 알기에 박 장군은 그러려니 하며 넘어갔다.

"옛? 허허허, 아닙니다. 장군께 잘못 전해진 것 같습니다. 원시천존……."

"옛? 잘못 전해진 것 같다니요? 그것이 무슨 말씀이신지?"

'음, 이렇게 되면 정말로 이 사관이나 윤승의 말이 맞다는 것인가? 허.'

박 장군은 혹시나 하는 마음에서 현운 장문인의 마음을 다시 한 번 떠볼 요량으로 물어본 것이었는데, 현운 장문인의 입에서 어제 이 사관이 예상했던 대답이 나오자 조용히 고개를 끄덕일 수밖에 없었다.

"허허, 이거 어떻게 애기가 전달되었는지. 음, 정말 장군의 얼굴을

보니 모르셨나 봅니다. 내 어제 모두 말한 것으로 알고 있는데. 원시천
존······."

　현운 장문인은 박 장군의 표정을 보고서 모든 것을 알 수 있었다. 박
장군의 표정을 보니 모든 것을 예상하고 있었다는 것을 알 수 있었지
만 현운 장문인은 그런 것을 크게 개의치 않았다. 지금 박 장군이 무엇
때문에 다시 물어보고 있는지 잘 알고 있기 때문이었다.

　'허, 장군. 내 장군의 마음은 잘 알지만 어쩔 수 없구려. 나도 안전
하게 목적지까지 같이 동행해 드리고 싶지만 그것이 여의치 않으니.
허, 원시천존······.'

　"예. 장군께서 어떻게 알고 계신지 모르겠지만, 이번에 우리가 동행
하게 된 것은 다른 이유가 있습니다."

　"이유라니요?"

　박 장군은 현운 장문인의 입에서 나올 말이 이미 무엇인지 모두 알
고 있었지만 겉으로는 아무것도 모르는 사람처럼 행동하였다. 또한 현
운 장문인도 그러한 것을 알고 있었지만 개의치 않고 설명을 계속하였
다. 어차피 알고 있다고는 하지만 다시 한 번 말하는 것이 좋겠다는 생
각이 든 것이었다.

　"예, 얼마 전에 우리 문파에 하남성의 등봉현 숭산에 있는 소림사에
서 첩지가 도착했습니다. 그래서 우리도 그곳으로 가야 하는 길이었는
데 어제 박 장군으로부터 연락이 와서 이렇게 서로 동행할 수 있는 곳
까지만 같이 가게 된 것이지요."

　"그럼?"

　"아마 북경이나 황하 유역에 위치한 제남까지만 서로 동행할 수 있
을 것 같습니다. 아니면 그 근처에 있는 태산까지 말입니다. 원시천

존……."

"아, 그렇게 된 것이었군요. 어제 그런 얘기를 언뜻 들은 것 같았는데, 그것이 그 얘기였군요."

'역시 아우의 말이 맞는구나. 어허, 이 일을 어찌한다? 아무 문제 없이 황제가 있는 금릉까지 갈 수 있을 것 같았는데……. 음, 어쩔 수 없이 그 다음은 우리의 힘만으로 가야 한다는 것이구나. 허, 제발 아무 문제 없이 금릉까지 도착해야 할 텐데…….'

박 장군은 어제 이 사관의 설명을 들으면서도 속으로는 설마설마 하고 있었는데, 이렇게 현운 장문인에게 직접 그와 같은 말을 듣게 되니 걱정이 앞서게 되었다. 현운 장문인을 만나기 전에도 미리 예상을 하고 있었던 대답이지만 아쉬운 마음이 드는 것은 어쩔 수 없는 일이었다. 그만큼 장백검파 사람들이 같이 동행하게 된다면 무사히 목적지까지 갈 수 있는 가능성이 높기 때문이었다. 아무런 어려움 없이.

하지만 일이 이렇게 된 거 이제는 박 장군의 힘으로 금릉까지의 그 험난한 길을 갈 수밖에 없게 되었으니……. 아쉬운 것은 아쉬운 것이고 지금으로썬 장백검파 사람들과 함께 움직일 수 있게 된 것만으로도 박 장군에겐 다행인 일이었다.

"허허허, 죄송합니다. 끝까지 동행해 드리지 못해서……."

"허허, 아닙니다. 그런 말씀 마십시오. 이렇게 만나뵙게 된 것도 어디인데요. 그런데 제가 알기론 어지간해선 한 문파의 장문인께서 직접 산문을 나와 움직이는 일은 거의 없다고 들었는데, 장문인께서 어찌 직접? 혹시 중원 소림사에서 온 첩지 말고 또 무슨 일이라도 있는 것입니까?"

박 장군은 현운 장문인과 처음 만남부터 서먹서먹해지는 것을 느꼈는지 얼른 화제를 다른 곳으로 돌렸다. 더 이상 안 되는 일에 매달릴 수는 없는 일이기에.

"허허, 아닙니다. 일은 무슨……. 장군의 말씀대로 그렇지요. 아무리 오랜만에 첩지가 왔다고는 해도 여간해선 이렇게 제가 직접 움직이지 않지요. 장군께서도 중원에 들어서면 곧 아시게 될 것이지만, 이번에 숭산 소림사에서 온 첩지의 내용에는 오는 칠월 경에 군웅대회를 주최한다는 내용이 있었습니다. 그렇다고 별다른 내용이 있었던 것은 아니었지만, 정말로 오랜만에 있는 강호무림의 행사라 이번에 제가 직접 본 파의 제자들에게 견문을 넓혀주려고 이렇게 따라나서게 된 것입니다. 원시천존……."

"아~ 그렇군요. 정말 제자들에 대한 애정이 대단하십니다. 제가 듣기론 장문인의 연치가 예순을 훌쩍 넘으신 걸로 알고 있는데 이렇게 왕성한 활동을 하시다니, 정말 부럽습니다."

"허허허, 별말씀을. 장군께서도 올해 예순을 넘으신 걸로 알고 있는데 무슨 그런 말씀을……. 원시천존……."

"아닙니다. 예순은요. 아직 그렇게 많지는 않습니다. 이제 쉰여덟입니다. 허허, 제가 이렇게 보여도 아직 환갑까지는 이 년이나 남았는걸요."

박 장군은 아직 자신이 젊다는 것을 보여주기 위해 팔뚝을 내보이는 것이 아니라 불룩하게 나온 배를 현운 장문인에게 내보였다. 박 장군의 이런 행동이 다른 사람들에게는 과하게 느껴질지 모르겠지만, 오히려 현운 장문인에겐 서로 간의 서먹했던 벽을 허물 수 있는 계기로 작용했다.

"아, 그렇습니까? 허허허, 장군께선 건강이 좋아 보이십니다."

"뭘요. 장문인께서도 보셨지만, 저야 이렇게 항상 밑에 사람들 신세를 지면서 사는데요."

"허허, 원시천존……."

현운 장문인은 시원시원한 박 장군의 성격이 마음에 들었는지 연신 웃음을 지어 보였다. 주위에 있던 사람들도 처음 우려와는 달리 자신의 상전이 기분 좋아 보이자 덩달아 한시름 놓는 표정들을 짓고 있었다.

"자자, 어서 안으로 드시지요. 봄이라고는 하지만 아직 바람이 차갑습니다. 제가 오실 줄 알고 저쪽에 자리를 마련했습니다."

박 장군은 농담이 섞인 말투로 마차를 가리키며 현운 장문인을 안내하였다.

"허허허, 예. 그럼……. 정호는 듣거라."

"옛, 여기 왔습니다."

현운 장문인의 부름에 뒤쪽에 서 있던 정호의 모습이 흐릿해지더니 현운 장문인의 앞에 고개를 숙이며 나타났다.

"음……."

'허, 일개 제자의 신위가 저 정도라니, 역시 소문만으론 판단할 수 없겠구나.'

박 장군은 정호 도인의 모습을 보면서 새삼 장백검파를 보는 시각을 달리하게 되었다. 하나를 보면 열을 안다고, 세상엔 장백검파가 예전의 성세를 잃어버린 지 이미 오래되어서 쇠퇴할 대로 쇠퇴한 문파로 소문나 있었다. 그런데 그런 것이 아닌 것 같아 보였으니…….

"그래, 이제부터 네가 직접 여기 박 장군의 일행들을 안내하며 앞장을 서거라. 혹시라도 모르니 주변 경계를 철저히 하도록 하고. 알겠느냐?"

"옛, 사부님. 명심하겠습니다."

박 장군과 현운 장문인을 주축으로 마차 안에는 네 명의 사람이 타고 가게 되었다. 박 장군이 마차 안을 둘러보자 처음과는 달리 마차 안이 꽉 찬 느낌이 들었다. 하지만 그건 어디까지나 박 장군의 생각이었고, 원래 이 마차는 대형으로 제작된 것으로 마차 안에 여섯 명 정도는 거뜬히 탈 수 있었다. 그만큼 넓은 마차였는데 박 장군이 그런 생각을 가지게 된 것은, 아무리 조금 전에 웃는 얼굴로 대했다고는 하지만 오늘 처음 보는 사람과 함께 좁은 공간에서 눈을 마주치고 가게 되니 조금은 어색한 느낌이 들기 때문이었다. 오늘 생전 처음 보는 사람들이었으니…….

장백촌을 빠져나온 박 장군 일행과 장백검파 사람들은 아무런 장애 없이 순탄하게 길을 가고 있었다. 그도 그럴 것이, 사람을 태운 마차 한 대와 짐을 실은 마차 세 대를 오십 필이 넘는 말을 탄 무사들이 앞뒤로 호위하며 가는 형세였으니, 너무나 당당한 기세에 밀려 주위에 있던 사람들이 알아서 비켜주고 있었던 것이다. 첫 번째 마차에는 박 장군과 현운 장문인, 그리고 박 장군의 동생과 현운 장문인의 사제가 함께 탄 마차였으며, 나머지 마차 세 대에는 조선에서 명나라 황제에게 바치는 일종의 조공과 같은 것이 실린 마차였다.

마차 안에는 서로 아무런 말 없이 썰렁한 한기가 한동안 감돌고 있었다. 하지만 그런 분위기를 워낙 싫어하는 박 장군은 견디지 못하고 먼저 말을 꺼냈다.

"장문인, 장문인께서는 어떻게 이렇게 친히 자리를 같이하시게 되었습니까?"

"허허허, 장군. 그건 아까 이미 말씀드리지 않았습니까?"

박 장군은 어색한 분위기를 타파하기 위해 한 말이 오히려 더욱 썰

령한 분위기를 만들어내자, 민망함에 고개를 들 수가 없어 한동안 이마에 흐르는 식은땀만 닦아내었다. 하지만 이왕 시작한 말이기에 끝까지 밀고 나가기로 했다. 어떻게 되든 어색한 분위기만 아니면 된다는 생각이 들었기에.

"하하하, 그랬었지요. 하지만 저 역시 아까도 말씀드렸듯이 한 문파의 장문인들은 그 자파에서도 잘 거동하지 않는 걸로 알고 있습니다. 그런데 아무리 자파의 제자들을 위한다고는 하지만, 이렇게 친히 제자들과 거동을 하시니 그 진정한 저의를 알고 싶었던 것입니다."

"허허허, 아닙니다. 그건 장군께서 잘못 알고 계시는 것입니다."

"허허허, 이번에도 제가 잘못 알았습니까?"

"예, 한 문파의 장문인은 그 문파에서 생기는 것은, 그것이 아무리 사소하고 미미한 일이라도 모두 관여합니다. 물론 저도 그렇고요."

"아~ 그렇군요."

'휴, 그래도 조금은 나아졌구나. 앞으로 많은 시간을 함께 가야 하는데 아무런 말 없이 간다면 얼마나 서로가 곤욕인가. 그럼, 그렇게 가면 안 되지. 암.'

박 장군은 서로 간에 말이 떨어지자 한결 부드러움을 느낄 수 있었다. 그것이 서로 간에 물어보아선 안 되는 어떤 화제였든 간에…….

"하지만 장군의 말씀처럼 이렇게 직접 제자들을 이끌고 외부로 나서는 일은 거의 드물지요."

"예, 저도 그렇게 생각해서 드리는 말입니다."

"허, 장군, 그 이유가 그렇게도 궁금하십니까?"

"이런, 제가 너무 장문인의 앞에서 주책을 떨었군요."

'이런, 내가 실수를 했구나. 일부러 말하지 않으려고 하는 것을 내가

계속 물어본 꼴이 되었으니……'

박 장군은 현운 장문인의 대답을 들으면서 자신이 실수했다는 것을 깨달았다.

"허허허, 아닙니다. 뭐 별로 중요한 일도 아니니까요."

"사형, 그건……."

현운 장문인은 자신을 말리는 사제를 손으로 제지한 다음 박 장군을 쳐다보았다. 현운 장문인도 이미 박 장군의 생각을 짐작하였기에 자파의 민감한 일이라 직접 자신의 입으로 말하기 어려운 화제였지만 그런 생각을 접고 일부러 박 장군에게 말을 하기로 했다. 지금으로써는 현운 장문인도 딱히 다른 할 말이 생각나지 않았던 것이다.

"옛? 그럼?"

박 장군은 조선과도 무관하고, 또한 자신과도 연계가 없는 무림 세계와 관련된 일들에 대하여 굳이 알고 싶지는 않았지만, 그래도 약간이나마 궁금증을 가지고 있었기에 현운 장문인에게서 그 이유가 무엇인지 들어보고 싶다는 마음이 있었다.

"예, 그 이유는 첫 번째로 이번에 소림사에서 열리는 군웅대회도 있지만 대회는 대회이고 정작 중요한 이유는 따로 있습니다."

"다른 이유라니요? 그것이 무엇입니까, 장문인?"

박 장군은 현운 장문인의 말에 호기심이 일었다. 그건 옆에 가만히 앉아 있었던 박 부장도 마찬가지였다.

"그건 다름이 아니라… 사실 우리 문파에만 국한된다고는 할 수 없지만, 그동안 우리 장백검파에서는 거의 백 년 가까운 시간 동안 바깥 출입을 일체 하지 않았습니다. 그건 우리의 활동 무대가 중원이라고는 하지만 너무나 멀리 떨어져 있기도 했고, 무엇보다 큰 원인은 중원에 원나라가 들어서면서부터일 겁니다. 워낙 원나라가 무림인들에 대한 탄압이 심했거든요. 그러나 소문으로 듣자 하니 지금의 명나라는 그렇지 않은 것 같습니다. 그런 것을 알 수 있게 해주는 것이 이번에 숭산에서 군웅대회를 개최한다는 것입니다. 거의 백이십 년 만에 열리는 대회니까요. 아마 장군께서도 능히 짐작하실 수 있을 겁니다."

"예, 장문인의 말씀을 듣고 보니 그렇군요."

박 장군과 부장 두 형제는 서로의 얼굴을 보며 고개를 끄덕였다. 또한 이번 숭산의 모임이 백이십 년 만에 열리는 군웅대회라는 말에 더욱 입을 다물지 못했다.

백이십 년이라니? 백이십 년……. 말이 백이십 년이지 그것이 어디 하루 이틀인가. 한 사람이 평생을 살아도 다 살지 못하는 그런 세월인 것을…….

장백검파는 그런 세월을 중원의 변방에서 숨죽이고 있다가 이제야 어깨를 활짝 펴고 세상 밖으로 나오려고 하는 것이었으니, 박 장군은 생각만 해도 얼마나 답답해하였는지 알 수 있을 것 같았다.

"예, 오랜만에 문파들 간에 가지는 모임인지라 제가 직접 제자들을 중원의 여러 문파에 소개시켜 주기 위함도 있고, 또한 이번에 제자들만 보내는 것보다는 이렇게 직접 제가 나서는 것이 더욱 모양새가 좋다는 생각에서입니다. 그렇게 이런저런 이유도 있지만 무엇보다 제가 나서게 된 직접적인 이유는 따로 있습니다. 그것은 지금 중원의 돌아가는 사정을 직접 제 눈으로 확인하기 위해서입니다."

"아, 그건 그렇지요. 아무리 뛰어난 제자들이 있다고는 하지만, 웃어른도 없이 제자들만 보내는 것보다는 장문인께서 조금 번거롭더라도 친히 나서시는 것이 더욱 큰 영향력을 발휘하겠지요. 제자들의 기도 살고요."

"허허허, 처음엔 저도 그런 생각에 나서게 되었지만, 아마 저뿐만이 아니라 다른 문파의 장문인들도 오랜 칩거를 끝내고 이번 숭산에 모두 나올 것으로 여겨집니다. 그들도 저처럼 중원의 변한 상황을 직접 보기 위해 나오는 것이겠지요."

"음, 그럴지도 모르겠군요."

'그렇게 하겠지. 그렇게 오랜 시간을 숨죽이며 보낸 사람들이라면 가능한 일이지. 허, 하지만 아무리 중원의 돌아가는 사정을 살핀다고 해도 이렇게 일파의 장문인이 친히 나오다니, 얼마나 답답한 세월을 보냈으면 이렇게 나왔을까? 아……'

박 장군은 현운 장문인의 말을 들으면서 이해가 갔다. 또한 앞으로 있을 문파들 간의 세력 다툼도 어느 정도는 예상할 수 있었다. 오랜 세월 전장에서 긴장이 연속된 삶을 보냈기에 피 냄새를 맡는 것에 익숙한 박 장군이었다.

"또한 이번에 저도 중원에 들어가는 김에 그동안 어떻게 변했는지 견문도 넓히며 다른 사람들과 친목도 도모하기 위해 이렇게 겸사겸사 직접 제자들을 데리고 나서게 되었습니다. 그리고 제자들의 안전도 걱정이 되었구요."

"허허허, 아마 제자들 걱정이 우선이었겠지요?"

박 장군은 현운 장문인의 얘기가 점점 가슴을 짓누르듯 무겁게 다가오자 가라앉은 분위기를 띄우기 위하여 웃으며 가볍게 한마디 거들었다.

"허허, 원시천존……"

"예, 그러시겠지요. 저도 그렇게 했을 것입니다. 아, 그나저나 이번 모임이 백이십 년 만이라니 실로 원나라의 무림에 대한 탄압이 이만저

만하지 않았나 봅니다.”

“허허, 우리 장백검파가 중원에서 보면 동쪽 변방에 위치한 작은 문파였기에 원나라에게서 큰 탄압을 받지는 않았지만, 중원에 있던 많은 문파들은 원나라의 거센 탄압을 견디지 못하고 문을 닫았을 정도니까요. 그 예로 중원 도교의 발원지라 할 수 있는 전진파(全眞派) 같은 큰 문파가 단절되었을 정도니 다른 곳은 오죽하겠습니까? 실로 안타까운 일이지요. 그 찬란한 명성을 구가하던 문파가 하루아침에 멸문을 당했으니. 음, 원시천존…….”

현운 장문인은 자신이 한 얘기였지만 같은 도문이 멸문당했다는 말을 입에 담게 되자 자신도 모르게 도호를 외우며 가슴을 쓸어 내렸다.

“허, 정말로 그런 일이 있었습니까?”

“실로 안타까운 일이지요.”

“허, 정말 원나라의 무림에 대한 탄압이 이만저만한 것이 아니었군요.”

“원시천존, 음…….”

“장문인, 소문을 듣자 하니 호북성 균현에 위치한 곳에 한 도문이 있는데 그 문파를 창건한 사람이 꽤 유명하다고 들었습니다. 그 문파에 대해 아십니까?”

박 장군은 요즘 소문이 자자한 도교의 한 문파를 들먹였다. 비록 도교의 한 축이 무너졌지만 다시 그에 버금가는 곳이 생겼으니 현운 장문인을 향한 걱정을 하지 말라는 배려가 담겨 있는 것이었다.

현운 장문인은 그런 박 장군의 배려가 마음이 들었는지 입가에 웃음을 지어 보였다.

“아, 지나가는 소문을 듣자 하니 요즘 한창 북숭소림(北崇少林), 남존무당(南尊武當)이라 하면서 무당파를 창건한 장삼풍 진인을 사람들이 높게 칭송한다고 하던데 그분을 가리키는 것인가 합니다. 저도 무당파의 장삼풍 진인에 대해서는 들리는 소문으로 알고 있었습니다. 원래 그분의 이름은 삼봉인데 별호를 따서 삼풍 진인, 또는 장삼풍으로 불리어진다고 하더군요. 실로 그분의 얘기가 소문과 같다면 아마 신선이라 불리고도 남을 대단한 사람일 것 같습니다."

"아! 장삼풍 진인, 그분이 장삼풍 진인이었습니까? 저도 그분에 대해서는 소문을 통해 많이 들었습니다. 그분이 그분이었군요. 하지만 신선이라… 그 말만 들어도 얼마나 대단한 분인지 알겠습니다. 보통 그런 말을 듣는 분들이 없었으니……."

박 장군은 현운 장문인의 설명을 들은 후 알아들었다는 듯 고개를 힘있게 끄덕여 보았다.

"그분에 대해선 장군께서도 아시는군요? 허, 정말 대단한 분이십니다. 장군처럼 무림과 아무런 상관이 없는 분도 알고 계실 정도면 말입니다."

"예, 조금은 귀동냥을 했습니다. 중원에 들어와 실수하지 않으려면 많은 공부를 해야지요. 그렇지 않습니까? 허허허."

"그렇지요. 정말 그렇습니다. 허허, 원시천존……."

박 부장이나 현검 도장은 둘 다 급한 성격의 소유자였다. 처음엔 자신들의 친형과 사형인 박 장군과 현운 장문인이 어느 정도 서로의 마음이 들어맞으며 어색했던 분위기가 많이 사라지기 시작하더니, 그것이 점점 둘만의 얘기로 발전되어 끝없이 진행되고 있었다. 하지만 옆에 마주 앉아 서로 한마디의 얘기도 없이 들어야만 하는 박 부장과 현검 도장은 답답함을 느끼지 않을 수 없었다. 그러나 좋은 분위기를 깨지 않기 위해 안간힘을 쓰며 간신히 참고 있었다.

'음, 차라리 조금 힘이 들더라도 밖에 나가 다른 사람들하고 얘기하며 가는 것이 더 낫겠구나. 가만히 앉아서 간다는 것이 이렇게나 힘이 들다니……'

박 부장과 현검 도장은 속으로 어서 빨리 다음 마을이 나오기만을 기다리게 되었다.

그렇게 서로 각자의 상념에 빠져 있는 동안 일행들 앞에 조그마한 마을이 나왔는데, 일행은 마을에 잠시 들러 점심을 먹은 후 쉬지 않고 바로 출발하였다. 박 장군은 책임지고 있는 중요한 짐들이 많아서 웬만하면 노숙을 꺼렸지만 장백검파라는 든든한 배경이 있어 도적의 문제가 쉽게 해결되었기에 아무 거리낌 없이 노숙하는 것을 받아들였던 것이다.

또한 마을을 거쳐 오면서 달라진 것이 하나 더 있었다. 마차 안에 편히 가던 박 부장과 현검 도장이 밖으로 나와 말을 타고 가게 된 것이었다. 박 장군과 현운 장문인은 그 이유를 알기에 흔쾌히 허락하였다.

그렇게 박 장군과 현운 장문인은 마차 안에서 둘만의 시간을 가질 수 있었다. 때로는 진지하게, 때로는 웃음을 짓게 만드는 농담도 하면서.

박 장군의 일행은 서로를 재촉하며 산길을 가고 있었다. 장백산 줄기는 아니었지만, 이 지방의 산은 험한 것으로 유명한 곳이었다. 당연히 산 곳곳에 녹림의 수괴들이 많은 곳으로도 더욱 유명하였고.

또한 양자강(揚子江)을 주름잡고 있는 장강수로십팔채(長江水路十八寨)와는 다르지만 흑룡강(黑龍江)과 송화강(松花江), 모란강(牡丹江)에도 그에 못지 않은 수적들이 확고히 자리를 잡고 있었다. 다만 그들이 장장수로십팔채와 다른 점이라면 주로 무공을 배운 무인들을 상대하는 것이 아니라 아무런 힘 없는 일반 백성들을 상대로 하는 강도들이 대부분이라는 것이다. 그런 것이 더욱 백성들을 힘들게 하는 것이었지만……

날이 조금씩 어두워지고 산길이 더욱 험해지자 박 장군과 현검 도장은 주변을 철저히 감시하라는 지시를 내림과 동시에 사방 경계를 든든히 하였다. 박 부장은 오랜 전장 경험으로 지세가 험해 산적들 같은 무리가 있을 것 같다는 생각을 하게 된 것이었고, 현검 도장은 주변에서 발산되는 기를 감지했던 것이다. 그렇게 자신들의 주변을 정리하면서 박 부장과 현검 도장은 서로 말을 해보지는 않았지만 비슷한 면을 발견할 수 있었으며 서로에게 호감을 가지게 되었다. 하지만 계속 전진을 하면서도 산속 어디에서도 일행들의 길을 막는 산적들은 출몰하지 않았다. 하지만 사람들은 한순간도 긴장을 늦추지 말라는 박 부장과 현검 도장의 불호령에 한눈을 팔 수가 없었다.

"음, 현검 도장, 내 예감이 맞는다면 이쯤에서 한 번은 도적들이 나올 것 같은데 어찌 된 일인지 보이질 않습니다. 어떻게 생각하십니까?"

"그러게 말입니다. 저도 그럴 것이라고 생각했는데……."

예상과는 달리 아무도 일행의 앞에 나서지 않자 적이 안심이 된 박 부장과 현검 도장은 간간이 얘기를 하며 전진할 수 있었다.

그러나 박 장군 일행이 지나가는 것이 훤히 내려다보이는 산골짜기 언덕에는 몇몇의 산적들이 자리를 잡고 있었다. 하지만 그들도 눈치가 있는지, 아니면 자기 방어적인 위기 의식을 지녔는지 멀리서 일행들이 지나가는 것을 보았지만 너도나도 할 것 없이 범상치 않은 행렬이란 것을 감지하고는 감히 덤벼들지 못하고 있었다. 인원도 인원이지만 사람 사람마다 모두 눈에서 정광이 빛나고 있어 길을 막아설 엄두가 나질 않았던 것이다. 자칫 잘못했다간 피곤죽은 고사하고 죽음을 면치 못할 것이란 것을 몸으로 먼저 느꼈다.

"두목, 어떻게 할까요?"

"야! 어떻게 하긴, 넌 저들이 가지고 있는 검이 보이지도 않냐? 거기다 하늘색 도복이잖아!!"

"두목, 그것이 어떻다고 그러세요? 평소엔 아무렇지 않게 털더니?"

"야, 이 멍청한 놈아!! 내 말을 듣고도 저들이 소문으로만 듣던 장백검파 사람들이란 것을 모르겠냐, 이 멍청한 놈아!!"

두목은 한심하다는 표정으로 언제나 자신의 옆에 앉아 있는 제일심복을 바라보았다.

예전에 두목의 실력을 처음으로 알아보고 밑으로 들어온 후 제일심복의 자리에 있으면서 책사 노릇을 하고 있지만 배운 것이 아무것도 없는데 머리까지 좋지 않아 항상 두목의 골치를 지근지근하게 하는 심복이었다.

"아~ 예, 그렇군요. 저들이 그 장백검파 사람들이군요."

"그래, 이 멍청한 놈아. 이제야 이해가 갔냐? 그런데 저들을 털겠다고? 휴~ 내가 너에게 화를 내서 뭐 하겠냐, 내 입만 아프지."

두목은 두 손을 불끈 쥐면서 간신히 화를 억제한 후 다시 박 장군 일행을 바라보았다.

"헤헤헤, 두목께서도 이제 저에 대해서 통달하셨군요."

"뭐? 이것이 꼭 매를 벌어. 너, 이리 와!"

"아, 아닙니다. 그냥 가만히 있을게요. 한 번만 봐주세요."

제일심복은 두 손을 높이 쳐들고는 불쌍한 눈빛으로 두목을 바라보았다. 아주 처량한 눈빛으로.

“그래, 넌 앞으로 입 다물고 가만히 있어. 알았냐?”

“예, 이렇게요?”

“그래, 차라리 그렇게 해라. 휴~”

자신의 두 손으로 입을 가리며 뒷걸음질치고 있는 자신의 심복을 보며 두목이란 사람은 한숨을 쉴 수밖에 없었다. 아무리 주변에 인재가 없어도 너무 없다는 한탄을 하면서.

“우린 그냥 가만히 있자. 괜히 저들을 잘못 건드렸다간……. 자, 너희들은 어서 다른 산채에도 연락해라. 우리야 상관없지만 서로 도우면서 살아야지. 아니지, 저들을 잘못 건드리면 우리에게도 좋지 않을 것 같다. 어서 다른 산채가 함부로 움직이지 말도록 내 말을 채주들에게 전해라.”

“두목, 왜 다른 채주들에게 전해야 합니까? 오히려 그들이 건드리도록 하는 편이 좋지 않겠습니까?”

“그건 그렇지 않다. 만약 일이 잘못되어 사태가 커지기라도 하면 어찌 되겠냐? 이 일대를 소탕하겠다고 장백검파 전원이 달려들지 누가 알겠느냐? 그러니 어서 시키는 대로 전하기나 해라.”

“아, 예. 알겠습니다.”

“옛, 두목. 참, 그럼 다른 사람들은요? 그들도 건드리지 말라고 할까요?”

두목의 주위에 있던 다른 산적들은 두목의 다음 명령을 기다렸다.

“응? 다른 녀석들? 그런 녀석들은 각자 알아서 하라고 그래. 우린 저들만 피하면 되니까. 알겠냐?”

“옛, 그럼 그렇게 전하겠습니다.”

두목의 명령을 받은 산적들은 일사불란하게 자신이 맡은 구역으로 명령을 전달하기 위해 분주하게 움직였다.

'히히히, 그럼 먼저 지나간 얼빠진 두 녀석은 내가 잡아야겠다. 뭐 아쉽기는 하지만 그 녀석들이라도 털어야지. 오늘 하루 공치면 곤란하니까……'

두 손으로 입을 가리며 두목의 제일심복을 자처하는 산적은 한 시진 전에 자신들의 앞을 지나갔던 호열과 운영을 떠올리며 웃음을 지어 보였다.

"음, 무슨 일일까? 장백검파에서 저 정도로 호위를 한다면 대단한 것이 있을 텐데……. 아, 정말 아깝구나. 차라리 한번 아이들을 모아 크게 한 건 할까? 하지만 너무 위험 부담이 크니 우리들만으론 어림도 없는 일이지. 그렇더라도 너무 아까운 기회인걸. 그래, 이거 한번 생각해 봐야겠다."

박 장군과 현운 장문인이 타고 있는 마차에서 얼마 떨어지지 않은 산 중턱. 약 십오륙 명 정도의 사람들이 모여 있는데, 그중 무리의 중간쯤에 곰 가죽을 몸에 걸친 거한이 부하들로 보이는 사람들을 데리고 사라지고 있었다. 살며시… 최대한 숨을 죽이면서…….

『호열지도』 3권으로…